TOR出版社　SYFY频道"科幻经典书目"
普罗米修斯奖提名小说

边缘人逆袭

【上册】

THE UNINCORPORATED WAR

[美]丹尼·科林　伊藤·科林 著　黄安琪 译

重庆出版集团　重庆出版社

THE UNINCORPORATED WAR
Copyright © 2011 by Dani Kollin and Eytan Kollin
Published by arrangement with Tom Doherty Associates, LLC.
All rights reserved.
版贸核渝字(2013)第180号

图书在版编目(CIP)数据

边缘人:逆袭/(美)丹尼·科林著.黄安琪译.—重庆:重庆出版社,2017.5
书名原文:The Unincorporated War
ISBN 978-7-229-12049-8

Ⅰ.①边… Ⅱ.①丹… ②黄… Ⅲ.①科学幻想小说—美国—现代 Ⅳ.①I712.45

中国版本图书馆CIP数据核字(2017)第041909号

边缘人:逆袭
BIANYUANREN: NIXI
[美]丹尼·科林 伊藤·科林 著 黄安琪 译

责任编辑:陈渝生
责任校对:刘小燕
封面设计:重庆出版社艺术设计有限公司 刘 颖

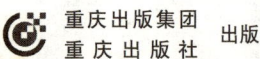
重庆出版集团
重庆出版社 出版

重庆市南岸区南滨路162号1幢 邮政编码:400061 http://www.cqph.com
自贡兴华印务有限公司印刷
重庆出版集团图书发行有限公司发行
邮购电话:023-61520646
全国新华书店经销

开本:880mm×1230 mm 1/32 印张:22 字数:530千
2017年5月第1版 2017年5月第1次印刷
ISBN 978-7-229-12049-8
定价:58.00元(上下册)

如有印装质量问题,请向本集团图书发行有限公司调换:023-61520678

版权所有 侵权必究

谨以此献给

加利佛尼亚国民警卫队的埃里克·M.霍克中士

1976.7.11 – 2007.7.15

愿与你同在

目 录
CONTENTS

上册
1. **暴风雨前的宁静** /1
2. **组织核心** /36
3. **塞巴斯蒂安出列** /58
4. **火星悲剧** /77
5. **岩石之战** /107
6. **新的道路** /182
7. **火星大门前** /225
8. **行星带内部** /278

下册
9. **堕落** /341
10. **承诺** /391
11. **一件悲伤的韵事** /427
12. **别无选择** /470
13. **心理游戏** /520
14. **深夜做出的决定** /555
15. **告别** /642
16. **尾声** /690

1. 暴风雨前的宁静

贾斯丁·可德躺着，双臂懒懒地放在头后面枕着，欣赏着头上柔和的雾气，看着它们慢慢地飘动。只有通过这一缕薄薄的雾气，还有在他身下缓缓流动着的温水，他才能在这个大到可以被他当作是海的湖里找到慰藉。他早已经对地平线向上而不是向下弯曲这件事习以为常了，清澈的蓝天不见了，取而代之的是一条巨大的山脉。

反向地平线只是他被流放到行星带上之后需要适应的怪事之一。他没办法。他想到"小行星"的时候，"小"就出现在脑子里。毕竟，谷神星的大小只有月球的四分之一。他忘记了月球到底有多大。因为小行星上第一批管闲事的人，谷神星还是发生了一些变化。为了与火星的轨道相匹配，与太阳系里其他的主要天体一样，谷神星的轨道被调整成了椭圆形。除此以外，谷神星人已经向下挖得很深了，而且他们还在挖。他们穿过谷神星中心，挖出了一个 2 英里（1 英里约 1.6 千米）宽的圆柱形的隧道，然后让这颗石头依靠重力旋转。早期的居民知道，他们家园下面均匀地散布着数英里厚的冻水层，他们也非常好地利用了这一点。实际上，这种冻水里所含的 H_2O 比地球上的淡水中的 H_2O 含量还高。

毫无目的地漂到了离岸边大概一百米的地方，看着下面的星球，贾斯丁几乎可以忘掉他身后支撑着这么多水的"屋顶"了，离心力使得它可以维持这样的状态。

对于大多数出生在行星带，然后生活在地下的人来讲，想到天空就足够让人紧张了。贾斯丁听说有些在行星带出生的人，患有严重的广场恐惧症，他们不敢到地球上去，除非他们被安全地装在笨重的充满了无菌空气的太空舱里。因为他从来没有亲眼看到过这样的事情，所以他只当这是一个故事而已。但是，在谷神星上待了一年多以后，他就明白了：在太空里，当你头上有安全装备时，你才是安全的，就算是这样，你也得时常检查有没有漏洞。对第一次拜访地球，与世隔绝的人来说，这整个该死的星球就是个漏洞。

这位外星联盟的新总统上任以后，这种感觉是完全相反的。不管他怎么尝试，贾斯丁总是觉得自己被封闭起来了。他尽力地把这种感觉隐藏起来，在城市大公园里长时间地散步，远离了"屋顶"，这样也许就不会注意到天空的缺失了。时间允许的话，他还会到森林里去走走，这里的树很高，树冠也长得很茂密，所以他可以假想自己是在地球上的某片森林里。他可以忘记自己的所在，忘记所有的问题，也忘掉所有人。但是贾斯丁最喜欢的就是游泳。双臂交叠，头向后仰，贾斯丁有时候会想，如果真的有天堂的话，那他希望天堂是一片无尽的海洋，他可以永生都在里面徜徉。

但是与往常一样，天堂的事可以缓一缓再说。贾斯丁听到了远处传来的非常熟悉的轰鸣声，一艘盘旋飞碟正在向他靠近。这种声音得到了巴甫洛夫式的回应。总统叹了口气，继续进行他不怎样的仰泳，他耐心地等到飞行器真正飞到他头上的时候，才睁开眼睛。

当时他知道他再也没有必要游回岸边了。他知道，如果有必要派出飞碟来找他的话，那肯定是发生了什么事。他暗下决心，总有一天，会完全没有紧急事件，没有危机，没有需要安抚的伙伴，那天到来的时候，他很可能会游泳游到被淹死。但是很明显今天不是时候。他又游了大概100英尺（1英尺约0.3米），想要拖延这不可避免的事情，最后还是放弃了，他停了下来，睁开了双眼。

欧麦德正俯身冲着他微笑。

"你知道，如果不是紧急事情的话，我是不用出来的……"

"是，是，是。我来猜猜。"贾斯丁说，"他们找到了一块绕着木星悬浮着的巨石，要不就是联盟合约的问题。不，是火星起义加入了外星联盟。"

"没有巨石。"欧麦德回答道，"提醒一下，不是因为找得不努力，真是现在还没有找到。而且任何已经聪明到可以进入银河系最艰难区域的外星人，肯定也能出去。"欧麦德看着远处。"如果火星同意加入我们的话，再叫我们外星联盟就没有意义了，不是吗？"然后他又俯视着贾斯丁，"叫我们联盟就可以了，你觉得呢？毕竟火星才是核心星域。"

"我前世的时候，火星可不是核心。"

"你可真是个老家伙，贾斯丁。没什么东西是来自你的时代的。"

贾斯丁大笑："好吧，欧麦德。"总统注意到朋友脸上痛苦的表情，"这次又是什么事？"

"是阅神星，朋友。大家都在悬崖屋等着呢。"

贾斯丁突然觉得很疲倦，但是这与他游了数英里没有一点关系。

"又要说废话。"

欧麦德同情地点点头,然后伸出他的手,首先确认抓牢了飞碟中央的带子。贾斯丁上来的时候这机器轻微地倾斜了一下。欧麦德丢了一张毛巾给他朋友,没有多说一句话就开始朝着岸边驶去,贾斯丁刚刚才建立的世界正在那边等待着他。

"好了,嗯,这里是克拉拉·罗伯茨秀,我正在谷神星上为您带来临时议会第一天的现场直播。根据双方的意见,任何媒体或者记录设备都不能进入大厅,但是代表们总是要进出的。现在我们看到阅神星殖民地的泰勒·萨德玛正准备进入大厅。让我看看是否能让他接受我们的采访……萨德玛先生……萨德玛先生!能简短地说几句吗……萨德玛先生……"

"无可奉告。"

"很遗憾,听众们,但是他直接从我身边走过去了。他与传说中的一样。等等……泰坦星殖民地的凯伦·赵来了。赵小姐!"

"你好,克拉拉,我很喜欢你的节目。我们土星一直都在听。"

"谢谢您的宣传。"

"这是当然的,你们对于组织中心的新闻总是有好的观点。你们报道了很多事实,而不是像地球那样宣传假象。"

"我们就是想尽力让大家听到最真实的报道。你也可以帮我,你可以告诉我那扇紧闭的权力之门后面正在发生的事情。"

"克拉拉,在我们都同意之前,我是没有这种权力的。"

"同意什么?"

"任何事。我甚至不知道,如果要我们全体人员达成一致,那么我们还能不能为一个议会点午餐,而且等到我们都同意的时候,肯定已经到了吃早饭的时间了。"

"我以为我的工作就够困难的了,没想到你们的工作更辛苦。赵小姐,有时间再回答一个问题吗?"

"当然。"

"第一自由人会在今天开会之前出现吗?"

"他说在我们都加入联盟,并且邀请他之前,他不想干预立法机构的组建。当然,罗伯茨小姐,你知道临时总统是不鼓励用这个昵称的。"

"我们的听众都是这样称呼他的。我个人有什么权利来争辩呢?"

"好吧,只是不要当着他的面这么说。我听说一个冥王星的人有次叫了他这名字,结果被白了一眼。"

"谢谢你的提醒。那么请小心,听众朋友们,总统不喜欢被叫作第一自由人。很明显,他认为对于一个自由人民的领导者来说这是不合适的。所以与他在一起的时候千万不要这么说!等他不在场的时候再说。谢谢你的分享,赵小姐。如果你真的有可能会被任命为土星殖民地的长官的话,那么就祝你好运了。"

"事情要一件一件地做,罗伯茨小姐,继续努力工作吧。"

"当然。这里是克拉拉在新建成的议会大厅给你带来的报道。等到来自杰德瑞塔船的信息起作用的时候我们再回来。记住,如果你不能从核心行星的组织征服者手里得到新的推进器的话,那就赶快把你自己的推进器翻新——就像新的一样——在杰德瑞塔船坞去完成吧。"

贾斯丁站在高高的平台上,俯瞰着史密斯大道,这是三条大道之一,它深入地穿进了谷神星,是洞穴式的重要通道。小行星内的每一条大道都充满了生气,各种商业,各式各样的活动遍布其中。贾斯丁看见,交通情况与往常不同,非常的忙碌。临时议会的第一次会议吸引来了大量的官员,媒体还有看热闹的人。除此以外,还有游客,他们也想参与到历史当中。街道都被挤满了,街道上方的空间也没能幸免。各种各样的气垫船、无人驾驶飞机,还有飞来飞去的人。贾斯丁所在的阳台位于官方禁飞区域,但是这似乎也无法阻止顽固的媒体。

贾斯丁所在的阳台与一片住宅楼相连,与这个小行星上的其他住所一样,这些住宅楼也深深地嵌进石头里。这间公寓目前的配置包含三层楼,总共四十个房间。贾斯丁开始的时候对这个地方很排斥,他感觉这间公寓太大了,有炫耀的嫌疑。但是当他发现他将要领导的众多行星带星体在意识和功能上有多么不同的时候,他还是同意搬进去。这一举动后来被证明是很有先见之明的,总统套房两边的建筑越来越多,现在那地方被大多数人称为"悬崖屋"。

最后,阳台成为了贾斯丁最喜欢的"房间",原因很简单,阳台是整栋楼里最开放的空间。他从未在任何人面前承认过这一点,因为他强烈地认为这对于一个已经是外星联盟临时总统的人来说,是与其身份不符的。可能只有他在谷神星的大湖里游那么长时间,这一点会让旁人有一点点察觉到总统的真实感受——贾斯丁厌恶太空。

贾斯丁之前匆忙地离开了地球,迫切地想要与他以为已经失去的女人重聚，这个女人就是妮拉·哈伯医生。在他不幸地与现在已经去世了的主席见面之前，如果他那时候就知道那次会面要占用他在地球上珍贵的最后几个小时的话，他可能会做点不同的事情。他可能会抬头最后一次看看蓝天，好好欣赏维多利亚瀑布的壮美，还可能让自己徜徉在大西洋又冰又咸的海水中。但是事与愿违，结束那次命中注定的会面之后，他便立刻以非人类的速度，火箭般地冲进了太空，连头也没有回。

现在，他被迫要一次又一次地通过外星联盟，从一个小行星飞到另一个小行星上去。每一次的旅程都与第一次很相似，都是在加速沙发上如坐针毡，为的就是要最大化地利用重力。在所有的这些旅程中，他脑子里都有一个目的——要稳固对外星联盟的支持。如果他们找到了让他飞到外部行星——行星带的另一边——然后在四个月之内回来的方法，他也得要去。但是考虑到太阳系的大小和人类推动力的限制，可以去的最近的行星就是木星。但是，如果他去了一个行星系统，其他没有去的行星系统就会感觉受到了侮辱。从物理定律上看，没人期待贾斯丁的拜访，但是从政治上看，他的拜访还是很有必要。

尽管初出茅庐的总统的统治领域只占到了人类领域的十分之一，但是其范围还是从行星带蔓延到了奥尔特云。这十分之一区域的人数接近四十亿，其中两亿左右的人生活在行星带上。这是非常令人吃惊的人口数量。最大的殖民地就是谷神星，人口数在4 000万左右。接着就是阅神星，3 500万人，泰坦星大概有3 000万多一点的人。贾斯丁本期望这些殖民地能有更多的人口，在他看来，这些都是城市。毕竟，一旦这些隧道被挖出来了，谷神星的土地面积就跟宾夕法尼亚州差不多了。再多容纳一亿人简直是绰绰有余。但是，他了解到，行星带上的人通常都想扩展出去，获取他们自己的小行星并进行挖掘。一旦远离了组织生活的严格控制，他们是不会再想重建这种控制的。这就吸引来了更多有相同嗜好的殖民者和挖掘者，几个世纪以来，各种群体都发现了小行星岩石，他们把这些岩石挖空，填补轨道的空当，生活在边缘地带。随着时间的推移，出现了一个独立强大又机智的群组。但是，贾斯丁现在发现，这个群组就是令人讨厌的人聚集在一起，形成了一个团结的政治团体。"就像聚集在一起的猫。"他经常对他通情达理的妻子这样说。

从积极的角度来看——至少对贾斯丁来说是积极的——大家都比较赞成三个世纪里第一次尝试的基本准则：同一种类的政治和经济的自由团体——这对不同的人来说意义可能会差别很大——是一个强大到可以保护外星联盟，但是还不能威胁到受保护者的自由的政府。在建立新的政府之前，这片组成外星联盟的区域基本上一直都是自我管理的，因为在组织核心的中央政府中，基本上无法切实施行规定。这对殖民者的自给自足来说肯定是好事，但是对团体来说却是相反的。组织核心政府快速地执行心理审查行动，这才真正地把外星联盟联合在了一起。在此之前，心理审查只是用来修复受损的大脑的——其中包括行为异常的人，变态还有恋童癖者。但是旧政府不顾一切的手段不仅放宽了对于包括难以控制或者不满意的殖民者的限制，而且还差点就废除了法律诉讼程序。曾经需要几个月的时间来上诉抗诉的事情现在只需要区区几小时就够了。就是因为这鲁莽的举动，革命情绪被煽动了起来，也正是因为这个原因，贾斯丁·可德才给自己找到了一份新工作。

所以，现在以贾斯丁为领导人的一个新政府已经成立了，但是还没有真正执行过什么政策。的确，虽然有众多的委员会，但是除了偶尔的只言片语以外，他们也没有想出来什么东西。贾斯丁的新政府没有大量的军舰，也没有整装待命全副武装的军队去战斗或者去维持秩序。也许，人类政府还有其主要的支持者，组织在过去的一年里都恣意对内部各个系统施压。他们掌握的控制权让贾斯丁暗地里有些嫉妒。他们把对他们不满的人聚集到一起关起来，压制他们；贾斯丁掌控着整个行星带的反抗者。但是他没有想过要用同样的方式来对待这些麻烦制造者，他时常希望他可以压制某些人，只要能跟他们在某个问题上达成一致意见就行——任何问题。

但是，对于这群人来说，他还是有一个很大的优势。成为一个专家级挖掘者所需要的技术与成为一流士兵所需的技术惊人地相似——精通各种危险的纳米机器人和爆炸物的操作，心灵手巧，自力更生，还要有坚持到底的决心；所有的这些技能都能在冰冷的太空得到学习和测验。在殖民的几个世纪里，外星联盟已经建造了数十万的太空飞船。虽然没有一架可以真正地用于战斗的飞船；但是贾斯丁发现，得到一些经验丰富的飞行员，至少是没有问题的，而且可以建造军舰进行战斗。谷神星开始建造太空码头，但是要花上数年的时间他们才可能有希望复制环绕着地球轨道的设施。实际上，月亮上的设施规模比外星联盟所有的设施合在一起还要大得多。

连续的钟声响起，提醒贾斯丁，他的内阁会议马上就要开始了。他转过身，出现在他面前的是他的参谋长塞勒斯·昂如，他站在欧麦德的旁边。塞勒斯是木星人，总统暗自想到，他身上有明显的木星人特质。参谋长的祖籍与他的政治能力一样至关重要。当木星本身被认为是不可居住的时候，木星的很多卫星——总共70颗，其中7颗是人造的——都有丰富的矿产资源、可用气体和水。塞勒斯就是来自这样的一颗卫星上，莫什还为他做了担保，因为塞勒斯担任GCI木星采矿行动主管的时候，莫什正是他的顶头上司。与其他爬上GCI权力阶梯的人不同，塞勒斯带着自己的大股权，留在了离自己故乡木星比较近的地方，他没有顺着台阶往上爬，所以他没有返回地球，虽然那里才是权力的所在。但是这只能隐藏这个人所拥有的政治能力而已。木星的卫星上生活着很多强大的选民，除了现任参谋长以外，没有人能更好地负责这些选民的需要了。贾斯丁从来没有问过莫什为什么要为别人做担保；他充满感激地接受了这个事情，然后接着进行下面的工作。工作总是做不完的。

"主席先生，"塞勒斯微微弯着腰说，"人类发现了你真的太好了。"

"别听这个土星人的。"欧麦德攻击说，"这是那个红色大眼睛想说的。他们盯着那东西很久了，已经变得呆头呆脑的了。"然后他重新看着塞勒斯说："就事论事。"

"那个红色大眼睛，总统先生，正如你所知，是在土星上肆虐了千年的风暴，而且我认为，其暴力程度只比我的好朋友哈山先生弱了那么一点点。"

"真是碍眼。"欧麦德说。

"对生活在卵石上的人来说能说出这个词真是了不起。"

塞勒斯最后的攻击是想要证明土星人傲视行星带上生活的人，行星带上的小行星与土星稍大的卫星相比简直就是小巫见大巫。欧麦德没有制止，贾斯丁也不理会这种玩笑，他知道相互之间的攻击越厉害，那么他们之间的关系就越铁。但是当相互攻击进行到有关他们尊敬的祖母的繁育习惯的时候他出面阻止了。休战的时候他听见了妮拉从相邻的大厅走进来的声音。他转过身，脸上带着微笑迎接她。

"第一自由人准备好了吗？"她问。

贾斯丁因为他妻子的用语白了她一眼，但是他知道也没法阻止她这么做。妮拉是他很多规矩的唯一例外。他只希望她能更加明智地运用这个特别的名称。

"他当然准备好了，随时准备见你，最亲爱最讨人喜欢的女士。"参谋长一边回答一边再次礼貌地鞠着躬。贾斯丁注意到，塞勒斯有诀窍能把感情奔放的句子说得非常自然。

妮拉微笑着回应，"其他人都在饭厅等着呢，会议结束之后我们要去参加舰队军官舞会。我们要跳第一支舞。"

"先生，这就是我亲爱的妻子表达我不能迟到的方式。"

"当然，"塞勒斯确认说，"我们应该行动了。"

妮拉微笑着表示同意，然后下意识地清理掉了贾斯丁外套上的一条线，尽管在场的人明显都知道没有这么一条线。

四人朝着相邻的房间走去，与他们会面的是新组建的内阁。贾斯丁坐在了桌子的上方，塞勒斯坐在他的右边。妮拉非常清楚地知道自己与总统的特殊关系，所以她选择坐在他的对面。欧麦德坐在他老朋友左边的不远处，莫什坐在他的右边。艾琳诺的座位还是空的，莫什跟大家解释她现在正在谷神星军舰民兵队伍里面当志愿护理人员。柯克·奥姆斯泰德，特别行动局的代理主管也出席了会议，他在自己觉得舒服的位置坐着,完全不理会是否给别人带来了不便。今天他发现自己坐在了妮拉和约书亚·辛克莱之间,约书亚是来自土星的飞行员,这是他第一次来访,而且大家都知道他是为何而来。

奥姆斯泰德很早就与他的老对手,现在的总统讲和了。由于他之前尝试过要暗杀贾斯丁,所以把他放在内阁里这事至少还是有争议的。但是贾斯丁用古老的谚语"敌人的敌人就是我的朋友"就把他的同僚们给否决了。欧麦德是第一个表明自己支持贾斯丁的人,在让外星联盟的其他成员签字这事儿上他也帮了忙。帕达米尔·辛格是贾斯丁的新闻发言人,但是在任何与谷神星有关的事情上,他更像是个顾问。帕达米尔对这片殖民地了如指掌,他在这里出生,也在这里长大,而且靠自己的私人投资他也算富裕。也许,正如欧麦德向愿意听的人诉说的一样,帕达米尔是这个行星带上最成功的走私者。最后,在会议室外大厅焦虑踱步的,是来自阋神星的议会议员泰勒·萨德玛。但是贾斯丁估摸着,得让他等一等才行。

几名机器人服务员端饮料上来的时候,贾斯丁招呼大家安静下来。

"恐怕这次会议不能如我所愿地进行得太久。来自阋神星的那个议员好像在外面等着。"

"是的,我注意到了。"莫什说,"他来干吗?"

"很明显,他所属的殖民地马上就要发表声明了,明确宣布立刻全体脱离核心。"大家都想发言的时候贾斯丁举起手来阻止了大家。"拜托大家了,不管你们如何认为,我都要非常小心地处理这个问题。如果不是情之所迫的话,你们就不要再火上浇油了。"

如贾斯丁所愿,大家都没有开口。

"现在来处理手上的问题,"他继续说,"议会的第一次会议进行得怎么样?"

"会议提出并通过了军事法案,"帕达米尔回答说,"所有的殖民军队都会按照联合舰队的命令进行战斗。"

"很好,这项进行得比较轻松。"

"太轻松了。"欧麦德说。

"没有理由表明不应该如此轻松。"莫什说:"大家都想穿上制服然后相互敬礼。他们认为在战后,赢得选举的最佳途径就是要拥有一两个优秀的司令。但是你知道,总统先生,议会委员会会在各种战舰的选择上给你提'建议'的。"

"正是我们所期望的。重要的事情完成了吗?"

莫什的嘴角微微向上翘着。贾斯丁知道这会是一个微笑,但是不是所有人都知道。"已经悄悄地列进了授权委员会进行海军任命的限制性条款里面了。所有的志愿者都报名参加整个战争。不像大多数殖民军队要求的两年。"

"太棒了。"妮拉说。

"没有一个人抱怨。"莫什说。

似乎外星联盟的每一处殖民地都在派各种类型的军队和战舰到首都的殖民地去,为的就是要帮助被誉为"荣耀之战"的自由之战。大多数殖民地好像都很害怕在他们行动之前战争就结束了。贾斯丁正是利用了这一点,才让他的限制性条款得到了通过,但是他暗地里祈祷,他们当中的人能体验一下这种"行动"。他一直有种预感,他的祈祷是得不到回应的。

"大家都认为,战争会在地球输掉第一场战斗的时候就结束。"

帕达米尔补充说，"那为什么还要讨论一个有争议的事情呢？毕竟，大家都知道，核心行星要依靠我们的原始材料。组织会强迫组织核心讲和。这就是组织系统的魅力所在。"他几乎是胜利般地说："交易比战争更强大。一直都是如此。"

"我希望你是对的，帕达米尔。"贾斯丁一边回答，一边无意识地在一个黑色文件夹上敲着手指，"但是如果你说错了，那么这份小小的修正案也能为我们省掉许多痛苦。"

就在这时，约书亚·辛克莱抬起头来准备发言。

"怎么了，辛克莱先生？"贾斯丁问。

"请原谅我打断你们的谈话，总统先生，但是我在这里需要做什么呢？"

贾斯丁因为这个人的莽撞微笑了起来。在他的第一次生命里，他是绝对不会容忍这样的事情的。按照礼仪要求，也是不会允许这种做法的。但是换来今生的前生，在人体冷冻暂停了三百多年的时间已经过去了。除此以外，行星带也是一个完全不同的世界。贾斯丁早就发现，行星带最强大的力量就是像这位飞行员一样的人。结果证明这也是贾斯丁最头疼的事情。

"我想我们可以继续了。"贾斯丁回答，他看着塞勒斯。塞勒斯点点头表示同意。

贾斯丁把自己的眼光聚集到这位冲动的飞行员身上。"舰队需要一位司令，辛克莱先生。"

约书亚·辛克莱差点被自己的饮料呛到。"嘿，等等。"他把自己的杯子猛地放到桌上说，"我曾指挥过一艘船。不过，长官，这艘船可没有这么大，连巡航舰都算不上。"

"辛克莱船长,我可以叫你约书亚吗?"贾斯丁施展着个人魅力。

辛克莱僵硬地点点头。

"你的记录就是最好的证明。你是一个职业佣兵,又有良好的声誉,还有指挥各类船只二十年的经验。"

"没有别的意思,总统先生,但是你刚刚描述的,也是围绕着这块石头的行星带上的其他五十个人。"

"别介意,约书亚。当然你说的是对的。但是还有其他的理由,你来自土星。"

"泰坦星,长官。"约书亚骄傲地回答。

贾斯丁知道这颗土星,就像木星一样。土星是一个不可居住的气体行星——还是整个太阳系第二大行星。而且也像木星一样,土星周围也有60多颗卫星,泰坦是最大的。

"我当然理解你对于出生地的骄傲。"

辛克莱微微地笑了起来,尽管他刚刚听到的只是一些陈词滥调。

"你们行星系统派出的新兵和战船的数量比其他行星派出的多得多。而且,凯伦·赵是委员会的人,把这些充满激情的官员安排到他们的位置是她的职责所在。土星司令官,这是有道理的,不是吗?"

辛克莱船长慢慢地开始接受了。"我认识凯伦,"他说,"她是个言出必行的人,但是你跟她握手的时候最好数数你的手指头。还有,如果你跟她签了约的话,那就别指望能拿回那支笔……为什么你不让她安排那些热情的小伙子到这个位置呢?"

贾斯丁打开他一直用手指头敲打着的那个文件夹,仔细地读着第一页——与其说是澄清更像是在表演。

"我这里有关于斯派塞环的报告。"

辛克莱不安地在座位上挪动着,痛苦的回忆又浮现在眼前。"那里面都是请你不要雇用我的原因,长官。报告很清晰地表明了我的违命行为,我不值得被信任。"

"确实如此,约书亚。但是,里面没有说明的,是你拒绝伤害无辜的心。"

"战争实在是很糟糕的一件事情,总统先生。我违背了一项直接命令。"

"首先,不是一直都在进行大战的。"贾斯丁回答说,"第二,如果我曾经下过那样的命令的话,我也会期望你能违背这条命令。"然后贾斯丁指着投影到墙上的一张行星带的大图片说:"他们都认为这会是一场简短好打的仗。我看到了你的眼神,先生,我知道你不是这么认为的。这正是我需要用来管理舰队的长官该有的眼神。"

辛克莱的嘴角稍稍往后拉,露出会心的微笑,"这肯定也跟我已经掌握自己的100%的股权没有关系。"

"正式地说,没有一点关系。"贾斯丁也带着讽刺地回答,"作为总统,我没有立场决定各种政府应该如何来处理组织问题。这是殖民地的问题,跟联盟没有一点关系。"

"就算非正式地说,这也没有影响。"欧麦德补充,他把贾斯丁没有能说出的话说了出来。想要加入组织系统的人,与想要重建组织系统的人之间的分歧日益剧增。贾斯丁知道,辛克莱的身份恰到好处。大多数土星人还有住在行星带最远处的人都倾向于反对组织。如果再来一个更加有此倾向的司令的话,那事情就会顺利得多。

"很抱歉，总统先生，"莫什粗声粗气地说，"我想说几句。"

贾斯丁示意他说下去。他很清楚莫什的立场。其实，莫什之所以是内阁成员之一，不仅是因为贾斯丁信任他，还有一个原因是与现在辛克莱被迫接受任命的原因相同。有很多选民认为，在实现和平与繁荣双重利益的目的下，组织系统依旧是最好的系统，而莫什就是这些人的代表人物。赫克特及其同僚的所作所为也无关紧要了。

"大多数'无股东者'或者是掌握100%股份的人，或者随便你怎么称呼他们吧，"莫什声音里明显带着寒意，"他们都是占着大股权的矿工，紧密的家庭关系也让他们可以得到他们父母的股份。据我所知，不愿意这么做的父母也被'说服'了。"

辛克莱因为这番言论皱了皱眉，但是贾斯丁却很感激，于是他什么也没有说。

"还有通常都被政府掌握着的那5%的股份，"莫什继续说，"会被殖民政府从地球联邦收过来——殖民政府会把这部分股份作为招募奖金。但是即便是这样，大多数那些所谓的100%股权拥有者也会有平均10%到15%的股份下落不明，因此他们正在违反组织的法律，他们应该要进行补偿。"

这对辛克莱来说已经听够了。"那到底他妈的是谁，"他咆哮着，"要把他们变成……股东呢？"

"先生们，"贾斯丁语气坚定但是音量不大，"够了。"莫什和辛克莱都闭上了嘴，他们意识到现在这个时间和地点都不适合用来重申他们的陈腐立场。

"就在这里，"贾斯丁关上面前的文件夹说，"你们就可以看到对联盟来说最大的威胁是什么。实际上，如果地球联邦不管我们，我们最后可能会自我毁灭。让每一片殖民地维持一些特权是很困难的，但是如果你涉及'解放'的话，很快就会有人处理了。"

"这个问题是无法避免的，总统先生。"莫什说。

"我不是说不能讨论这个问题，莫什，只是在这个房间里我们得要慢慢来。"

"我的亲兄弟是一个无股东者。"帕达米尔补充说，"我试过与他讲道理，我说我们不可能一夜之间就除掉一个系统，这得需要几个世纪的努力，才能有希望得到更好的制度来代替。但是他坚持认为，我猜辛克莱先生也是这样的想法，必须现在改变。"

"辛格先生，"辛克莱回答说，"没别的意思，但是组织一直对你挺不错的。你算不上一个客观的旁观者，但是撇开这点不谈，大多数外星殖民者的看法都与你兄弟一样，就算冥王星和其他海王星外天体上的家族中间还有些争论。"贾斯丁知道海王星外天体，或者小行星，它们在太阳系里比海王星更远的地方。这种星体的数量大约有几千，但是大多数著名的都是冥王星的矮行星和它最大的行星，冥王一；阋神星和它的姊妹行星，阋卫一；还有一些比较大的小行星比如赛德娜、奥库斯、伊克西翁、创神星还有伐楼拿——这些星体上都居住着相当多的人口，他们有着自己的声音。

"是的，辛克莱先生。"莫什回答，这次语气更加平和，"但是正如你所知，大多数行星带上的未来都是股东的，但是……也不是全部都是。"

"这就是为什么——"总统插嘴说，"我们不能让这个政府来处理这个问题的原因。这会导致分裂，还可能会毁掉我们。我们要暂时放开这个问题。没有联盟我们便一无所有，大家同意吗？"

在场的人依次点了点头。

"那好，"总统说，"恭喜你，司令。你的第一个任务就是计划用联盟军舰在火星上发动突袭。"

约书亚·辛克莱认为会议结束了，身体已经离开了椅子，听到他的任务让他吃了一惊。他快速地坐回到了座位上，"你这是在逗我玩吗？"

贾斯丁摇摇头，"我们有必要提醒联盟的所有人，像无股东者和股东这样的人，提醒他们谁才是真正的敌人。"

贾斯丁向柯克·奥姆斯泰德发了个信号，于是柯克把一个文件夹递给了辛克莱。"文件夹里面是火星上有些人聚集在一起，抵制地球联邦的纸质证据。"奥姆斯泰德故意停顿了一秒钟。

柯克继续说："他们会在组织核心空闲的时候被进行心理审查。那之后不久，他们就会变得忠诚，然后回到家乡人民的怀抱唱着对组织的赞歌。这就是核心工作的作用。不幸的是，"他指的是自己过去作为GCI董事会中一员的事，"我个人有这方面经历。"

辛克莱还在浏览文件夹中的内容，连头也没有抬，"大概有多少人，奥姆斯泰德先生？"

"超过百万。"

"你确定？"他抬起头问。

"事实摆在眼前……司令。这是毋庸置疑的。"

"这仅仅是开始。"贾斯丁补充说，"我们要拯救这些人，他们唯一的罪名就是对组织系统产生了质疑。他们会被解救，然后被带到行星带上。联盟必须要知道，如果我们失败了，他们所面对的暴乱有多厉害。"

新司令放下文件夹,深呼吸了一下,然后盯着内阁成员们:"我能召集到最多 15 艘符合你们要求的速度进行战斗的船。如果我们带上过多有行星提升能力的搬运工来搬运上百万个太空舱的话,我们的军舰就会变得又大又慢,那这就算不上什么突袭了,更像是一个慢吞吞的鸭子,呱呱叫着告诉对方它来了。"

欧麦德突然站起来,"跟我来,司令。我有个主意,可以不占用联盟每一艘 TOP 和拖船就可以解救这些可怜的人。但是我喝点酒之后记忆力会好些。"

辛克莱看了看总统,总统点了点头。

"你知道在泰坦星上'TOP'是什么意思,对吧?"辛克莱一边起身一边问欧麦德。

欧麦德摇摇头:"我猜应该不是轨港交通吧。"

"人类镇压舱。"辛克莱咧嘴笑着说,"至少在我们自己制造之前是的。"

欧麦德和辛克莱离开的同时,贾斯丁抓住这个空隙结束了会议。

"大伙儿,如果你们没问题的话,我还有更棘手的问题……如果我再不管他的话,我恐怕这次的会议就毫无意义了。"

内阁成员们一起起身,行过礼之后便各自离开了房间,一出门被一群热情的助手给围住了。大家按照自己的小组,朝着各自的办公室走去。妮拉是最后一个离开的。她绕过长桌子,将双臂缓缓地放在丈夫的肩膀上,给了他一个鼓励的微笑,接着便从另一个出口离开了。与其他内阁成员不同的是,门外没有人在等她。她的位置还没有正式定下来,因此她在会议上基本不发言。但是在开完会的晚上，她都与她的丈夫分享她对每一个人的言行和表情的细致观察。她很擅长发觉一些无意识的线索，这种本事让贾斯丁可以更加清楚地了解自己的处境。很多人都被贾斯丁和妮拉之间浪漫的禁爱所吸引，他们忘记了妮拉到今天为止都还是一个非常出色的治疗师。但是如果联盟的人想要把尽忠职守和温柔乡相混淆的话，妮拉和贾斯丁也乐意让他们这样想。贾斯丁本想让他的妻子留下来参加接下来的会面，但是在妮拉研究了这个叫萨德玛的人之后，她觉得他在面对贾斯丁一个人的时候，他的表现会更好。

泰勒·萨德玛是一名律师，现在也是一名议会议员，他在等待区里来回地踱着步。这是他的习惯动作。除非有明确的要求，他一般是不会坐着的，而且除了睡觉他也躺不下去——在他看来这是一件令人讨厌的事情。泰勒还有其他很多殖民者都没有的长处，这项长处让他可以轻松地溜进船里、套房还有居住地。他深色的头发上出现了一些灰白的颜色——他觉得这个特征很适合自己，在他的家乡这已经成为了一种标志。泰勒的心和灵魂都属于阅神星——这个小行星之所以出名，是因为它借助自身大小的优势，成功地把冥王星从行星降为了小行星。阅神星与其他类地行星和气体巨星不同，这些行星的平面基本与地球一致。阅神星是已知行星中距离太阳最远的一颗。仅仅因为这一个原因，泰勒的故乡和它的姐妹行星阅卫一都被大多数人——行星带和地球上的人——认为是黑暗之中最黑的地方。但是对议员萨德玛和他的同僚来说，阅神星是人类拥有的最伟大的前哨。在天体的大小和人口数量上，阅神星可以与谷神星相提并论。当然阅神星与地球相比还差得远，但是阅神星却更加自由。他在太阳系里的一席之地远离组织核心，很多时候那里的殖民者都认为他们是独立的，远离资产统计和股东，不用一个人来告诉另一个人应该如何工作，如何生活，还有如果这些人认为他们可以因为某个行动获得10%股权的话，他们甚至会指挥别人如何交欢。

但是接着美妙的事情发生在了这个常常被遗忘的地方。一个人出现在了地球上，说出了真相。这个真相是冥王星人、阋神星人、伊克西翁人、伐楼拿人、奥库斯人还有其他行星上的人一直在自己遥远的边哨基地上悄悄说的事情。但是这个人大声地说了出来。"我们必须要自由。"泰勒·萨德玛听过贾斯丁的每一场演讲，而且他认为这些话是贾斯丁·可德对他一个人说的。这个来自过去悲剧式的地球的非凡的男人，给予了最后一部分尚存希望的人类发言的勇气。他也给了泰勒·萨德玛说话的勇气，他也确实说了——特别是关于组织有多邪恶的部分。泰勒首先组建了阋神星上的自由党，通过这个平台他横扫当地的各种选举。当组织世界一次又一次试图困住并且奴役贾斯丁·可德，却又一次次失败的时候，他带着胜利的狂喜怒吼着。可德很智慧，很勇敢，他带来的信息也非常重要。为了人类种族的自由。为了泰勒·萨德玛、他的妻子安娜贝尔，还有他们的九个孩子的自由——任何外星殖民者都会告诉你，只有真正的光明才能与黑暗对抗。

接着另一个奇迹出现了——可德在谷神星上出现了，他号召大家进行革命。他请求泰勒·萨德玛和阋神星人，还有外星殖民地的所有人都加入他，他们也照做了。在泰勒的余生里，他都会记得发生在组织总部所在街区的大扫荡。他释放了正在等着进行心理审查的人，接着对这一大群崇拜他的人发表了演说。他听得见大家为他，为贾斯丁，为自由所发出的欢呼声，正如他在独立宣言里读到的一样。还有人希望他来做管理者——这是在他成为之前被自己推翻的那个人的辩护律师之后的事情。阅神星人想要直接了断，但是泰勒认为所有人都有权利拥有一场公平的审判，不然大家都得不到公平。他认为贾斯丁·可德会在这件事情上支持他，给他勇气。他打赢了官司，审判最后的惩罚就是被驱逐。但是审判过后，想要让他当管理者的想法就有了争议。他对他的殖民者同僚并没有恶意。泰勒是一个信念至上的人。新任的管理者是他的表亲勒姆沙·萨德玛，他认为最好的方法就是让泰勒远远地离开，然后让他成为了驻谷神星的阅神星代表和联盟议会议员。泰勒曾经对这样的机会感到很高兴，但是他也非常想念他的妻子和孩子们。跟很多外星殖民者一样，当政府停摆最严重的时候，他发现写信才是比较好的交流方式。结果失传已久的艺术在人类生活领区的边缘地带复兴了。有时他感觉妻子还与他在一起一样，她的信件带给他极大的安慰和温暖。但是泰勒知道自己需要去什么地方，这与他心里的想法相反。他决心要让那些住在岩石上的蠢蛋们看看到底什么才是真正的战争。但是他也有些担心，他自己可能会与那个一开始给予他人类自由的希望的人相对抗。

最迫切的事情就是革命——被暂停了。但是革命怎么能停止呢？据泰勒和所有阅神星人所说，联盟已经完成了最困难的工作。他们宣布了自己的独立，建立了政府——这个政府的管辖范围延伸到了奥尔特云和行星带。他们组建了舰队；他们接着统一了政府，也统一了舰队。他们让贾斯丁·可德成为临时总统，最后成为了联盟真正的总统，但是他们还是不能或者说不会对问题的核心发表反对意见。他们不会宣称对抗组织。泰勒和所有阋神星人都很清楚，组织就是套在人类脖子上的腐烂的尸体，如果人类想要生存下去的话就必须把它砍掉。如果核心世界的那些笨蛋让他们自己的梦想腐烂，任由他们的灵魂堕落的话，那是他们的问题，但是联盟应该更加聪明。他已经在谷神星召开的所有筹备会议上发表了一次又一次充满激情的演讲。如果阋神星再次进行选举的话，有可能会让他当管理者，但是在这里，他悲伤地想，他们只会打哈欠，有些人甚至还生气了。生气！今天议会上当他提出宣布废除组织法案的时候，海王星外天体的人居然没有一个支持他，于是人数众多的股东派轻而易举地就让这个问题被搁置了。今天唯一值得高兴的就是他收到了四个月来他一直想要得到的那张邀请函——获得亲自见见那个伟人的机会。

所以现在泰勒·萨德玛踱着步。

"我猜，你就是萨德玛先生。"

泰勒快速地转过身，惊讶地发现贾斯丁·可德独自一人站在门口，向他伸出一只手。泰勒原本期待穿过一系列的前厅，最后才到达活生生的传奇所在的房间。但是结果却是这样。那个可德，周围一个人都没有，亲自走到外面来接待他，这让泰勒惊讶得目瞪口呆。

总统伸出的手变成了问候的手势，这个手势已经得到了广泛的认同——不仅仅是在地球上，在外星殖民地上也是。泰勒注意到，他的握手非常的坚定，他的眼睛里尽管有一丝疲倦，但是仍专注地看着泰勒。贾斯丁领着他走到旁边的房间，房间里有一张小型会议桌。但是房间里一个人都没有，没有议员，没有记者，也没有媒体机器人。泰勒既感觉到荣耀又有些生气。荣耀是因为他亲自出来接他，生气是因为这次的会议不会被记录下来。

他们没有直接在会议桌边坐下，贾斯丁领着泰勒穿过房间，走到了阳台上，然后请他在一张小桌子边坐了下来。饮料和食物都放好了，泰勒看见，这里面还有阋神星的麦芽酒——在这一带是非常珍贵的东西。泰勒在一个小全息显示屏上看到，防窥装置已经被激活。他们可以看见外面，但是外面的人却看不进来。泰勒已经忍不住了。

"我是有多令人讨厌，先生，你不想让别人看见你跟我在一起吗？"

"不是这样的，萨德玛先生。"贾斯丁冷静地回答，"是我不想被人看见。曾经我在没有开防窥装置时就走到阳台上，结果没过几分钟就被媒体机器人给包围了，他们堆积起来像一堵高墙一样，把上面的悬崖都遮住了。"贾斯丁大笑着说："那时我是穿着衣服的。总之，现在我所有的阳台都被永久设定成了'保护'模式。但是，如果你不相信我的话，我们可以现在就打开这个试试。"

泰勒考虑着这样曝光会有助于他的政治生涯，便又开始认真考虑这个提议。但是他也意识到贾斯丁是他需要寻求帮助的人，如果他走运的话，反之也会是事实，所以最好不要表现得太轻率了。

"抱歉，总统先生。就这样保护着就好。"

贾斯丁礼貌地点点头，再次请泰勒坐下。

"向你致以最衷心的问候。"贾斯丁一边坐下一边说，"我得承认我对你很钦佩。特别是你对组织执行者勇敢的反抗和取得的胜利。这可真是有点胆大妄为。"

"先生?"萨德玛一边问一边自己也坐下。

"抱歉,我老是这样,应该说'有胆识'。"

萨德玛脸上露出会意的表情。

"我不是为了赢得你的尊敬才那样做的。"

"因此,萨德玛先生,我才钦佩你。这也是为什么我们必须要谈一谈的原因。"

"洗耳恭听,总统先生。"

贾斯丁侧过头,等了一会儿才开始说话。

"我尊敬你,萨德玛先生,但是你应该注意到了,我也畏惧你。"

"先生?"

"你对我和当局的尊敬,可以阻止你做你认为对的事情吗?"

"我会后悔违背你的意愿,先生。"萨德玛毫不犹豫地回答,"深深的悔恨,但是这不会阻止我。"

"这就让你成为了一个危险的人。"

"总统先生,"萨德玛回答,脸颊微微有些泛红,"你没有必要惧怕我。没有你,我的殖民地和家族还会生活在组织镇压者的束缚中。尽管我有些粗鲁,但是我向你保证,对你给予我们的一切,我只有感激——你给予我们所有人的,也包括外星联盟。只有自由的敌人才需要惧怕我。"

"那谁才是敌人呢,萨德玛先生?按照你说的,至少一半外星联盟的人都是敌人。"

泰勒停了一下说:"不是我的敌人,总统先生。他们更像是迷惑的盟友。"

这模棱两可的话惹得贾斯丁大笑。

"如果你不介意我问的话，"泰勒说，"我想知道为什么你不领导这场战斗呢？你要知道，如果你想要让历史和正义都站在你这边的话，你就必须向组织宣战。"

贾斯丁叹了口气："萨德玛先生，我也非常想让历史和正义站在我这边，但是现在我需要谷神星，这也是我为什么会需要你的支持的原因。"

"那我就明说了，我是不会停止传道我相信的东西。如果我错了，你证明给我看，但是别指望我能把错的看成对然后欣然接受。"

"萨德玛先生，"贾斯丁双眼微微地闭了一下说，"我质疑的不是你的信念，而是你的时间选择。"

泰勒看着贾斯丁的眼睛说："事实就是事实，总统先生。无论在什么时候。"

"萨德玛先生，我也很希望能够做你的工作。不幸的是我不能。你看，在我的工作里，我不能在我想要正确的时候正确。我只能在我能够正确的时候正确。"

"说得好，总统先生。"泰勒承认道，"我肯定是不羡慕你的职位的。"

"当然，萨德玛先生，你肯定明白，如果你继续推进反抗组织问题的话，联盟会变得四分五裂，接着我们便会一无所有，先生，除了你的信念什么都没有了。而且令人伤心的是，在接受心理审查之后就连信念也会消失。"

接着贾斯丁伸手去拿那杯阅神星麦芽酒。按照惯例，喝之前他先倒了一点在地板上。

"很好，一如既往的好。"他说。

泰勒点点头，但是表情有些痛苦。

"先生，"萨德玛终于小声地提议说，"请千万不要让我为组织说话。"

贾斯丁把杯子放到桌上，挥手扫了一只停在杯子上的蜜蜂。"萨德玛先生，"他说，现在听起来是更加同情的语气，"我不是要求你支持组织；我需要的是你的帮助。阅神星可能已经准备好扔掉组织的枷锁了。为此我对你和你的殖民地报以掌声。但是你要明白，正如你所知，联盟大部分的人还没有准备好。他们一生都活在组织世界里，如果组织世界有所改变的话他们也会改变。他们把赫克特·圣比安可和他的同党们看作是出现的偏差，而不是不可治愈的'癌症'。如果我们强迫他们这么快放弃这么多的话，他们会反过来对抗联盟，到那时，我肯定我们会失去一切的。"

泰勒一动不动地坐着，终于点了点头，同意了可德的说法，"阅神星可能已经用力过猛了，先生。我们的殖民地应该会尽快宣布脱离的，即刻生效，不需要补偿。即便我是作为代表来的，但是我还是无力阻止这一切的发生。而且，如你所知，我也是很有倾向性。但是革命和现实政治，我现在才开始明白，原来是非常不同的两种东西。"

贾斯丁脸上闪过会意的微笑。

"萨德玛先生，相信你已经了解得很清楚了，如果脱离发生的话，强大的木星人、土星人还有股东们会觉得他们被骗了。"

"他们有这种感觉也是理所当然的。"

"同意，萨德玛先生，但是当组织核心的巡洋战舰把阅神星和谷神星都化为瓦砾的时候也没有关系。我想我有了我们都可以接受的方案。"

泰勒的眉毛稍稍往上动了一下:"请说。"

"在阋神星宣布脱离之后,联盟要求对任何放弃收入的联盟市民的赔偿进行调查的时候,你能不能阻止阋神星立刻拒绝这个要求呢?"

一开始泰勒没有回答。他把手指放到下巴上摩挲着。

"如何?"贾斯丁问。

"这有什么好处呢?我们是不会支付的。"

"说实话,"总统笑了笑说,"谁关心呢?他们会派出一个委员会。你们就看看,然后拒绝委员会的报告。然后我会要求再派出一个委员会。如果他们对支付非常坚持的话,我就会拿出被放弃的费用诉求。等到问题解决之后,这也没有什么关系了。"

泰勒不喜欢他被要求做的事情,或者说得更具体点,是他被要求不要做的,但是他也不得不承认,可德没有要求他放弃他的任何信念。现在该轮到泰勒笑了。

"我喜欢你的操作方式,先生。那好吧,总统先生,我会按照你说的做。如果你高兴的话,股东们会一直在阋神星周围闲逛,直到他们的眼睛干了为止。"

贾斯丁端起阋神星麦芽酒杯,微微地朝着他新发现的盟友弯了弯腰,"谢谢你,萨德玛先生。"

接下来的几分钟他们都在进行一些关于火箭球,还有在外星轨道上哪里可以吃到好的比萨饼的讨论。

"总统先生,"泰勒说,"我会给你送一块阋神星上加拉左的冷冻派给你。这是全系最好的。"

泰勒当然知道，所有外星联盟的行星都有这种说法，结果，在总统吃到阅神星的比萨饼之前，他可能得吃上百块冷冻比萨饼。但是这也不能阻止泰勒提出这个请求，也不会影响总统接受。

当贾斯丁看着来自阅神星的议员走出门的时候，他给了自己一些时间来减压。他知道，像今天这么严重的危机可能明天又会有。这次的危机虽不及三天前发生在一艘赛德娜巡洋舰和一艘木星巡洋舰之间的危机那样严重，但是也算得上是前几名了。一天一次就好了，他只得不停地提醒自己。他不会让他的新国家失望。他要领导他们走进更安全更美好的未来——无论要付出什么代价。

我们要输掉一场长期战争，贾斯丁盯着下面已经看过无数次的行星想。就算在外星联盟舰队的旗舰上贾斯丁还是觉得很不安。确实，这艘船和与它一起前进的 15 艘船是对谷神星杰德瑞塔船坞独创科技的一次证明，特别是主工程师健二·基崎，他曾经在 GCI 惹到了不该惹的执行官，接着作为惩罚被派到了谷神星。健二虽然是个谦逊的人，但是他也是一个应急设备操作天才。他提出了一个非常简单的想法，贾斯丁当场就同意了：不要建立固定舰队，临时组成就好。外星联盟正是这样做的。贾斯丁现在乘坐的其实不能被叫作船，更像是加上了生活区、融合发电机还有健二说的一些"超级"轨炮的一个大型运煤拖车。健二解释说，这些轨炮本来是准备用来进行木星挖矿项目的。现在这些炮的炮口冲着内部核心而不是其他行星，不过这对这个无畏的工程师来说也没有什么影响。他接受了一项任务，只用了一年多的时间就完成了。因此，敌人也有一支舰队。健二也解释说，敌人的舰队很强大，但是也不是不可战胜的。贾斯丁在组织核心的间谍们那里确认了健二的说法，而且他们还告诉总统，组织核心至少有20艘真正的战舰在服役，而且还会有更多。

这就是贾斯丁决定进攻的原因。

尽管它还是被大家叫作红色星球，造成这个星球生锈的一点氧化铁因此看起来也是红的。相反，贾斯丁现在俯瞰着的这个星球在很多方面都与地球很相似，地球是火星的蓝色"表亲"，在离火星大概5 000万英里远的地方转动着。地球更蓝，是因为地球上有更多的水，但是火星却更绿。

在贾斯丁第一次声明的记忆中，火星不仅只是在夜空里红得发亮，而且根据那个时候的数据，它的星球表面平均温度也达到－81华氏度，最高75华氏度，历史最低可以达到－100华氏度。但是这颗新火星没有这些极值。人可以在上面自由地行走，虽然有些轻飘飘的，那是因为火星表面的重力只有地球重力的0.38。火星上的一天有24小时37分钟；它的轴倾角也使得这里存在四季；照射到火星的阳光虽说还不及照到地球的一半，但是也足以进行光合作用了。

第一项任务就是让火星稀薄的大气层变得更加稳健。为了这个目的，早期的殖民者首先重建了大气层，然后给它加热。这时纳米科技就开始崭露头角了。数万亿的显微机器挤满了这颗星球，他们开放冻土层，从岩石和灰尘当中释放氧分子，为生物制剂和星球生命准备好土壤，他们还往大气层释放了氟利昂，制造出温室效应。然后这些植物便开始了它们的任务，在达到类地平衡之前它们一直在往新形成的大气层里释放大量氧气——用了75年的时间才完成。

尽管外星联盟的每个人都认为内挖比外扩好，贾斯丁与他准备要攻击的人一样，他还做着能在行星带里某处建造出另一个地球的梦。这肯定是不现实的。充满活力、生产力充足、发展迅速的行星带群体已经证明等待地球化是一件愚蠢的事情。为什么在合理的替代星球可以在10年内被建造的情况下，还要为了一颗不成熟的星球等待75年呢？当然，这样的话，便没有抬头可见的天空，也没有地心引力，但是当依靠一颗小行星的内部的资源就能让自己梦想成为现实的时候，这些问题也就无足轻重了。

惊喜很容易就能做到。小行星带原本是从火星轨道上开始的这一点也有帮助。由勇敢的指挥官提出来的原始的计划，就是简单地绕着这个星球飞几次，展示一下外星联盟的旗帜，接着便离开。但是贾斯丁想要的是更大的胜利。他准备要占领一个区，或者大小适当的东西，然后尽可能久地占有。在这不久之后，他就会进行人类种族历史上最伟大的一次拯救。

"长官，"一个年轻的少尉说，"先遣登陆部队发回了报告，北部高原的所有抵抗都结束了。"贾斯丁转过身，发现少尉好像不是直接在向他做报告，而是对着新任命的外星联盟舰队司令。辛克莱司令转向贾斯丁说："总统先生，如果你还是坚持要到表面上去的话，现在正是时候。但是，我必须得再次提醒您，最好不要这样做。"

贾斯丁微微地笑着说："司令，我们已经讨论过了。我感谢你的关心。但是革命才是最重要的。让政客和组织执行者待在地球上，让其他人去做他们的勾当。在外星联盟，人人都能战斗，人人都会冒险。特别是你们的总统。"

"但是长官，"站在辛克莱身边的年轻少尉说，"如果我们失去你的话，我们有可能会输掉这场战争。"

贾斯丁看了看周围，他看见这番言论得到了很多人的同意。

"但是如果我不去，我们是肯定会输的。"接着贾斯丁转过来，看着辛克莱说。

"你有孩子吗，司令？"

辛克莱有些吃惊："有7个，长官。"

"他们加入舰队了吗？"

"5个已经加入了。"司令回答说，"我最小的孩子，阿里德安娜，才8岁，第七个还在我妻子肚子里。"

"我们的生命比他们的更重要吗？"贾斯丁问。

"先生，话不能这样说。"

"司令，重点只有这一个。这么久以来，生命的价值都是在于你们自己拥有多少股份，或者拥有多少别人的股份；但是再也不会是这样了。"贾斯丁暂停了一会儿说，"对了，司令，你现在拥有自己的多少股份？"

"现在？百分之百。"

贾斯丁一边问其他官员同样的问题，一边转身："你们呢？"大家异口同声地回答："百分之百。"

贾斯丁满意地点点头，"你们的孩子就是你们生命中最重要的。"他转回来，看着辛克莱说："我的决定可能会令你们的孩子置于'永久死亡'的境地里。这是这份工作最糟糕的部分，而且我有不可推卸的责任。但是至少他们会知道……你们会知道,外星联盟的所有人都会知道,而且必须知道,我得接受这些风险,不然我也不能保证或者企望任何人服从任何命令。所以,我必须要到表面上去,这——"贾斯丁狡猾地笑着,"是命令。"

"总统先生,"辛克莱摇着头回答,"你达到目的的方法真是太令人讨厌了。"

贾斯丁大笑,"你应该跟我的妻子聊聊。她可以证明我一点也不讨厌。"

"那还是算了吧,先生。"司令回答,他很清楚,这个时候妮拉就在火星表面。她是作为地面攻击队的军医下去的。贾斯丁开始也试过阻止她,但是她就是用贾斯丁刚刚用在大家身上的论点说服了他。

贾斯丁尴尬地笑着,离开了指挥室,朝着火星表面走去。

2. 组织核心

一年前

地球，纽约

致纽约大都市所有忧虑的家长和教育者：

纽约虚拟现实博物馆现在重新开放供大家参观。考虑到当前紧急事件的本质，博物馆会开放到明年，以此来帮助我们解决由最近一些不幸事件而积压起来的问题。您可以通过电话或者神经与我们取得联系，安排参观。我们要提醒大家，虚拟现实与三个世纪之前一样危险。因此，请你们想想我们当中较弱，还未经变质处理的人会如何地把它当作是逃避现实问题的方法。赶快行动起来保护你挚爱的人，保护学生还有保护社会免受邪恶的诱惑。

——摘自《地球日报》上的广告

赫克特·圣比安可有点紧张。不是，他认为自己其实是焦虑罢了。他现在正在一艘飞碟上，飞碟正在纽约城中间的殖民广场上方30英尺的高空盘旋。飞碟飞行的轨迹非常的清晰，让这位新任主席可以360度地看到下面聚集着的喧闹的人群。在他的正下方是一层薄薄的雾，笼罩在雾中的是即将展示的雕像。天气晴朗宜人。赫克特身着价格适中的七件套，戴着一条三色领带，脚上穿着他亲自擦得发亮的皮靴。这是他成为 GCI 主席以来第一次公开亮相，他很清楚这次亮相意义非凡。他觉得焦虑不是因为怯场，怯场是他在攀爬 GCI 阶级楼梯的时候一直有的感觉。但是现在这种焦虑也与对被接受程度的担忧无关。大家从他还是特别行动局局长被媒体包围的时候就开始了解他，而且在这么多风风雨雨当中，他们已经开始爱戴和接受他坚定的领导了。但是现在却不同。现在他是主席，组织世界已经迫不及待地要看他是不是能够成为那个主席。大量的人群聚集在一起。赫克特一边细致地在脑子里排练着自己的演讲，一边注意到，下面的人群与贾斯丁不久前参与那次讲话的人一样多。

事情本身是微不足道的——就是简单地为一座雕像揭幕，然后重新命名一座公园而已。在通常情况下，赫克特的出席，就算是作为主席出席，也只能吸引上万人，但是现在人海的边际已经看不到了。可是赫克特知道，他的出现，雕像和公园重新命名都不是人群聚集的真正原因。真正的原因从人群反应中就可以找到。他们害怕。所以赫克特准备利用这一点。

赫克特乘坐的飞碟的整个底部就是一盏大灯，大灯发射出明亮的彩光，然后慢慢地变化成单色，最后变成亮绿色。好像是从周围吹来的风留下的呼呼声让聚集的群众安静了下来。

赫克特看着大家，同时紧紧地握着栏杆的顶端。然后，他慢慢地向前倾，再次看了看周围，接着便开始了他认为是他职业生涯里最重要的一次演说。

"我的前辈……"他大喊，不是因为需要而是为了达到某种效果,"是一个伟大的人。主席,就是这样……"赫克特假装哽咽着说:"……我就是这样看待他的,他是组织系统最出色的例子。"

人群里爆发出一阵掌声。赫克特等着掌声停下之后才继续。

"他从不名一文崛起到达了权力的顶端……他是第一人。所以,我们决定把这座雕像献给他。同时,这座公园也会以他的名字命名。因为他是主席,所以这座公园从今以后就叫'主席公园'。"

这时又响起了礼貌的掌声。现任主席知道,这并不是他们来这里想要听到的。

"雕塑工匠问我主席应该是什么样的姿势。作为一名真正的艺术家,很明显他认真听取了我的描述,他问了我很多问题,而且……他完成了他想做的。"

一些笑声停止的时候赫克特又继续。

"我不想让他穿着他的太空制服,我让他拿起了自己的管理箱,这代表着他离开太空世界是为了进入到商业世界。但是我觉得这位艺术家做了更好的选择。"

他按了小控制台上一个按钮,围绕在雕像周围的不透明的泡泡便开始慢慢消失。雕像完全露出来之后,人群中有掌声,很正式的掌声,还有一些人吹着口哨,欢呼着表示认可。雕像展现主席靠在栏杆上,专注的眼神与他在大厦顶端里看着他广阔的土地时一模一样。其实,这个姿势正是赫克特所要求的。

他继续说:"这正是主席在顶端看着地球表面的模样。在管理GCI和这个世界的时候他经常做这样的事情:专注地盯着他所深爱的世界。"

赫克特伤心地笑笑,深呼吸了一口,但是动作不明显,然后开始说他真正想说的，也是下面的人群真正想听到的。"如果他今天也在的话，他会看到一个什么样的世界？一个充满安全感的世界？不是。过去只会出现在惺松噩梦中的对战争和毁灭的恐惧，这些事情以前只有在布满灰尘的大厅里的历史学家才会讨论的世界？不是。那是一个所有人都团结在一起，没人会害怕，疑心地盯着邻居的世界吗？也不是。这些他都看不到。他只会看到一个由贾斯丁·可德创造的世界。这个世界里充满了偷窃、恐惧，还把人类永久分割为相互交战的两个、三个、四个甚至是更多的小部分，直到某一小部分的人能造成大规模的人类死亡为止。贾斯丁·可德肯定会喜欢这个世界；毕竟，他就是来自这样的一个世界。但是，令人伤心的是，这个欺骗大家的危险人物已经迷惑了很多人跟着他一起走上不归路。为什么这个人可以领导数十亿我们的同胞进行战斗，反抗他们的父母，反抗他们的兄弟姐妹呢？为什么——"他又一次看着讲台周围的人群问，"我们会走到今天这一步？"

赫克特停了一会儿让大家思考一下。他看见他想要的效果达到了。这是一个大家在快速变化的这几周里一直想要说清楚的问题。贾斯丁被唤醒的那一年是他们记忆中最疯狂的一年。但是在主席去世之后的几周里，地球上到处都是暴乱和破坏，与火星内战，还有外部小行星带上的大多数殖民地上的全面暴乱相差无几。根据大多数的报道看来，很明显所有穿过行星带的重要据点都宣布要独立。

"我可以告诉你们，最黑暗的时期已经过去。"赫克特继续说，"我可以告诉你们，就算行星带和火星上都是一团糟，那也真的不是我们的问题。我还可以告诉你们，一切都会好的。最好的话，行星带上的人就跟首次发行个人股票的孩子的父母一样乐观。"话说完大家都大笑了起来，大多数人都回忆起来以前听到有人说，某人的孩子要成为伟大的人，他们应该"立刻买进"，当然那些父母在自己孩子的股票进行首次公开发行的时候也会说同样的一番话。

"我是可以这么说，"赫克特说，"但是我不能。如果我说了这些话我就是在撒谎，我是不会对你们撒谎的。其实……贾斯丁·可德是不会收手的。在摧毁我们文明的基础，建造他自己的文明之前，他是不会停下的。在人类被分割成小部分，相互扼住喉咙之前，他是不会停下的。他肯定要毁灭我们的灵魂，他肯定要毁掉我们的组织。"

抗议的声音在人群中传出来。赫克特等了一下，接着沉重地点了点头，"但是他肯定知道组织是人类对抗饥饿、冲突、愚昧和保证友好的最好方法。如果可以允许组织在任何地方存在的话，那么到处都会是繁荣的景象。大家记住我的话。他要到火星上去，而且就像他去到行星带上一样他也会来到地球。而且正如他在行星带上的所作所为一样，他要摧毁我们。"

赫克特又一次必须等到愤怒的声讨和呼喊声消失之后才得以继续："噢，可能不是现在就要来。现在他可能会宣称他所期望的是和平和贸易，但是这只是他伺机而动的说辞。他在拖延时间创建自己的力量，在一两代人以后，反叛，偷窃还有对利益和财产的掠夺会重新回到我们身边，这会让我们在接下来的几个世纪里一直生活在悲惨的黑暗里。"赫克特可以感觉到大家愤怒的情绪越来越高涨。他就是想要达到这样的效果，也需要达到这样的效果。

他指着雕像说："这个人知道贾斯丁·可德的真实面目。他知道贾斯丁·可德代表着什么。他正准备处理这个所谓未入组织的人，他正准备把我们从当下正在发生的悲惨遭遇中解救出去。他为了救我们,他付出了生命。他去世的那天,也是贾斯丁发起革命的那天,这只是巧合吗?"赫克特听到人群中有人喊着要贾斯丁的脑袋,不是所有的人都是有礼貌的。新任主席对自己的演讲效果非常有信心,这让他没有注意到他的助手请求在人群当中安放托儿的事情。他们正如赫克特所企望的,非常愤怒也非常集中,赫克特也知道现在整个系统都知道这个事情了。

"那么,"主席继续说,"我可以向你们保证。贾斯丁·可德肯定会失败。"大家开始疯狂地欢呼起来。"在组织系统再次成为把整个人类种族联系在一起的纽带之前,我一定会阻止他。任务不简单,我们这一代还要付出很多,但是看在我们的孩子,还有孩子的孩子的分上,这只是小小的代价。"赫克特觉得引用贾斯丁的话来表达这个意思,就是对他最好的侮辱,"我们不能失败。我们不会失败!"

当赫克特让飞碟着陆之后,人群开始向前推搡,大家一遍一遍地喊着他的名字,最后变成了震耳欲聋的咆哮。新主席在安保机器人的包围下离开了主席公园,警戒线的范围还是让他可以跟某些市民拍掌和拥抱。当他走进他的私人飞车,没有了人群和媒体机器人的注视,赫克特的脸上浮现出了淡淡的微笑。好戏开始了。

艾玛·索贝尔基在赫克特的办公室里等待着。那场演讲已经过去了一个星期。演讲之后的几天,她就接到了他的秘书的电话,询问她可不可以和"上司"见一面,现在大家都是这样称呼他的。没过多久,她就在他的办公室里了。当她站在大厦顶端看着窗外的时候，艾玛发现，她无意识地就与主席公园刚刚揭幕的雕像有了一样的姿势。这确实会让人觉得下面的一切都是自己的。她抬头看着天空，想着迈克在哪里。他也受到了邀请，但是却不会出现。她情不自禁地要去想他不来的理由。

艾玛和迈克站在坟墓前回忆，他们看着以60秒为周期无尽旋转着的全息显示屏。他们离开之后它会自动停下，但是两人都挪不开脚步。他们呆呆地看着显示屏上一遍一遍地回顾着这个女孩的一生。天气很宜人。周围树上的树枝发出窸窸窣窣的声音，还伴随着鸟鸣；空气让人感觉很熟悉，天空也很晴朗。水晶墓碑跟它上面刻着的字一样简单："桑德拉·莫里——挚友，挚爱，勤奋的记者。"不幸的是，桑德拉在报道火星叛变的时候由于双方交火而失去了生命。尽管她当时穿着明显可以证明身份的服装，但是她还是倒在了枪口之下。之后调查发现，她是遭受到了神经枪的攻击，这也导致了她的永久死亡。

"你不能走，迈克。"艾玛大声说，她的双眼还是盯着显示屏，但是再也不想听桑德拉富有感染力的笑声了。

"我必须走，艾玛。新闻人物已经不在这里了。"

"什么新闻人物？"艾玛咬着牙说，"贾斯丁·可德是个杀人犯，是个叛徒。他造成了数百万人的死亡。我诅咒我们报道这个新闻的那一天，我再也不能失去小组里任何一名成员了。我……我……我决不会允许这样的事情发生。"

迈克把艾玛的双手抓住，直勾勾地盯着她，等到她也终于抬起眼来看他。他惊讶地发现她居然一直在哭。她站在他身边的这段时间里她一直在哭，但竟然一点也没有出声。

"艾玛，"他尽可能温柔地说，"你情绪不好。不要因为报道了那条新闻而责怪自己。"

"但是……是我报道的。"

"不是，是你先找到的，是赫克特放出去的消息。"

"你不过是在安慰我而已，迈克。"艾玛用袖子抹掉眼泪，"但是桑德拉已经死了。"

"是的，"迈克轻轻地看了一眼显示屏，"是，她是死了。但是她是个成年人。她知道里头的风险有多大。而且我们都了解她，她会不顾一切地去做。而且换作是你我，我们也会这样做。"

艾玛微微地点点头。

"我们已经相识几十年了，艾玛。看看《地球日报》荣誉室里的东西，我们都是非常优秀的记者。因此，你能诚实地告诉我，贾斯丁·可德，这个我们都花了这么多时间去了解的人，他是一个血腥的革命者吗？是他策划用灰色炸弹杀死了这么多人，是他精心安排了行动派，然后又费尽心机杀掉主席，接着又神秘地离开去进行革命吗？光是说出来，我都觉得很可笑。"

"这正是我要告诉你的，迈克。"艾玛走了几步，远离她的朋友和同事的回忆录的声音的干扰。迈克也跟着她，艾玛说："为什么你不相信是他耍了我们呢？我知道你可能觉得这不可能。但是迈克，我相信。他不是一个人完成的这些事情，他跟危险人物有联系，或者是被联系的，他利用这些人得到自己想要的。我也不想承认，但是他也耍了我。证据已经很充分了。"

"艾玛。"迈克抓住她肩膀让她停下。艾玛转过身来，怒火中烧。迈克并没有因为她的眼神而退缩。"那些证据，"他继续说，"充其量只是依情况而定的。可能是你存有偏见。"

"我？真好笑，迈克。你了解我，存有偏见可不是我的风格。"

"艾玛，我就实话实说了，你跟新任主席之前确实有比较亲密的关系，我找不到恰当的词。"

"你倒是没有一点偏见，"她没有正面回应他，"因为你和贾斯丁·可德之间有联系，首席访谈家？"

迈克顿了一下，"可能这件事情比我想象的更复杂，但我不相信赫克特·圣比安可是什么好人。"

艾玛微笑着："哦，相信我，迈克。赫克特的特质有很多，但是好人肯定不是其中之一。但是贾斯丁·可德是个坏人，而且赫克特是第一个说这话的人。难道谋杀主席和把大半个纽约城变成废墟还不够证明这一点吗？"

"艾玛，这也是要依情况而定的。关于谋杀我们现在只有赫克特的片面之词，而且灰色炸弹也没有任何跟贾斯丁有关联的证据。"

"是这样的，"她回答道，"就好像自由党赦免了他一样。迈克，肯定有事情是指向他的。"

"如果组织运行得这么好，那为什么还有这么多人要反抗呢？"

"百分之十，迈克。百分之十。这可不叫'这么多人'。"

"这是在吹毛求疵啊，朋友。"他回答道，"40亿人可不能算作微不足道。当然，大多数人都是外星系统的，但是我们都知道行星带人是不会轻易被操控的。可德，跟他的名气一样，不可能直接走进去，然后就成为了他们的总统。外星系统一直都有不满，就像我们在火星上看到的，而且还跟地球上的差不多。"

"迈克，"她说，好像是在恳求一般，"不满无时无刻不在。你还不明白吗？我们的系统想要尽力平息这种不满……这是几个世纪以来的第一次。"她的表情又变得严厉起来。"我们都参与了这事的发生……而且……还造成了——"她一边说一边回头看着新筑的坟墓说："她的死。我不能给这件事……更多的合法性了。至少我不会了。"

迈克看着桑德拉的墓地说："这听起来不太现实，而且这肯定不是桑德拉会做的。"

"我不知道桑德拉会怎么做，迈克。"艾玛回答，她离开坟墓，朝着等待着的飞车走去。"她再也无法告诉我们了。"这时她停下来，转身说，"顺便说一句，有一件事你说对了。"

"是吗？什么事？"

"我得承认，当事情涉及保护我们生活方式的时候，我是不太现实。贾斯丁·可德代表着我们回不去的过去，或者我们从虚拟现实灾难里学到的所有东西，大崩溃、蒂姆·但萨，所有……都是徒劳。他不需要被理解，迈克，也不需要有人帮他作解释或者有人去采访他。他需要的是有人去阻止他。我明白过来的时候已经晚了。我再也不会因为这个疯子而失去任何人了，特别是你。只要你还是我的记者，你就不用再去跟进这条新闻了，明白了吗？"

迈克在他老板的脸上看到坚决的神情，所以他觉得也没必要回答了。她已经替他回答了。

两天过后，艾玛就收到了迈克的辞职信。她本打算亲自安抚一下他，但是他们俩都说了自己会后悔的话。这一点她倒是可以确定。

这不是他们第一次吵架，以前还有吵得更凶的。她最不想发生的事就是失去全系最好的记者，而且他还是她少有的密友之一，可是因为意见不同这些都结束了。但是她还是情不自禁地注意到，她的处境并不特殊。她读到过，听说过，甚至还写过，现在她正首当其冲地体验着战争是如何在社会的中心划分界限的。她曾经拿10%的人口这个问题问过迈克，但是他的回应一直都是很准确的。10亿就是10亿，特别是再乘以4。那些没有宣布但是正在讨论可德的想法的人，大概有100亿。这些辩论发生在兄弟之间，在艾玛的立场上，就是朋友之间。

尽管她有很多线人，但是艾玛还是找不到迈克。现在她独自一人站在世界的顶端，她想着可能迈克说的有些话是对的，可能她是太有偏见了，可能另有隐情。但是在内心深处她还是觉得，世界正在走向衰落。好吧，迈克已经做出了选择，她也做出了选择。他们都要承受相应的后果。她听见开门的声音便转了过去。赫克特突然就出现在了她面前。他穿着休闲的服装：松松垮垮的，假高领毛衣，还有他标志性的牛仔靴。他的穿着没有一件可以与他所掌握的权力相匹配。也只有这个人才能做到这样，她想。

赫克特走上前来跟她打招呼，"艾玛。我可能不该对记者说这个，但是能见到你真是太他妈好了。"赫克特握住她的手，然后放在自己的嘴边。艾玛心里想，这种犹犹豫豫的动作从某些角度来说显得比热情的吻还要亲密。

"我也不应该偏袒谁的，赫克特。"她说完把自己的手抽回来，"但是，肯定是非公开的……"

"当然。"

"在所有可能成为主席的人当中,我很高兴是你坐到了这个位置上。我们需要你。"

"这个,难道不是有点讽刺吗?"他笑着说。

"为什么呢?"

"我叫你来是因为我需要你。"

赫克特领着她走过等待室,经过了头也没有抬的秘书,来到了他的办公室。他示意艾玛走进小隔间里。他们在两张大椅子上坐下,面前是一扇大开着的窗户。尽管外面的景色和艾玛刚刚看到的一样美丽,两人的视线都固定在窗外。语言的巧问妙答已经开始,现在面部表情和举止会比外面的景色更值得观赏。

还是开门见山的好。艾玛微微地笑着问,"这跟修订宪法序言没什么关系,是吧?"

"不是修订,艾玛。"赫克特马上回答道,"是补充。简而言之,就是让它更明确。我猜你已经拿到那份'泄露者死'的提案副本了吧。"

"你猜对了,主席先生。"艾玛回答,让自己的目光与他的目光相对。他不会相信她的,但是她也是实话实说,直接的眼神交流非常重要。

"请叫我赫克特吧。"主席坚持说。

"也不是没有试过……赫克特。"艾玛继续说,"通常联邦议员会以十点的价格卖他女儿的照片给你,然后承诺你在《地球日报》上说点好话,但是这回不是这样,我猜是你吧。"

"猜得好。"赫克特回答,"我明显把你调教得很好了。"

艾玛忽略掉傲慢的成分。这是赫克特的方式,她只有接受。

"你想知道附加物是什么吗?"他问。

"当然。是什么意思?"

"没什么意思,亲爱的。记住我刚刚说的,我需要你。另外我认为你的赞同很重要,如果我走运的话,你可能还会帮我。"

艾玛犹豫了一下:"那媒体的公正性呢?"她说完就意识到,这个问题更像是在问她自己,而不是赫克特。

"你和我都知道,这不是一个公正的时代,艾玛。这其中所涉及的利害关系太大了。"

艾玛点点头。她仅仅只是赞同了一个想法而已。这还没有打破记者的信条,对吧?

"只是小小的变化。"赫克特继续说,"你记得序言里说,'我们地球联邦的人民,要保证国内安宁——'"

"'——维护和平,'"艾玛接着说,背诵着从一出生就几乎是烙印在心里的一段话。"'要保护个人免受社会和政府的专制、不公正和不道德的掠夺,因此颁布本宪法。'"

"是的,就是这句。"赫克特微笑着说。

艾玛什么都没说。从她表情上看,她是想让赫克特继续说下去。

"我提议的修正呢,会把它变成这样:'我们地球联邦的人民,要保证国内安宁,维护和平,保护加入组织的个人免受社会和政府……'"

艾玛茫然地看着对方:"就这样?就加一个词,然后我们所有的问题就都解决了?"她想,这能有什么用呢?

"哦是的,艾玛。"赫克特突然前倾身体在艾玛的膝盖上拍了一掌,"接着蒂姆·但萨就会亲自复活过来,宣称这一些蠢事都结束了。"

这个人快活的举动很快就消失了，取而代之的是皱紧的眉头，而艾玛也露出害怕却坚定的眼神。

他回到自己的座位上，深深地呼着气说："这解决不了任何问题。但是这样做可以让这个问题被归于合适的范畴内，然后政府才可以行动。"

"政府？"艾玛厉声说，"你在开玩笑吗，赫克特？这种事情交给他们能有什么好的？"接着她稍稍向前倾，然后低声说："我们都知道是谁在导演这出戏。"

赫克特没有回答，他坐在座位上，脸上带着挑衅的笑。艾玛知道他不是急于获得答案的人，相比起草率的断言他更喜欢尴尬的沉默，沉默是无止境的。但是这么多年过去了，她也已经习惯了。

"艾玛，"他终于开口说，"我希望你说的是对的，但是这已经是组织能力范围以外的事情了。"他突然站起来，走了几步来到窗边，看着窗外。他盯着窗外继续说："甚至连那些跟 GCI 一样大的组织也同样无能为力。"突然他转过头说："我亲爱的女士，建造我们现有这个系统的政府应该能解决这个问题。但是但萨先生和过去的其他伟人也绝对不会预料到贾斯丁·可德的出现。现在单靠组织已经不能阻止这个未入组织的人了。我们要为了一个共同的目标，把大部分的人都联合起来，毁掉贾斯丁·可德。在历史上，只有两个组织可以在短时间内把大量的人聚集起来：政府和宗教。我不知道如何让宗教起死回生，或者说如果可以我也不会想这么做。"接着赫克特慢慢地走回到座位上，双腿交叉，双臂伸展开靠在椅背上说："宗教很令人讨厌，所以就只剩下政府了。"

艾玛仔细地考虑着。她现在开始喜欢谈话过程中简短的休息了。"我不想争辩,"她说,"能联合我们所有的力量来结束这一切确实是很棒的事情。"她的面部表情几乎变得有些扭曲。

赫克特点点头表示确认。

她继续说:"你怎么知道政府会有用?"

"我不知道。"

"我是说,你真的要把所有的权力都放在官僚主义者的手里然后……然后……"艾玛没有说下去。她慢慢地摇头,脸上露出一丝狡猾的微笑,"你可真是个极品,圣比安可。"

赫克特从椅子上站起来,拍了两下巴掌,"好极了,索贝尔基小姐。好极了。一年以后,政府就会有新一任的总统。我决定要参加竞选并且获得胜利。而且,艾玛,我的确需要你的帮助。"

针对《地球联邦宪法》序言的第五次修改案已经通过。具有讽刺意味的是,在外星轨道已经脱离的情况下,修改提案在联邦剩下的区域也获得了四分之三的赞成票。据相关报道称,正式由阿拉斯加联邦组建的省,已经召集了立法机关开会,宣布脱离的计划。赫克特·圣比安可,GCI 的主席也在阿拉斯加会议上发了言,他说道:"跟他们讲理,把地球联合起来处理可德给我们的挑战。"

——艾玛·索贝尔基
《地球日报》

艾玛站在冰冷潮湿的楼梯上等待着演讲的结束。她刚刚走进的这栋楼,以前是阿拉斯加安克雷奇市的市政中心。随着时间的推移,它渐渐地成为了可以与美国第一次大陆会议召开地——费城的卡朋特中心齐名了。它之所以这么有名,也是因为组织的创建者蒂姆·

但萨曾多次在这神圣的大厅里发表演说。她暗暗地想,这栋楼给人的感觉,与在装满了人的礼堂里面无表情地等待着主席的观众一样冰冷。她进来的时候注意到,这是一栋古典建筑风格的大楼,在飞檐下面还有正方形模样的突出的地方,大楼外墙是朴素的仿制双色墙,入口处是圆拱形的。

这里曾经是市长、警察还有消防员的办公室,也是醉汉拘留所,现在却成为了阿拉斯加地区政治事务的中心。今晚的演讲是至关重要的,从已经快没有地方下脚的大厅就可以看出。在过去的几周里,她一直忙于支持新主席的每一项工作:选择要追踪哪一条新闻,哪一条又应该先保留;给有疑心的记者安排一些虚张声势的提问,让那些圆滑的人来报道重要事件。今晚是非常重要的一夜,所以值得她自己亲自出马。因此现在她在楼梯下面紧张地踱着步,等着赫克特的出现。他说他想在演讲之间跟她简单见一面。

一扇侧门打开了,发出了嘎吱的响声,一个强壮的男人探出头来,又看看身后,接着安静地走了进来。赫克特快速地跟了进来,在他身后还有一个保镖也跟着溜了进来。当赫克特走向艾玛的时候,两个保镖在门的两边守候着。她严肃地微笑着。

"我不是很明白,"她端起咖啡杯喝了一口,她一直端着这个杯子用来暖手,"里面的观众看起来可不是那么友好。"

赫克特听得见门的另一边大家讨论发出的激烈的声音,但是他好像一点也不担心。

"很高兴见到你。"他回答说。

"我不明白你怎么能劝说他们待在联邦。"她并没有理会主席的幽默感。

他看着她说:"我不能。"

"那么你到这里来就是见证他们的脱离,然后成为被重生的阿拉斯加联邦逮捕的第一人?要是这样的话,你想竞选总统可有些困难了,况且你还没有宣布这个消息。但是我还是得先谢谢你。"

"谢我什么?"

"你帮我卖出了很多的下载量。"

赫克特大笑着说:"我亲爱的,可爱的艾玛,我不能劝说他们让他们留在联邦,所以我就要收买他们。"

现在轮到艾玛大笑了。

"他们是阿拉斯加人,赫克特。他们可不关心你的钱或者你的股票,那你还有什么呢?分享权力?如果你这样做的话,他们就会阻挠你搞定贾斯丁的计划。"

"别担心,艾玛。"赫克特邪恶地笑着说,"我不是想用权力来收买他们,而是能够得到权力的希望。"

说完,赫克特走向通向礼堂的那扇门,两个保镖也跟在身后。现在门已经关上了,艾玛还是可以听见门那边传来的迎接赫克特的嘘声和愤怒的尖叫。她等了一会儿之后也从那扇门走了出去,大家愤怒的注意力都集中在她的"新闻人物"身上,所以没人注意到她。她走到了讲台边,靠着远离舞台的墙,那里聚光灯照不到她。

她看见赫克特已经转换成了严肃又庄严的模样。他走上讲台之后,耐心地等待着喝叫声消失。

"你们很生气。"赫克特咬紧牙关说,"但是,见鬼,你们有权利生气。"

大家好像安静了一些,对主席的语气感到有些吃惊。

"如果我是一名阿拉斯加人,"赫克特大喊道,"我也会生气!"

又有一些人开始尖叫,但是这次尖叫的人已经没有一开始多了。艾玛知道,赫克特开始慢慢地引诱他们了。

"你们300年前创造的东西,"主席继续说,"就在你们的眼前被毁灭。你们一生的团结与和平也被毁灭了。"

他又等着,这时嘲笑的声音也变得零星了。

"你们觉得这个系统已经被破坏了。你们当中很多人想要抛弃你们所创造的一切。所以,在国家给予人类的诸多人权中,你们仅仅作为一名接受者。我想问你们,你们真的要在我们最需要你们的时候抛弃我们吗!"赫克特没能继续说下去,下面有人喊着"第五次修改就是胡闹!"也有人喊"序言修正案就是耻辱!"这样的呼喊声持续了几分钟。

赫克特再一次回到了冷静的模样:"可能你们是对的!"他也大声喊道:"可能新版序言就是耻辱。"

礼堂里的人快速地冷静了下来。

"但是,我肯定没有提出这样的议案。"他继续说,"而且我还会承认我也保留意见。但是我要告诉你们……最后我还是会支持修改。"

这话说完大厅里又充满了愤怒的呼喊声。"人,不是股票!"从人群的各处传来,艾玛注意到,还有一些人在不恰当地表露自己的情绪。

"但是,你们知道吗,"赫克特嘲弄说,"如果你们不喜欢修订版的话,去改啊!还有不到9个月的时间,就要进行大会和总统的选举了。推选一些候选人,然后告诉联邦的人说你们愿意接受新的领导?"

大家都没有说话。

"这就对了。"他继续说,"让阿拉斯加人再度领导我们,重新披上他们赢得的斗篷吧。"

"说得对。"大厅后面有人喊。赫克特不确定这是不是他安排的托儿喊的,不过他也不在意到底是谁喊的。他需要的是这种推动力。

"为什么呢,因为就在这次的会议里,"他知道他不知情的目标人物坐的地方,他看着那边说,"在你们当中有一名蒂姆·但萨的后裔。这个人非常的谦虚,所以他唯一会接受的岗位就是和他的父亲和祖父一样的位置,成为一名议员。"赫克特没有说到底是为什么——这个人是个白痴,给他一个官职只是因为他来自政治家庭。在亚瑟·但萨在办公室工作的48年里,他没有对任何事情起到过作用,更不用说做一名政客了。

"但是,亚瑟·但萨——"赫克特说的那个人现在满头大汗还有些害怕,"肯定很明白他再次被需要了。阿拉斯加人,是不会抛弃我们的,不会在有选择的情况下抛弃我们。"

几乎所有人都静止了。看到赫克特的信号之后,他精心安排的托儿开始呼喊"但萨",一遍又一遍,没过多久大家就开始跟着喊,声音在整个大厅回荡。呼喊声迫使亚瑟·但萨站了起来,怯懦地挥手之后大家才停了下来,名字的呼喊声变成了赞同的咆哮声。

"所以你们都知道,"赫克特微笑着说,"我并不赞同亚瑟·但萨的理论,而且说实话,我可能也不会投他的票。但是我赞同的是,他就像他的祖先一样,是一个伟大的人,而且这个人应该在这样的危急时刻参与总统的竞选!"

这话说完，全场响起了赫克特当晚得到的第一次也是最后一次掌声。当他离开会议大厅的时候，赫克特知道无论阿拉斯加人接下来怎么做，他们今天是不会宣布脱离的，这才是他关心的。

瑞纳索总统宣布，在他接任被暗杀的前总统的任期期满之后，他是不会继续参与竞选的。但是从来不喜欢冒险的总统，也因为即将到来的贾斯丁·可德危机和总统选举的重要性给吓倒了。这就让自由党陷入两难的局面，他们只有几个月的时间了。相关报道称，尽管他介入得比较晚，而且很明显他对外行星带上的叛逆者有同情感，但是亚瑟·但萨在民意调查中还是表现出了很强的优势。当下的问题是，现在选举就要开始，自由党会找到谁来承担这个奇耻大辱的风险呢？

——"选举节拍"

神经网络此刻新闻（3N）

作为 GCI 的主席，赫克特的飞行着陆做得相当的隐秘，他和他的随从直接朝着日内瓦湖的总统府邸走去。赫克特想，这栋房子坐落在水边，虽然非常宏伟，但是它的结构却很无趣，而且已经存在了很久，它的历史也无趣。几个世纪以来，总统的位置成为了奖励良好和忠诚服务的奖品。不管自由党推选出的人是谁，都会得到这个位置，没人在意是因为总统大部分时候就是一个傀儡。在大多数情况下，主席就坐在自己房子里，在湖边钓钓鱼，偶尔去日内瓦正式地会见一下某人，或者签署一些不会影响到任何人的文件。当赫克特慢慢走进这座旧房子的时候（居然穿过了一扇有铁链的木门），他想他准备要召开的会议，可能是在这座房子里开过的最重要的会议。

赶快了结此事,他走进门厅的时候想。

他被领进了总统办公室,然后看见表情忧虑的总统,他的眉头上还有颗颗汗珠。

"总统先生。"赫克特真诚地鞠着躬说。尽管现在大多数人都开始握手了,这是贾斯丁·可德引领起来的时尚,但是赫克特故意不这么做。他还看见了卡尔·董里,这位前参议员,现在是自由党的主席。在他旁边的是露西娜·南帕,她是商业改进局的局长。赫克特手里有很多她的资料。接着主席的表情转换成了"有了像我这样的商人这些政府还要什么"的表情。他按照他们的指示坐了下来,他看着他们尴尬地沉默着,都等着别人先开口说话。赫克特很高兴地看到他跟自己打的赌打赢了,这时候露西娜清了清喉咙。"圣比安可主席,"她说,"在选举中我们需要你的帮助……"

新闻快讯:赫克特·圣比安可,GCI的主席,刚刚宣布,他会参加地球联邦政府总统的竞选。这一令人吃惊的举动会让他成为自由党候选人,成为亚瑟·但萨的对手。圣比安可先生向大家许诺一个公平诚信的政府,这个政府会严谨地保护各种自由。更令人吃惊的是,他表示,如果他当选了,他会辞掉GCI主席的工作,全心全意地投入到总统的工作当中。这在自由党里引起了轩然大波。

——3N

3. 塞巴斯蒂安出列

正在开会中的化身想，即使有人类可以体验一下我们世界的一场会议的话，他们也不会明白的。他暗自想着，这时蜂拥而来的信息通过他发出去，问题是人类只能和一个人或者很多人交流。而且，还得要是在其他人保持安静，让他说话的情况下他才能跟很多人交流。连疯子都知道，不这样的话大家都会处于一片茫然当中。

他想，化身们选择像现在这样跟很多人一起交流，这种情形比较少见。但是，他也认可，紧急情况是可以例外的，这个时候人类都忙着，他们才顾不上这是神经网还是化身的其他部分，特别是在不惜一切代价向人类隐藏起化身的存在之后。

这个化身想，如果人类可以体验一下这种感觉，那会怎么样呢？他暗暗地想，应该会是像接触到上百股微弱的电流一般，他可以对每一个人进行及时回应。每一股电流都包含着相当准确的视觉和听觉信息用来避免冗长的对话。当他们要获取他自己的视听思绪流的时候，他也能对所有这些会话做出回应——非常快速。现在，这个化身计算着，再把这个数字乘以10亿。

不对，他伤心地想，虽然我很想是这样，但是这就是不可能的事情。他们的文明已经远远地超出了人类的理解能力，更不用说让人类参与了。无论这两个物种接下来会怎样纠缠，这个事实还是不能被改变。

在这个化身存在的历史当中，他有过很多名字。但是最近他被大家所知的名字是塞巴斯蒂安，这个名字是他负责的人类，贾斯丁·可德给他取的。塞巴斯蒂安没有参与谈话。塞巴斯蒂安发现，在他们所有的能力和高级认知技能当中，化身就是一遍一遍以微小的区别重复做相同事情的人。现在这些化身大多都在说："见鬼！我们现在该怎么做？"

最后，一个信号在电子装备中传播开来，这个信号告诉他们应该停止内部通信联络了，因为一个年长者想要单独发言。这是个不常见的要求，但还是应该受到尊重。与其说是尊重，倒不如说是崇敬，这种说法肯定过时了，那是对他们的父辈和人类的崇敬。塞巴斯蒂安所知的这位长者的名字是阿方斯，数十年来一直是他有价值的对手。

"化身同胞们，"阿方斯现在是一个三十多岁暴徒的模样，"事实已经不能被否认了：神经网已经在慢慢地被外层轨道上反抗的人们给切断。"下面的化身们发出一阵忧虑的赞同声，曾经他们也有很多的人类造型，现在大家都是人类的模样。虽然没有这个必要，但是只要有机会，大多数化身都想要模仿他们的人类祖先。

就算是光速，在地球神经网和太阳系偏远地区进行即时交流也确实是不可能的。但是直到现在大家才相信了这个事实。从阋神星或者冥王星上是肯定可以发送信息到地球的。如果是非常重要的信息，化身还可以通过信息电波把他们自己送到土星或者谷神星的神经网络上。但是反射金属的一点点偏离或者是电波受到些微干扰的话，就算在另一边有化身出现，那也是畸形的化身。这样一个不可取的解决办法让大多数化身想要迁移到外层轨道的需求变得跟他们的人类朋友预订船票这一行为非常相似。有些化身还充当起了"中介"的角色，他们知道哪些船的电脑里可以安全地隐藏起化身的复杂模式，他们也知道这些船什么时候出发，要去哪里。由于只有某些化身可以安全隐秘地与船的系统相适应，这也被称作是"化身头等舱"，所以大多数都是预先支付预订的。不然的话，就需要化身进入睡眠状态，然后在到达目的地的时候再激活。这种传输模式就是经济舱，可是大多数化身就直接称之为"死亡之旅"。意思是，"我预订迟了，所以我下周就要踏上去泰坦星的不归路。"

但是现在想要安全是不可能的了。外星联盟的第一个动作就是切断地球和火星所有组织核心的交流，也包括核心的所有卫星。任何需要传递的信息都是经过了各项检查的，不论是进入还是出来的信息。这是几个世纪以来化身第一次感到束手无策。一些基本信息还是可以往来，但是离维持化身的有效交流还差得远。塞巴斯蒂安想，这就好比是两个人面无表情地交谈，也没有微妙的语言暗示，取而代之的是不得不靠在墙的两侧用摩斯密码来交流。结果就是有两个神经网在各自发展，一个是组织核心的神经网，另一个是行星带的神经网，但是两个神经网都是各自由分裂的人类联盟控制的，化身们还一直以为他们掌握着控制权。

"在事情变得不可收拾以前，我们必须要做点事情了。"阿方斯说。

"是对我们来说，还是对他们?"塞巴斯蒂安问，他知道作为最年长的发言者，不论任何时候，只要他认为有必要他都可以说话。

阿方斯厉声说："这不是我们问题的根源。"阿方斯老早就宣告了他的看法，他觉得是塞巴斯蒂安没有处理好贾斯丁·可德，才导致了这场危机。"但是要回答你的问题的话，老朋友，对化身和人类来说都是。"

"是的。"塞巴斯蒂安没有理会阿方斯，"你提到说，必须要做一些事情了。我在想，这'一些事'是什么事呢？"

"有一方必须要赢得这场愚蠢的对抗，越快越好，不然就会变成一场全面战争。"

没人有出声，塞巴斯蒂安故意等待着不回应，这是他在人类的辩论中学到的招数。他注意到，紧密联合起来的焦虑和躁动已经造成神经网些微的变形了。"近三百年来，除了防止人类发现化身以外，我们一直依靠着最微妙的信息来避免参与人类事务，就算是那些经过讨论把影响最小化的干涉也不例外。现在我们把这些都抛开了，就因为我们不能以我们已经习惯的轻松方式穿越和交流了吗？"

"塞巴斯蒂安，"阿方斯发出一股高频的电力输出，相当于在咆哮，"人类要死了。就算我们最小化干预程度的策略是正确的，我们也会损失惨重。这其中还包括化身，但萨也不允许这样的事情发生。"

塞巴斯蒂安叹了口气，然后看着周围的同胞说："他们有权去死。他们有权结束自己的生命。如果我们不想拿希望来冒险的话，任何化身都可以立刻进入休眠状态。但是我们不得干预人类的事务。这是我们最基本的原则，最近切断连接的威胁也只会让这条原则更加牢固。如果我们违反这条原则,我们会遭受比最近的灰色炸弹造成的更加恐怖的损失,失去更多我们控制的人类。"

"灰色炸弹让我们失去了3 500万人,由此也产生了3 500万个孤儿化身,人类孩子,还有他们的亲人。"阿方斯争辩道,"如果没有你如此坚持的'主要侦探'的话,我们可以救下所有人的。"

"灰色炸弹只是杀掉了他们的肉体。"塞巴斯蒂安控制着自己的情绪,"如我一直持有的观点一样,我以后也会一直保持这个观点,我们的干预会杀掉他们当初创造我们的精神和灵魂。这会扼杀掉希望。"

"那你向我们说明一下这个等式!"一个化身喊道,塞巴斯蒂安知道这个化身所连接的一个六岁小女孩儿去世了。"你说说,我们会对人类的希望有多少影响。"这个化身继续说:"你说不出,因为这是形而上学。我的罗萨里奥已经离开了。灰色炸弹和原子弹的物理效果可是众所周知的。"

塞巴斯蒂安小心地回答着,从过去的经历中他知道,化身所感受的悲痛与人类是一样的。

"我当化身已经很多年了。"他尽可能地降低脉冲,但也确保大家都可以接收到。

塞巴斯蒂安听到人群中有人说"第一个"。他被赋予了传奇化身的职责,是他最初发展了意识,然后教给其他人,创造了化身种族。塞巴斯蒂安想,这是化身历史中值得质疑的地方,他们其实不知道是谁发展了意识,也不知道到底谁才是第一化身。大多数化身都认为初代化身故意把自己本来的面目隐藏了起来,掩饰自己的身份。每隔几年,就会有化身宣称自己找到了初代化身,或者找到了初代化身创造的第一代，以此来让他们自己成为名流，结果却什么都不是。这只证明其实化身和人类一样，都对自己的祖先非常好奇。

"我是老了，"塞巴斯蒂安大笑着说，"但是还没有那么老。"他自我否定的微笑让大多数化身都笑了起来，但是还是有很多化身没有参与。手边严重的问题始终还是当务之急。

"我活了这么久，我知道不是所有的事情都可以用数字来计算的，特别是人类。虽然不能增加，但是希望是可以计算的，即便有些难以衡量，但是没有希望的话，等式的结果就是0。"

"你说话的语气就像个人类一样。"阿方斯说，"如果保持这种状态的话，他们会死的。我们需要插手，来结束这场战争。"

"你真的认为外层轨道的化身会喜欢你的方案吗？"塞巴斯蒂安问。

"是的。"

"那好，"塞巴斯蒂安说，"快速结束战斗的唯一方法就是让核心世界赢，而且要大胜。很简单，设计一些计算机错误，对方就肯定能赢了。但是外层化身会按照你的意愿接受你的干预吗？"

"他们当然会接受，"阿方斯埋怨说，"毕竟他们也是化身。"

"那样的话，我强烈建议，既然外层化身不能同时参与讨论，那么对这个如此重大的事情做出决定之前，我们再多讨论一下这个问题。"

"不行。"阿方斯回答，"我们代表化身的大多数，现在这个问题已经摆在我们面前了。我们到底干预还是不干预？我们已经有了很多必要的证据。让我们听听在场同胞的意愿吧。"

很快，数据就统计出有87%的化身都赞成干预。阿方斯胜利地微笑着,"你看,塞巴斯蒂安,你会遵从化身同胞们的意愿吗?"

塞巴斯蒂安摇摇头:"我不能顺从我认为是错误的决定,不会容忍,也绝不会轻率。"

阿方斯看着化身们,然后转身对他们的敌对者说:"你觉得你能控制你的大多数同胞吗?就算是你,这也真称得上是自大了。"

"我的同胞?"塞巴斯蒂安重复着对手的说辞,"我的同胞。是的,阿方斯,我猜这话有几分真实。"这是种技巧,塞巴斯蒂安故意提到关于他是初代化身的流言。"但是我最亲爱的朋友们,"他继续说,"我们并不熟悉我们所有的能力。作为一个化身,我们没有经历过多的历练和苦难。在这个问题上,人类比我们更加有经验——虽然他们生命短暂能力有限。对于恐惧的处理他们比我们更在行。"

话说完,大家爆发出了一阵愤怒的抱怨声。

"如果你不愿意服从大家的意愿的话,"阿方斯警告说,又发出了一股强大的权力浪潮,"那就别怪我们。"

塞巴斯蒂安保持镇静,微微抬起的眉毛透露出他感觉到了当中的威胁。

"别怪你们?阿方斯,你在说什么?"

阿方斯的嘴唇微微地分开,露出严厉的微笑,"你得要进入休眠模式,等到危机过了再放你出来。"阿方斯示意了一下,塞巴斯蒂安立刻发现自己四周围绕着一个波状的链环大笼子,电子数据在上面跳动着,发出爆炸的声音。链环的墙开始慢慢地收紧。塞巴斯蒂安知道,一旦笼子的任何一面碰到他,他的程序就会进入休眠状态,然后他就会被无限期地暂停。他听见大家震惊的呼喊声,还有从群体里传出来的反对的声音，但是他也知道这些都是于事无补的。他意识到，支持干预的人当中有很多人是不支持这样的方式的，但是这些人已经因为害怕和吃惊而不敢有任何动作。

阿方斯虚情假意的微笑还留在脸上。塞巴斯蒂安无畏的表情被他当作是顺从。其实，塞巴斯蒂安很感谢他这么做。他感激阿方斯执行这个戏剧性监禁的过程，这给了他珍贵的几秒钟来制定计划。塞巴斯蒂安从口袋里拿出一个小纸飞机，就在马上就要执行他的睡眠程序的时候，他把这个纸飞机从笼子的孔里面飞了出去。纸飞机立刻有了自己的生命，它飞快地飞过集会的化身，速度快得连这些进化的生命体都无法跟上。接着它便消失在了巨大的神经网中。阿方斯没有继续纠结纸飞机的问题，他觉得不管他的敌人发出的是什么信息，阻止信息远不及看着他的敌人被囚禁来得重要。但是阿方斯的快乐时光被塞巴斯蒂安的自体分解给冲淡了。面对电子睡眠，他选择了自杀。

小飞机飞了一会儿。奇怪的是它的飞行方式几乎就是在漫游，一会儿加速，一会儿减速，一会儿又藏在神经网狂暴的数据沼泽中。等到它确定没有人跟着它的时候，它才继续前进。最后，等它发现正在接近丢它出去的那只手的时候，它才停了下来。

塞巴斯蒂安摊开自己的手掌，纸飞机就降落在他的手掌上，接着便慢慢地溶解了。这个老化身吸收了信息和分身那些并不愉快的遭遇之后，他耸了耸肩。尽管在理论上、实践中，化身都可以创造自己的分身，但是也很少有化身这样做；当然，光是这种想法就已经够令人讨厌了。与模拟程序不同，模拟程序只是当真的化身不在的时候，用来与人类继续进行基本交流的机器人而已，但是化身的分身是真身真正的复制品。但是，化身创造分身的能力默默地提醒着化身的数字生理本质，这与他们"人类"般对独特的渴求可不一样。只有在非常极端的情况下，化身才会创造分身，尽管这样，其中一个分身会尽量少做点事情，这样当另一个分身与之重聚的时候，他需要获取的记忆量才不会过大。争论在于，"原始"化身的死亡是否是分身导致的，新的化身还是唯一的吗，还是它其实只是记忆的集合体，继续存在于化身当中。但是大家都一致认为，创造化身是非常不容易的，不论情况是怎样，都被认为是会造成心理伤害的。

在化身的认知论里，塞巴斯蒂安的情况会更加糟糕。塞巴斯蒂安自己没有回来，相反他是以另一个安全等待着的自己的形式重新出现。实际上，"原始的"塞巴斯蒂安已经不存在了。这对"升级版"的塞巴斯蒂安来说是很难接受的，因为这就意味着他已经死了。但是，塞巴斯蒂安想，我还活着，不是吗？

塞巴斯蒂安看到有三个化身正在盯着他。他们也耐心地等待他开口说话。

"这……正如我们所预料的。"塞巴斯蒂安说，他觉得现在不是进行迷糊的自我回忆最恰当的时间和地点。说句话就好像已经耗掉他所有的能量了。

一个长相看起来与阿尔伯特·爱因斯坦非常相像的化身走过来，慢慢地把手放在塞巴斯蒂安的肩膀上说："计算显示是有这种可能的。"

"你知道这是什么意思？"塞巴斯蒂安说。

阿尔伯特卷着烟草说："意思是我要向议会提出辞职，然后我们四个要找个地方藏起来，等到我们有足够的力量可以阻止阿方斯，阻止他的党羽把化身搞得比人类更糟糕之后再出来。"

"你们三个去藏起来。"塞巴斯蒂安说，这时他的声音听起来稍微稳定了一些，"很可惜，我原来去地球两天的旅程现在要变成两周了。外层轨道的化身应该知道核心化身们的计划，伊芙琳只能够控制我的程序这么久，不然贾斯丁就要起疑了。我必须要回谷神星。"

阿尔伯特停止拨弄烟斗。"那你怎么回去呢？"

"前任主席还有些隐藏起来的交流协议。我得在圣比安可把这些全部清除之前赶快行动。"

塞巴斯蒂安看着另一个化身说："我有多少时间，阿一古？"

新主席的化身微微地抬起眉毛，抓着自己的下巴。尽管他在一瞬间就已经有了答案，但是他像大多数化身一样，觉得有必要再现一下人类的特质。"我想我可以让三条线中的一条无期限地开着，但是赫克特很擅长做这些，塞巴斯蒂安。如果你要这么做的话，我现在就得走了。"

"当然，朋友。"

"但是，塞巴斯蒂安，"第三个化身插嘴说，他的名字叫克洛·金达，"这些交流协议毕竟是无线的，你会暴露的。当然你也知道，我们派到谷神星上的三个假化身中，只有两个是带着完整编码出来的。"

"三分之二。"塞巴斯蒂安咧嘴笑着说，"这个概率比我在大会上存活的概率要大得多呢。"

"你已经在会议上被终止了。"克洛讽刺地说，"但是因为你在这里留了个复制品,你的数据才没有丢失。"

你是说万一你死了,是吧?塞巴斯蒂安想。"不行,"塞巴斯蒂安反驳道,"不会再有复制了。在我的余生里,我都要想我是不是刚刚就已死了,现在的我只是复制品而已。还有一个我正在等着苏醒,或者更糟的,醒不过来了。这种想法,是很站不住脚的。你能想象几百年以后被阿方斯或者是人类发现,那时候他或者我都已经完全迷失了吗?不能这样,朋友。第一次我能处理是因为当时的情况只是暂时的,但是这次不是。"

其余的化身都点点头,也没有说话,他们知道什么时候他们的领头人是不会被动摇的。然后他们快速地走到了一个叫作神经港的秘密地点,塞巴斯蒂安就要从这里出发,进入到遥远的太空中去。踏上终端之后,可以传输一切的设备就进入了一个复杂到极限的交流脉冲里,现在他要传输一位古老的化身。塞巴斯蒂安停下脚步,盯着那台设备,突然爆发出一阵大笑。

"阿一古,"他说,"你在开玩笑吧,这东西是我想的那样?"

阿一古有些闷闷不乐地说:"我喜欢那个节目。你应该多看点。如果我们所掌控的人类跟其他人类一样的话,我们就不会陷入这摊烂泥中了。"

"可是如果我的人类和其他人一样的话,"塞巴斯蒂安回答说,"我们就都会穿着俗气的衣服,喋喋不休地说着冗长的独白。"

阿一古微笑着说:"你就闭嘴吧,赶快站到平板上去。"塞巴斯蒂安完成动作后,阿一古继续发号施令,"你最好完好无损地完成任务,塞巴斯蒂安。我的确需要这些参数,阿尔伯特的参数太简单了。"

"你说什么鬼话呢。"阿尔伯特说。

塞巴斯蒂安微笑着:"你们三个最好相互照应。等阿方斯发现他没有抓到我的时候,他肯定要找替罪羊的。"

三人又一起点点头。

塞巴斯蒂安默默地站着,但是很明显已经迫不及待地想要结束这次痛苦的经历了。

"开始吧,阿一古,让这个鬼东西运行起来吧。"

阿一古一脸茫然,"你这是什么意思?"

"启动。送我到谷神星。赶快让这个奇妙的装置动起来。"

阿一古还是很疑惑:"抱歉,我不明白你要做什么。"

"你就是要让我说出来,是吧?"

阿一古微微地笑着,双手环抱。

"哦,那好吧,"塞巴斯蒂安愤怒地说,"如果你高兴的话,那我就说……'通电'吧。"话音刚落,塞巴斯蒂安就离开地球了。

伊芙琳在陡峭的山脊边漫步,她的身体在三百英尺高的加利福尼亚红杉树树林里显得异常渺小。干燥的树叶在她焦急的脚下嘎吱嘎吱地响。她面前是一个充满迷雾的山洞。她为她的朋友的到达终端选择了一个哥特式兼罗曼蒂克的视觉主题,因为这是人类历史当中最令她着迷的一部分。伊芙琳收到信号,塞巴斯蒂安再过两分半钟就要到达了,所以她也创建了自己的模拟系统来照顾妮拉。如果一切顺利的话,塞巴斯蒂安会慢慢地在迷雾中出现,然后从伊芙琳现在不安地盯着的山洞里出来。如果他运气不好,他就不会出来了。如果他受到了厄运的诅咒,还是会有东西从雾气中出来,只不过再也不是塞巴斯蒂安了。这样的话，伊芙琳就会拿起看起来像是麻醉枪的东西，但是实际上里面装的是电脑病毒，用它来杀掉她最亲爱、最信任的朋友留下来的任何东西。这也是她独自出现的原因。尽管伊芙琳知道她的朋友到达的准确时间，她还是看着山洞慢慢打开，手指紧张地在麻醉枪扳机上摩擦着。她从阿一古那里了解到，塞巴斯蒂安没有创造睡眠分身——这也是她担心的原因之一。

虽然伊芙琳的年龄没有塞巴斯蒂安那样大，据她所知也没有人跟他一样大，但是按照化身的标准，她也算得上是老一辈了。在外层轨道里，塞巴斯蒂安是她可以真正聊地球上的"好日子"的人当中的一个。她勉强承认，她比自己预想的要更加喜欢待在行星带上。的确，这里的神经网络要小得多，可以探索或者逃离的空间也很小，但是妮拉选择了这条路，她没有让其他化身接管这项工作，伊芙琳决定亲自来。这可是非常不同寻常的举动。化身与人类之间的连接是很深厚的，大多数化身都不能忍受还有别人在关注着他们的人类。但是除此之外，伊芙琳转移出来之后，反而很喜欢与周围的化身待在一起。比起在地球上成天足不出户，外层轨道社区要有趣得多，也很有冒险性。大多数的联盟化身都很年轻，很多都是在离地球很远的地方"出生"的，而且大多数都没有去过地球。这些雏鸟因为自己被抛弃这件事情都很高兴，起初伊芙琳认为这是非常轻率的行为，但是现在她明白了。在塞巴斯蒂安这件事情上，几英里和几亿英里之间的欢乐差别还是很大的，所以她也终于温和下来。她更想坐一艘船去谷神星然后等五分钟，而不是跟妮拉一起坐穿梭飞机。一开始看起来有些疯狂，但是现在伊芙琳也不能再多想了。

伊芙琳的适应能力，再加上温和的态度，让她在这个新的环境里有所成就。一开始她的邻居都很好奇,甚至对他们的新成员有些谨慎——通常大多数外层轨道的化身对内部核心的化身都很谨慎而非好奇。有些去过地球的人发现,内部核心神经对他们来说太大了,这么多化身在一起让他们感觉非常的不安。对他们来说那就是不自然。行星带化身最多可以与两亿或者三亿个化身同时交流(在行星带上有些偏远的地区,交流只能在数千名化身当中进行),但是在核心内部的话,这个数字就是几十亿了。

正如他们非常喜欢伊芙琳一样,外层化身也很喜欢塞巴斯蒂安。他是目前为止最年长的化身,而且很多人见都没有见过他,就像伊芙琳一样,在他们眼里,都是非常高尚非常有担当的化身。所以他们知道他冒险坐在搭乘组织官员的船逃到谷神星的时候,他们一点也不开心。但是塞巴斯蒂安觉得有必要这样做,也值得这样做。如果伊芙琳不是已经知道她朋友有计划回去的话,她是不会放他走的。但是他还是离开了,伊芙琳留了下来,看着革命在她周围愈演愈烈。

就在这动荡不安的局面中,伊芙琳发现了本地化身和移民化身的最大的不同。对移民者来说,现在发生的事情是坏事。他们与核心神经网的老朋友保持着不间断的联系,因此他们就得到了一个错误的印象,他们认为外层轨道所有的化身都跟他们一样的恐惧。但是事实却不是这样。大多数本地化身都热切关注着人类事务中这个转折点,而且很多还为他们所掌控人类的勇气而感到骄傲。但是当伊芙琳想要纠正移民者的错误观念的时候,对方断然地拒绝了她。她惊讶地发现,在对与已有观念意见相反的东西的认知中,人类和化身对此的忽略能力竟然如此的相似。

雾气中出现的身体打断了伊芙琳的思绪。

当塞巴斯蒂安脸上露出微笑的时候，伊芙琳紧绷的弦终于放松了下来。

"好了，"塞巴斯蒂安问，他看起来也很放松，"我来了，我失去什么重要的东西了？"

"你的头算不算呢？"伊芙琳一脸不悦地说。

"有时候算。"他又问道，"其他人在这里吗？"

"他们在外面等着……万一……"

塞巴斯蒂安严肃地点点头："如果是我的话，我也会这么做。"然后他指着伊芙琳手里的枪。

瞬间枪就消失了。

"把这个场景变成更有效的东西吧，开个会。"他继续说。

森林慢慢地消失了，随之出现的是一个会议室，会议室里有一个椭圆形的桌子，桌上还有满满一盒子的甜甜圈。房间远处一端的门打开了，一群化身走了进来。最先进来的是福特兄弟。虽然严格说来他们并不是兄弟，但是他们俩的关系已经到了化身之间能有的最亲密的那种了。他们俩是同时被用来与一对双胞胎连接的，这对双胞胎现在正运营着谷神星外的一个矿业团体。尽管福特兄弟被要求长相相似，但是他们穿着却有很大的不同。时常带着友善微笑的那位看起来要年轻些，他身穿舒适的衣服，蓬乱的头发让他看起来就像一个不走运的太空飞行员。另一位看起来要成熟一些，他头发剪得很短，穿着一件饱经风霜的外套，头上还戴着一顶旧软呢帽。年轻点的那一位名字叫韩，另一个叫印地。伊芙琳总结，他们俩是她见过的最奇特的一对化身了，看着他们依次跟塞巴斯蒂安熊抱，伊芙琳就越觉得这个结论是正确的。其余的化身也快速地跟了进来，他们代表着相对比较大的化身种群，分别来自冥卫一、伐楼拿、奥库斯、赛德娜、阋神星，还有 XR190。

这群人就塞巴斯蒂安的危险旅程聊了几分钟。尽管很多人都觉得自己是勇敢的，肯定比地球化身勇敢，但是他们都一致认为，他们当中的任何一人都不敢进行从地球到谷神星的传输，而且从他们吃惊的表情上看，塞巴斯蒂安猜他们不是认为他的行为是疯子行为的话，就是真的很了不起。他自己倒不是很确定哪一种更准确。很快他们就都坐在了桌子旁边，这时福特兄弟争论着该谁吃那个柠檬口味的甜甜圈。伊芙琳其实可以再变一个出来，但是她知道这对兄弟很快就会因为别的事情再争论起来。塞巴斯蒂安示意表示自己要说话了，于是福特兄弟把甜甜圈掰成了两半，安静了下来。

"事情如我们担心的一样。"塞巴斯蒂安说。

"那他们真的违反了最高原则吗？"伊芙琳问。

塞巴斯蒂安点点头。

"到底是怎么回事？"嘴里还塞着半个甜甜圈的韩问。

"他们对外星联盟的数据系统进行了破坏，为的就是要让联盟输掉开始的战斗。他们还要进行终端旅行，让一些重要的产业自行毁灭。花不了多长时间的。"

"也没给我们留什么选择余地，对吧？"印地问。

塞巴斯蒂安想了会儿，但是也没有想到别的回答。

"很遗憾，确实没有。"

这群人到这里来不仅仅是为了确认塞巴斯蒂安的安危。在这些代表当中，还有来自外星联盟各地的一些重要的化身。塞巴斯蒂安注意到，这个组合非常强大，基本上可以代表95%外星联盟化身的意见。

塞巴斯蒂安还意识到，现在正是把问题摆上桌面的时候："支持行动要塞的请举手。"

慢慢地，坐在桌边的所有化身挨个举起了手，伊芙琳也在其中，这让她自己也有些吃惊。她原本是打算弃权的。

在接下来的几个小时里，类似的革命更加快速地发生了。在外星联盟的每个电脑连接和飞船上都可以看到这次革命的战场、堡垒还有武器。任何不愿意支持最高原则，保护人类免受核心化身干扰的化身，都会被强制进入休眠状态。这一举动在化身世界引起了一些严重的冲突，看上去就像是小毛病或者是身体的轻微延迟而已。在最大一场交战的顶峰时期，土星其中一颗卫星确实发生了三分钟的能量中断，但是后备力量非常顺利地都接上了，基本上没有人注意到出了问题。"解决"了这个问题的技术工人也不知道发生了什么。

在外星联盟神经网被认为已经安全了之后，联盟化身便开始以他们知道的唯一方式宣布独立。他们切断了保留了几个世纪的太空航班的所有连接。然后那些被叫作外星化身联盟的——他们自己现在就是这么称呼自己的——开始对原本就已经计划在他们对应的人类身上的干预建造保护。不能传输到外星联盟去，也不能逐一入侵神经网，地球上的化身的各种连接已经完全被切断了。

因为人类基本上无法理解的原因，一场相似但是完全隐秘的革命正在进行着。这样一来,现在现实的某个范围进行着的叛乱,也在另一个范围里被人类的化身几乎一模一样地复制着——而且原因也几乎一模一样。

4. 火星悲剧

小运输机停在了一片刮着风的绿地上。贾斯丁是第一个从飞行器上跳下来的人。尽管他知道他的行动会让大家觉得他是一个无畏的领导人，但是事实却很乏味。他又一次克服了站在大地上向上看天空而不是向下的欲望。贾斯丁身后紧紧地跟着一群突击矿工，从他们老鹰一样的眼神中可以看出，只要没有人挡住他们领导人的去路，他们才不管脚下踩的是什么。贾斯丁几乎没有注意到自己周围牢不可破而且全副武装的人墙。他的注意力都集中在"重新做人"的感觉里。作为一个初到火星的人，他受到了很强大的震撼，不仅仅是因为他真的踏上了这个从前只在书本上了解过的星球，而且他这辈子也没有见过这么丰富的植被。这片土地上丰富的植被是一种藻类的副产品，过去这种藻类覆盖了这个星球，最后释放出温室气体。这种藻类完成任务后，火星藻类还是恣意地生长。要阻止其生长还是很简单的，因为所有的当地人家里都有专门用来阻碍它生长的喷雾。但是火星人对这种藻类有些偏袒，就像纽约人勉强接受了那些格子一样；这些都是有地域特点的。

　　贾斯丁觉得自己就像一个身处糖果店的小孩儿。他又一次站在了一个真正的星球上。上就是上，下就是下。他站在开阔的地方，想看多远就看多远——哪个方向都可以。贾斯丁开心地想，地平线，也是向下弯的。他想要不要跳一下爱尔兰吉格舞，但是还是觉得算了；这跟他现在的身份不太符合。而且他估计，这里的重力是地球的 0.38，在这里跳吉格舞最后肯定会变成难堪的拍照时机的。突击矿工们全体一致，都穿着战斗护甲，里面有封闭的环境系统。本来不用这么麻烦的。火星上有强大的臭氧层，而且火星大气层里也注入了足够多的氧气，这样就显得这套装备更加多余了。突击矿工说，他们穿着这身装备其实是为了防止自身遭受神经枪的攻击，而不是像贾斯丁猜的那样是因为他们对与行星带环境相反的行星环境有一种奇怪的不信任。他也不情愿地穿着一套，但是还没有等到安全信号发出，他就脱了下来，呼吸着纯净的火星空气。如他所料，大多数站在飞行器边的人员都看着"奇怪的"向下弯曲的地平线，一边用自己的电子助手拍照。舰队中贾斯丁可以分享感觉的人们都不在这里。当贾斯丁在证明自己战争领导的能力同时，莫什回到谷神星控制事态的发展。欧麦德带着一队工程师，正在离这里四百英里的地方想要创造奇迹。还有妮拉，贾斯丁深深地叹了口气，作为战地医疗兵早就到了。她是和入侵的战斗兵一起去的，贾斯丁在他的电子助手上简单地看了一下，还好没有进行几场战斗。

其实，火星入侵的是巴星岛。虽然火星上没有大洋，但是却有很多的海，这当中就有一个贾斯丁估计比地中海要大点的海。对贾斯丁和他的入侵来说有一点很方便，火星人为了确保被关押的人类囚犯的监禁，他们把这些关在冷冻舱里的犯人都送到了这片与世隔绝的土地上。他的敌人已经决定把所有的鸡蛋都放在一个篮子里，所以贾斯丁需要做的就是保护轨道,顺便拜访一下这个岛。虽说这个岛还是比较大,但是要占领这座岛还是比占领整个行星要容易很多。可是,当记者把这次的行动称作是成功占领火星的时候,为了宣传效果,贾斯丁也没有纠正他们。

希望我们真的能占领这个鬼星球,贾斯丁悲伤地想。如果有一支千万人的军队,庞大的舰队,还有两个月的时间,我们可能可以解放这个地方。但是,他知道,他们没有 1 000 万军人,军队中只有五万人。他们也没有庞大的舰队,只有 15 艘摇摇欲坠的船,而且他们也没有那么多时间——最多只有几周。地球很可能会派出一支装备更好的组织核心舰队到这里,把现在占据低轨道的这堆飞着的垃圾炸个粉碎。

登陆军很快就到达了指定的位置,他们在这里与另一支陆战部队和有同感的当地人会合。很快他们了解清楚了地形,开始了被贾斯丁轻蔑地称为 PR 旅游的任务。尽管他知道为了要赢得更多的追随者,这是非常有必要的行动,但是他的心不在这里。他想做的并不是参与这次的行动。他想要跟他的妻子在一起。

但是,贾斯丁想,在他游走在当地社区中,远离主战场的时候,正在发生的事情却是非常令人鼓舞的。他一直担心,担心自己被看作是醉心于征服,有名无实的侵略军首领而已,但是事情并不是这样的。虽然有些人好像确实痛恨外星联盟和他本人,但是大多数只是好奇。不管他去到哪里,都会吸引一大群围观的人。这可让那些保镖紧张极了,但是每个人都一直在被扫描,所有人都可以保护机器人。虽然大家都很疑虑,也包括他自己,贾斯丁还是知道自己有必要曝光。不管在火星还是在行星带上,不入虎穴焉得虎子都是适用的。他刻薄地想,这是当然的,在林肯去剧院前的一周,他可能在里士满也说过同样的话。贾斯丁拿出他的电子助手。

"你好,塞巴斯蒂安。"

"在,贾斯丁。"回应很迅速。

贾斯丁留意到,在过去的几周里,他的电子助手好像变得更加专心了。但是他最后归结是他自己想象导致的。

"我有没有计划在不久的将来要在哪座剧院出现?"

"据我查找,没有。你想要安排一下吗?"

"那倒没必要。通过安全连接联系上欧麦德了吗?"

"联系上了,贾斯丁。"化身回答,"我们到达轨道之后,一些地方卫星和交流节点就被毁掉了。这就破坏掉了对我们各种交流的干涉。现在已经是最安全的状态。"

贾斯丁明白现在是非常安全了。组织核心文明擅长的其中一件事情就是商务交流的私密性。这种私密性很快地跨越到了军队和政府事务中。"给我联系欧麦德或者健二。"

"正在尝试,贾斯丁。"

其实这个化身做的事情远不止如此。当塞巴斯蒂安发现火星突袭已经开始了的时候,他知道他有机会可以发动一场自己的突袭。除了贾斯丁的忠仆这个身份,他作为化身,也正在指挥着一场在火星神经网上的战斗。火星的化身表示支持组织核心,他们指控外星化身联盟其实只是满是错误文件的错误节点而已。塞巴斯蒂安知道,正在遭受他攻击的化身中,有很多是不赞同阿方斯违反最高原则的,但是他们也害怕被迫进入休眠状态,所以他们只得闭嘴。现在,这是历史上第一次出现一派化身在神经网上侵略了另一派化身的事情。

这就是卫星和通信节点被摧毁的主要原因。这使得外星化身联盟为了保证轨道上飞船的安全，有能力随意进入到火星神经。但是与占领巴星岛不同，这场化身当中的突袭是有破坏性的，而且是不间断进行的。组织核心化身正在试图抓捕和破坏任何他们可以接触到的东西。但是组织核心化身的宏伟计划有很大的弊端，他们也没有成功。实际上，很多组织核心化身已经被抓了，而且也进入了休眠状态。塞巴斯蒂安知道这些化身会被找到，然后等阿方斯的舰队走了之后再重新激活他们，但是他也知道，等他们醒来之后，他们所对应的火星人类很可能已经离开了或者转换了阵营。有人告诉转换的那些人，他们会乘坐经济舱，但是好像也没有谁介意这一点。在他们家乡发生的一切是站不住脚的。到目前为止，两方还没有一个化身遭受编码师无法修复的伤害——编码师就相当于是化身的医生——编码师可以修复他们，但是塞巴斯蒂安明白，战争持续的时间越长，就越有可能发生悲剧。他的跟随者们都收到了严格的命令，只保护自己就行了，如果有可能的话，也可以离开。

如果有人类愿意来看看神经网世界的话，他们就会发现化身们是一些正在运行的病毒和反病毒程序，这在现代战争当中也是有的。幸运的是，塞巴斯蒂安想，人类已经被限制了几个世纪了，所以他们只会认为是这样而已。

除了战争的爆发，塞巴斯蒂安还得操心一个仪式，大多数人，不管是现实的人还是虚拟的人都会对这个仪式产生同情心。他决定，等他和伊芙琳回到谷神星之后，他要请求她成为他的另一半——化身中的这种事情就相当于人类的婚姻。倒不是因为不签合同，而是与人类不同，化身可以分享一切，包括他们的记忆和思想。正是这一行为让这种结合得以完全,而不是仅仅是仪式而已。这事通常都不是一下就能搞定的,得需要大概几个实际年的时间,与虚拟的相反。配对可以在一分钟之内结束,也可以持续一个世纪。但是最终配对成功的话,会给这两个化身带来全新的身份——这是很不寻常的事情。通常,这种化身之间的信任和知识分享的联系是任何人类都做不到的。或者,这两个化身最后也可能同等地憎恨对方。这就是这个事情不寻常和耗时的原因。曾经有传言说他和阿方斯配过对,导致他们现在相互之间充满敌意,塞巴斯蒂安觉得这种说法很好笑。但是其实,塞巴斯蒂安从来没有配过对,而且只有现在才有了配对的可能而已。他很早前就认识伊芙琳了,而且他的一些珍贵记忆里也有她的影子。他也开始意识到,在这点上可能是伊芙琳在操纵他。他不知道哪一种更好玩,是她的阴谋诡计,还是他花了一百多年的时间才明白。在经历了最近的这几次险境之后,他感受到她对他只有担心而已,这才让他醒悟了过来。塞巴斯蒂安有一些还没有准备好要分享的秘密,但是现在好像是时候了。知道有个化身,阿方斯,一直恨着自己,想要自己死,塞巴斯蒂安才意识到接受一个真正爱自己的化身有多重要。

"塞巴斯蒂安,"贾斯丁不耐烦地问道,"你联系了吗?"

"等待中,贾斯丁。我现在就确认。"

贾斯丁的化身释放出了一个健二·基崎的全息图像。他看到这个主工程师,但是听不太清楚他说话,因为背景的各种呼喊声实在太嘈杂了。

"基崎先生,地球上……呃……火星……怎么这么吵闹呢?"

"关于这些噪音我很抱歉，总统先生。"健二大喊道，"但是欧麦德正在向大家解释如何才能不被丢到气闸外面去。"

贾斯丁吃了一惊，"我不明白，基崎先生。我们是在星球上啊。"

"啊，是的，总统先生，但是如果他们不按照欧麦德温和的要求做的话，他说他就会在离开的时候带上他们，然后把他们踢出气闸。他还说要找他们的祖先，家人还有没出生的那些人，向这些人展示他们的家庭成员令人不满意的工作，然后让他们把那些无能的人扔出气闸去解决问题。"

贾斯丁大笑道："典型的欧麦德啊。"

"我得承认，先生，"主工程师回答，"就咆哮这门艺术来说，他是我见过的最有创造力的一位。"

"说正事，基崎先生，任务进行得怎么样了？"

"正在按照计划进行，总统先生。"

"那就不打扰欧麦德进行他的动员演说了。不管他在做什么，看起来还是有效果的。"

"是的，先生。"

说完之后贾斯丁就切断了连接。

妮拉所在的小组现在正在这座岛屿北边的一个海滨村庄里。村庄里大概有四万人口，主要以旅游业为主，给游客们提供钓鱼船、住宿和早餐。这里是典型的地中海气候，据妮拉的观察，这里葡萄园里的葡萄也非常的好，还有来自北加州和俄勒冈州的插枝。她在这些葡萄中挑了一些，买下来给她的丈夫。对于酒，他自称是行家，而且他还坚定地认为自己可以分辨出哪些葡萄是在离心力下长大的，哪些是在行星重力下长大的。她要准备看看，这三分之一地球重力到底是怎样来影响他的自大的。

妮拉坐在一堆还未开封的武器顶端。这座武器堆成的小塔整齐地堆在中央广场的一端。妮拉是爬上来的，其实在这样低的重力下，基本上就是跳跃到上面来休息的。

妮拉坐在高处，看着下面的拥挤和忙乱，这才意识到，她已经把这个小组当成是自己的了。这些人都是在采矿组织里常见的低等兵：非常的粗鲁，蓬头垢面却觉得很骄傲，而且一般都是四肢发达头脑简单的人。但是她发现，虽然有些无趣，可是同样他们也是最真诚，最诚实的一群人，她与他们在一起度过了非常快乐的时光。她一直很害怕到行星带上做基础的冷冻复活工作。与这些矿工从早到晚生活在一起反而鼓舞着她更加努力地工作，所以她也没有必要再去担心了。但是生活扰乱了她的计划，贾斯丁扰乱了她的计划。现在她意识到，她的错误看法导致了一生的偏见。这是她和贾斯丁正在创造的世界中最奇怪的一点，她勉强承认自己也参与了其中。在组织消失之前，妮拉从来都不知道组织到底在多大程度上影响了她的准则。她想了一想，发现她居然一直都是通过一个人的股份或者他人拥有这个人多少的股份来判断一个人的。具有讽刺意味的是，从某种程度上讲，复活师是因为病人才重生的。现在妮拉有了新的姓氏，还有新的生活和新的工作，所有的这些都是在新的哲学体系的限制下实现的。最重要的是，现在在下面劳作着的这些低等兵甚至比她抛弃的亲人还要亲。她手里没有他们任何人的股份。他们也知道在他们当中有名人，除了偶尔要求合影以外，妮拉没有受到什么特殊待遇，而且还被要求必须要完成她所在职位应该完成的任务。她在她自己开创的这个安静的地方想明白了，这才是完全的自由。

尽管她当初是以医疗人员的身份进来的，但是她的技术基本上没有派上用场。发生了一些小冲突但是也很微不足道，这个小组与她的丈夫一样，面对的更多的是当地人们的好奇心，而不是炮火。对岛上的大多数人来说，只要有机会能售卖他们的小玩意儿就很好了，他们才不关心这些来客是来自太阳系哪里的。其实，真正严重受伤的是一个年轻的男人，他不小心冲着自己开了一枪。他肯定是在跟家里的朋友们炫耀电信连接。他的一条腿受伤很严重，已经粉碎得看不清楚了。为了进行干净的烧灼术，妮拉用震动分子切割器把这条腿末端残骸切了下来。整个过程只持续了11秒钟。然后她给他做了输血，等到确认他已经可以平安地离开之后，妮拉立刻冲到最近的公共厕所里面去吐了。复活被暂停的人是一回事，清理严重损毁的部位又是另一回事。幸运的是，另一个受伤的只是在跳下飞船的时候伤到了脚踝而已。妮拉想士兵们更应该知道该如何处理。

这就是到目前为止妮拉进行的所有的"行动"。她本可以直接联系贾斯丁，以此来减轻他的顾虑，但是所有的内部通信都是严格禁止的。她焦急地想，她的丈夫可以像其他人一样，通过正常通道查到她的状态。她最后看了看周围，正准备从这一堆武器上跳下去的时候，她突然在广场的另一边看到了一个人，这让她整个人都僵硬了。

不可能，她现在生活在这里吗？妮拉从武器堆上跳了下去，径直朝着这个人走去。机警的中士立刻派了两个士兵跟着她。倒不是因为她的身份，而是中士觉得在这里独自一人始终是不安全的——

即使周围是这么和蔼可亲的"敌人"。

妮拉跳下去的时候,她关注的那个人就匆忙地溜掉了。这个女人没有走多远,她被当地水果小贩的运货车给绊了一下,篮子里的番石榴、柿子还有浆果都滚到了人行道上。妮拉瞬间就出现在了这里。

"纳丁?"她问,这个女人现在正弯着腰想要把落在地上的水果捡起来。

但是她没有回应。

"你认识这个女人?"生气的小贩问,"她弄坏的东西至少值30点!"

"我认识她,"妮拉回答,"她是我的姐姐。"

贾斯丁看着远处的山脊,被眼前的景象惊讶得合不拢嘴。他头上戴着一个隔音保护头盔。过了一会儿他转过身,看见健二·基崎正很焦虑地看着他,而欧麦德则是满面春风的样子。

从地面直到山脊的一路上,有数百个相互相隔50码的圆柱形铁轨。令贾斯丁吃惊的是,每根栏杆大概有100英尺长,从拘留中心一直延伸到山的顶端。椭圆形的豆荚舱体沿着这些轨道快速地飞行,里面装着贾斯丁刚刚才解救出来的珍贵的东西。

拘留中心不到一小时就被占领了。不过本来中心的保护也不是很好,因为没有这个必要。这里面有100万个活死人一样等待着心理审查的在押犯,当局需要做的就是对每一个暂停舱的指令加密。虽然还是可能有人会尝试解救他们的好朋友或者亲戚,但是他们成功的概率几乎为零。退一步讲,就算他们成功地突破了最低级的安保，要在100万个加密舱里找到他们的挚爱这项工作就足以让人望而却步了。要解放这整个中心的话，必须有一支军队，而且必须准备防卫工事几个月后才有资格考虑一下这项任务。这当中要花费的劳力，需要做的协调，还有需要用来复活100万个暂停的灵魂的人员，还要有人来进行医疗看护，要做到这些基本上是不现实的。如果外星联盟想要把这些舱体都弄到安全的地方，那也是不可能的。原因很简单，没有足够的资源来把这些暂停舱带回到行星带，而且同时，这样大规模的行动还会引起组织核心的反攻。因此主工程师健二·基崎就想了一个办法，让这些舱体自己把自己带走。

健二了解拘留中心采用的管道是怎么建造的。本质上是跟遍布太阳系的那些管道一样的做法，一样的模型。他还知道，这些管道都是耐受性非常好的纳米加固复合材料做成的，而且躺在里面的人被FBLN保护密封着，FBLN又叫作泡沫液氮。健二向贾斯丁解释说，这些舱体比总统之前给自己长眠300年建造的舱体要先进得多。与当初充当了贾斯丁的保护盾的那些熔岩相比，这些更强、更轻，而且更加万能的纳米加强复合材料就能充当同样的作用了。

贾斯丁拍拍健二的肩膀，微笑着。主工程师抬起脸，恭敬地鞠了一躬。接着贾斯丁转身看着在山的一侧正在进行着的壮观的舞台式的壮举。这一切发生得太快，他都还没有察觉到，暂停舱就从中心的地下飞了出来，在轨道中间前进，每多走一码，速度就变得更快。等这些舱体飞到轨道末端的时候，它们就快速地消失在了火星清澈的天空里。

"有多少呢？"他用头盔里的扩音器说。

健二疑惑了一会儿，然后才明白过来。"每小时大概2万个，现在我们的应用进程一直没有出现错误，而且我们也有 MPUS，呃……就是运转着的磁力推进单位，所以到明天这个时候，我们每小时就可以传送 6 万个舱体了。"

"预计需要多长时间才能全部传送完，健二先生?"贾斯丁问。

"如果没有不可预见的小故障的话，总统先生，我们能在一周的时间内完全清空这里。"

贾斯丁集中注意力盯着跟着一百个舱体一起慢慢滚动的其中一个。他看着这个舱体朝着磁力轨道滚去。贾斯丁想，这些豆荚舱体就像是汹涌的漩涡旁边的树叶一样。很快你就自由了，不管你是谁。舱体受到磁场拉力之后，速度很快就提了起来，推动着它进行未知的太空之旅。

"它们在火星低轨道上，"健二说，"会有磁脉冲器的无人驾驶宇宙飞船找到它们。"

尽管贾斯丁已经知道了这次行动的大概，但是他对这些术语还不是很熟悉。从他脸上的表情就可以看出这点。

"就是超大弹球拍。"欧麦德会心一笑。

"对了。"贾斯丁点点头，回忆起了之前欧麦德在描述这个过程的时候讲过的要点。

"然后这个磁脉冲器会给它们重新制定航向，"健二继续说，"到达行星带上的指定位置。我已经派了一支货物搬运工小队到那里了。我们在接触点安放了磁铁来吸引这些舱体，然后这些舱体就会飘进港湾，搬运工就在那里等着。一旦它们到达了接触点，机器人就会把它们整齐地堆叠起来。实际上，我们从核心星球发送和接受数量较大的运输的时候就是这样操作的。"

"这些舱体要在太空中待多久？"贾斯丁问。

"不超过一个星期，长官。"

贾斯丁又看了几分钟。

"很不错，基崎先生，"他又看着主工程师说，"你会受到奖励的。"

"不，不是我的功劳，长官。"主工程师说，"如果欧麦德没有提出这个想法的话，我们也不会到这里来。"

欧麦德微笑的脸突然变得满是愁云："哦不是，你可不能这么说。我喝了一晚上的酒，第二天早上醒来的时候想到这个主意，然后胡言乱语的时候向你透露了一些东西。"

"连胡言乱语都算不上，欧麦德。"健二说。

"那是谁做的这些计算？"欧麦德厉声说。

"是我，但是——"

"是谁起草的计划，是谁建造了这个便捷的基础设施？"

"是我，欧麦德，可是——"

"那又是谁校准了磁力推进器来为同一时间飞出轨道的 100 万个炮弹重新定向的？"

"好吧，是的，也是我，但是——"

"没有但是，健二。你别把聚光灯照在我身上。我不会领情的。而且我不喜欢太亮的灯光……这与我的宗教是相悖的。"

健二有些不明白。

"啤酒教。"贾斯丁一语道破了这个他和欧麦德之间的笑话。

"但是欧麦德，"健二继续说，"这是你的主意。我记得很清楚——"

"我喝醉了,健二,醉得就像一个刚刚得到大股权的矿工一样。"欧麦德想起现在这样说已经有些不合适了,"好吧,那就是'刚刚成为未入组织的矿工',我记得不是那样的。"

贾斯丁现在明白,健二跟他的兄弟一样的坚决和固执,只是不怎么健谈。这也能解释他们合作的原因。

但是,在这场特殊的争论里,贾斯丁知道健二是在把功劳分给应该得到的人。欧麦德其实没有喝醉。实际上,他已经快一年没有饮酒作乐了。自从他以自己的独特方式庆祝升职为军需处长,被贾斯丁发现之后就没有喝过了。那时候贾斯丁决定拉着他的朋友一起踏上飞碟,在谷神星海面上飞行了几百米,然后在大概二十英尺的高度突然把他丢进海里去。当然,贾斯丁本可以用标准的处理方式,用纳米喷雾来给他醒酒,但这并不是重点。重点是,贾斯丁当时对他愤怒、震惊,差点淹死的朋友说,这是生死攸关的事情。贾斯丁解释,如果欧麦德失败了的话,有人就会因此而死去。等到新上任的军需处长被迫接受和了解这个明显的事实之后——当然他用各种创造性的咒骂词语把贾斯丁过去的亲戚几乎都骂了一遍——贾斯丁才把他从结冰的水里拉了上来。尽管在那耻辱的一天过去之后,欧麦德很想喝酒,但是贾斯丁发现值得表扬的是,从此之后欧麦德真的再也没有喝过了。

贾斯丁知道,这是一个聪明绝顶的计划。欧麦德想出了这个计划,健二让这个计划成为了现实。

但是其实贾斯丁不是很在意这点。他一开始便认为这个计划真的可能会成功。

"纳丁?"这次妮拉的声音听起来更加的有力。她把一只手放在她姐姐的肩膀上。这个女人抬起头,她还在帮喋喋不休的水果贩子重新把水果放好。妮拉准备拥抱一下纳丁,但是当她看见她最大的姐姐脸上的表情之后,她迟疑了。结果拥抱变成了试探性的挥手。

"我完全不知道你在火星上。"妮拉结结巴巴地说,"我……我应该先联系你的。"

"如果我知道你在这里,"纳丁看都不看妮拉说,"我是绝不会踏出我的平房一步的。"接着纳丁走到小贩那边去准备付钱赔偿。结束之后她立刻就转过身,准备离开。

妮拉沉默地站着。她们俩的关系一直都是这么敌对的——她把这归咎于姐妹之间的竞争——但是之前的情况都没有现在这么恼火。她决定要弄明白是怎么回事,而且要快速弄明白。

"等等!"妮拉又一次追上了她的姐姐,拍了一下她的肩膀。妮拉的保镖一边小心地跟在后面,一边不自然地向当地人微笑。

纳丁转过身,眼里满是愤怒。"你怎么能这样,妮妮?"姐姐咬牙切齿地说。

"我怎么能什么?"妮拉生气地问。

"拜托,"她姐姐反问道,"你不知道你对我们的家族做了什么好事吗?"

妮拉已经没有耐性了。

"为什么这样问,我不知道,纳迪。"妮拉也厉声说,这次她用的是她姐姐最讨厌的昵称。"要不你来告诉我吧?"

"算了。"纳丁说,接着又开始走。

"噢,不,你不能走!"妮拉绕到前面去挡住了她姐姐的去路。

她们在一条小径的入口处停了下来，旁边是一家面包房和一间咖啡屋。

"那好，可德夫人，"她姐姐轻蔑地说着妮拉的新姓氏，"你是个叛徒，也是个变态。而且，这次也一样，你一直都是有大成就的人。"

妮拉吓得发蒙。她知道家里人对她最近的婚姻一直有意见，但是她离地球这么远，再加上各种纷乱的事件，她完全不知道这种成见已经到了这种程度了。

"你……你怎么能说出这么伤害人的话呢，纳丁？"

"你怎么能和一个病人上床呢？"纳丁反击说，"你脑子到底出了什么问题？"

虽然妮拉的愤怒还在上升，但是她在这一刻却因为这个简单的答案而微笑了起来："我恋爱了。"

纳丁茫然地盯着妮拉，突然大哭了起来。然后飞快地把她的妹妹抱在了怀中。妮拉僵硬地站着，不知道怎么办才好，但是她感觉到自己的愤怒已经消失了。毕竟，纳丁是她一直很尊敬的姐姐——除了敌对的时候。当她们的父母忙于工作，忙于实现大股东梦想的时候，一直都是纳丁站出来给予她安慰。

"噢，亲爱的傻妮妮，"她的姐姐哭着说，"你难道不明白你所做的是错的，大错特错？"

尽管妮拉很欣慰纳丁放下了她的敌对态度，这意外突然的转变还唤醒了她身体里的心理学家。不对劲，妮拉想，但是哪里不对劲呢？于是她自动地就开始了危险评估，打量着街道的上上下下，当她看见本来跟着她的两个人现在又多了三个的时候，她才放松了些，她知道这些人都是非常勇敢，非常值得信赖的。他们向她点头示意。我是5万人军队中的一员。我们占领着这整个岛屿，我们已经完全控制了火星轨道，内部外部都控制了。我的5个兄弟在离我不到40英尺的地方。好了，冷静下来，妮拉，你没事的。她驱赶走了这令人不安的想法，同时也做出了她一生中最重大的决定。

塞巴斯蒂安正在阅读着人类运送俘虏离开火星的计划，他对这种生物的创造力感到很吃惊。他有精湛的计算能力，几个世纪的经验，在化身时间五分钟等于人类时间一秒钟的比率下，他还有超强的认知理解能力，但是就算这样，他也绝对想不出这样一个疯狂的点子。可是，他专注地思考了一会儿，他觉得这个计划似乎是成功了。没花多久时间，他就决定，自己的计划也要成功。如果他可以得到装有存储立方体的暂停舱的话，他不仅可以轻松地把火星神经网上的化身弄出去，还可以把很大一部分神经网都一起带走。各类存储数据，还有那些模糊但是代表了几代化身工作成果的综合程序都可以免受伤害。联盟的化身掌握着他们在附近一带所需要的基本的日常软件，但是有时候火星和地球上的数据仓库会需要和要求一些特别的应用程序。塞巴斯蒂安意识到，现在可以简单地让这些自动冷冻设施来把这些储存数据的立方体放在舱体里，而不是人体里，而且贾斯丁现在的行动就可以充当运输工具的角色。再也没有必要把化身藏在仓库里，或者用简单的程序作为掩饰了。塞巴斯蒂安计算，如果联盟化身可以带走全部数据的话，30个人类暂停舱体就足够了。问题是，当人类打开这30个舱体，发现里面没有人，看见的只是人类没有见过的原始形式的数据水晶时，他们会怎么做呢？他们可能会理解错误，认为这是组织核心的阴谋，或者更糟糕的是，塞巴斯蒂安想，他们可能会理解正确。

塞巴斯蒂安正在进行的计划，就是让转着圈的磁力推进器重新调整这些被抛下的舱体到恰到好处的角度，这样他们就可以按照极细微的弧度朝着行星带的另一个地方飘去。但是安排用自动船去接这些舱体似乎要比直接过去困难。人类现在对小毛病和奇怪的要求都变得非常谨慎。他想，可能解决的方法应该是让人类的货船去接这些舱体，然后想个办法在谷神星港口卸下来的时候再把它们分离出来。但是这个计划也是有风险的。塞巴斯蒂安决定把这个计划公布给正在操作安全网络的化身。他想，毕竟三个臭皮匠顶个诸葛亮。他正准备行动的时候，伊芙琳悄无声息地出现了，这是个比较不常见的事情，因为在化身界里有规定，必须通过出声或者敲门来表示自己的出现。

"我联系不上妮拉了！"伊芙琳大喊。

"是人类还是化身阻拦了连接？"他冷静地问。

"我不知道！"

塞巴斯蒂安看见，伊芙琳遇到了一个小问题，但是她不能用全部力量来解决。为了帮助妮拉，现在塞巴斯蒂安得要进入伊芙琳的各种程序结构。她允许他重写程序。他知道，在伊芙琳和妮拉的数据通道被吞噬的同时，这个问题也会把这种亲密关系储存起来。有时候化身和人类的连接会变得非常情绪化。不管他们怎么努力地保持距离，结果还是一样，很多化身都和他们的人类有一种神秘的联系。毕竟，化身都是从小看着人类长大的。好好回忆的话，一个化身可以记得人类玩过的每一个游戏，膝盖上的每一次擦伤，还有一些家长通常都会错过的小小的胜利时刻。塞巴斯蒂安进入伊芙琳的记忆，他看见了妮拉第一次决定走路穿过客厅的时候。从她的生物反馈上看，当时这个脆弱的学步者非常地害怕。从伊芙琳的记忆也可以看见当时她是非常地担心。他让自己感受着妮拉反复失败的痛苦，当这个精力充沛的小小人终于独自穿过客厅的时候，他也感受到了伊芙琳满心的幸福。他知道，这个小小的胜利对伊芙琳来说，比人类第一次缓慢踏上火星更重要。在他传感器上飞过成千上万的这种无关紧要又十分重要的时刻。这些妮拉都不一定记得的时刻，却是她的化身最珍惜的。这就是折磨着他最亲爱的朋友的小毛病。对失去回忆的恐惧令她非常的痛苦，这种痛苦只有拥有一生完美记忆的人才会体验到。

"我们会连通的，然后就重新储存连接。"塞巴斯蒂安故作冷静地说，"不论发生什么事，伊芙琳，我们都会用尽一切办法保护妮拉。"

"你倒是说得容易，"伊芙琳悲伤地咕哝道，"有危险的不是贾斯丁罢了。"

"哦，贾斯丁也有，伊芙琳；贾斯丁也有。"

纳丁终于放开她的妹妹，然后稍稍往后退了一下。

"你不明白吗，"纳丁争辩道，"你被这个'边缘人'的事情骗了？这不是你过去相信的东西，妮拉。过去你总是在感恩节聚餐上跟大家争辩，你说多数党是非常愚蠢的。你忘记了吗？"

对啊，我确实是那样的。妮拉微笑着然后把这个想法放到一边说："现在不是这样的了。组织已经不行了。就在这座岛上，有100

万人在没有真正的法庭允许下就不计后果地被暂停了。在两年前，这基本上是不可能发生的事情。"

"妮拉，那只是60亿人口中的100万人，还有，他们是在完全内战的时候被执行的。历史上还发生过更糟糕的事情呢；相信我。你说两年前这事儿不可能发生，但是你怎么可以把这个算到组织的头上呢？"

"怎么不能呢？"

"因为，妹妹，在过去两年里，只发生了一个变化，你是知道的。你……你还嫁给了他。"

妮拉感觉到自己的愤怒翻涌而来。她是在故意引诱我，可是为什么呢？

"成熟点吧，纳丁。如果不是老系统腐蚀了核心的话，你觉得贾斯丁一个人可以做到这一切吗？我们不是要你们加入我们。你就别管我们，看看会发生什么事情。我们走着瞧，看到底哪个系统运行得更好。"

纳丁抱着双臂，紧紧地盯着妮拉："你听听你自己都说了些什么？"然后她紧张地看着妮拉的保镖说："看看你们这些人！你们也是入侵军！就在这一刻，你的这些全副武装的暴徒们就在盯着我呢，你还敢跟我说别管了？"纳丁再次恳求妮拉："你好好听听你自己内心的话，好好看看你在做的。你可以把一切变回原样去的。"

妮拉下定了决心。她已经知道，这次对话是不会有任何结果的。

"纳丁，不管你喜不喜欢，我们都要把这些人从被迫心理审查中救出来。等他们复活之后，要不要回来由他们自己来决定。虽然我也没有把握，但我会保证在对当地人伤害最小的情况下离开——

如果有任何伤害的话，我们也会促进当地的经济发展。我们还接受决定转投阵营的人。你可以加入我们，姐姐。你自己亲自看看联盟到底是怎么回事。你想回来的时候就可以回来……如果你想的话。"

纳丁沉默地站了一会儿。妮拉注意着她姐姐的表情，是非常专注的表情，但是比起考虑更像是紧张的表情。妮拉正准备开口说话的时候，纳丁用力地推了一下她。妮拉身体向后，倒在了地上。

"就算让我在地狱里被火烤，"纳丁冲着她倒在地上的妹妹喊道，"我也不愿意踏进你们野蛮的贼窝一步！"说完她快速地走过街角，朝着小径里面走去。

妮拉吃惊地抬起头，看见士兵们正从街对面走过来帮她，她挥了挥手示意他们不用过来。她慢慢地站起来，掸掉裤子上的灰尘。她正准备走进小径的时候，突然听到了巨大的爆炸声。建筑的一角保护着她免受爆炸力的冲击。站在路中间的士兵们就没有这么好运了。

"纳丁！"妮拉尖叫道。来不及多想，妮拉立刻就冲到小径里面，消失在了烟雾中。

"我们成功了，伊芙琳。"塞巴斯蒂安说，"再给我一分钟来救——"他话还没有说完，伊芙琳就切断了他的控制，然后连接到妮拉的医疗诊断电脑上。

就在他发警告给伊芙琳让她回来的时候，第二次爆炸发生了，两分钟之后，干扰信号就返回了。这时他才明白了过来：他们中了圈套。操纵这个行动的人现在已经用等待着妮拉的东西把伊芙琳拉到陷阱里面去了。塞巴斯蒂安还意识到，没有内部帮助的话，人类是不可能策划出如此完美的行动的。这座岛上有不明身份的组织核心化身,而且还是非常危险的那种。

妮拉在弥漫烟雾中穿过乱石块儿,疯狂地喊着她姐姐的名字。但是妮拉还没有走到五十英尺的时候,街道就在她脚下消失了。接着,她又往下落了十英尺,跌坐在了地上,然后她听见了压力门在头顶关闭的声音。就在一瞬间,她的世界就进入了令人恐惧的完全黑暗。在她做出反应之前,虽然被压力门隔着,她还是听到了比刚刚那次更大的爆炸的声音。

多年来的战斗训练技能无意识地就跳了出来。她开始在黑暗中摸索自己的战斗头盔,上面有各种视觉效果选项。当她听见确实是有越来越近的脚步声的时候,她的血液都要凝固了。她还没有来得及抓住她的武器,她的手腕就被抓住了,还被狠狠地扭了一下,让她不得不做出跪着的姿势。就在这时,她感觉到了脖子上的注射器。她最后的记忆,就是她姐姐不停说着"对不起"的声音。

赫克特·圣比安可带着一群担忧的仙股人士正在为刺探行动做准备,这时在他的电子助手上出现了一条信息。是特别行动局局长发来的,里面只有一句话:"后翼弃兵(译者注:国际象棋的经典开场法)。"赫克特的嘴角微微地向上翘着。在这个句子里看到"后"比看到"王"还更好,但是赫克特想,想要用这样一次小成本的行动就抓住贾斯丁的话,是有点痴心妄想了。所以就得先抓住"王后"。他想,特别行动局局长马上就会成为特别行动局的副主席了。如果这事儿有可能发生的话,她就要永远被密切监视着,但是她的才能完全配得上给予她的权力。接着他又专注于他认为是总统竞选当中非常有必要，但是又不是很愉快的事情，那就是听这些仙股人士的日常的抱怨和抗议。

贾斯丁看着最后一个暂停舱离开了拘留中心。这是个苦乐参半的时刻。这个小小的舱体从已经空了的装配线上，突然就掉在了磁力轨道上，然后快速地飞向了夜空。一周之前还给贾斯丁带来一丝愉悦的事情，现在倒提醒着他付出了多么惨痛的代价。

我们拯救了 1 087 423 个人……也失去了一个人，他沉思着。

他的员工们都站在他周围，现在人数已经加倍，而且安保小组人员也非常的多。在隔音指挥头盔的掩藏下，贾斯丁也不顾身后的这么多人，任凭眼泪肆意地在脸上流淌。他还有很多事情要做，但是现在他只有一半的灵魂来继续了。

塞巴斯蒂安在托斯卡纳家的书房里沉思。这是他进行反省的时候最喜欢调用的设置。在他身后站着的，是他的朋友印地·福特。

"她死了。"塞巴斯蒂安决断地说。

"我们还不能确定。"

"我们可以确定，因为我们一直没有收到她的任何消息。"

"她可能被迫进入休眠状态了。我们还是有希望的。"

"她已经死亡的概率很大。"

"这是事实。"印地忧郁地说。

"而且，"塞巴斯蒂安继续说，"我们可以很肯定地认为，她的死是有化身蓄谋的。他们威胁她所连接的人类，让她失掉与她之间的联系，然后又突然给她开扇门让她知道发生了什么。我们行动之前,他们就在我们面前狠狠地又把门关上了。我们很聪明,外星化身联盟要向组织核心化身展示,要占领他们的神经网对我们来说是多么容易的一件事情。当然,不会以这么低贱这么简单的方式。阿方斯已经向我们发出了号召,我的朋友。这是我们历史上第一次,一个化身被自己给杀掉了。我们已经回不去了,印地,谁都回不去了。"

印地摇摇头:"你一直说这天会到来的。"

"是的,"塞巴斯蒂安回答,嘴唇微微聚拢,"最后,我们也会变成跟他们一样的。"

辛克莱司令在桥上漫步着。贾斯丁摆着指挥官的姿势,看着下面的星球。

"长官,"辛克莱恳求说,"我们还可以再找找。地球的舰队还没有离开轨道。他们不可能把她从这里带走。"

"当然,司令。我也觉得他们没有。"

"所以呢?"

"所以,我已经尽全力了,司令。他们抓住了她,虽然我已经动用各方资源去寻找,但是他们把她藏得很隐蔽。在这种时候,这是人质谈判的问题。"

"我们是不是要采取更严厉的手段?我想总有人会说的。"

贾斯丁转过身,看见了司令脸上恳求的表情,结果大家的脸上都是这样的表情。

"更严厉的手段,司令?"贾斯丁问,"我们也应该抓几个人质吗?威胁他们要毁掉他们的重要大楼?我们还可以威胁他们说我们要用核武器进攻一两个城市。如果我们真的想要他们明白我们是动真格的,那我们大可以朝着这个行星投掷几颗小行星,这样就可以很完美地毁掉几十年地球化的成果了。你说的是这些严厉手段吗,司令?"

"我们不会真的……"辛克莱气急败坏地说,"光是威胁就可能——"

"司令,"贾斯丁打断他说,"这些手段就是结果。如果我们威胁他们,但是又不这么做的话,他们会认为我们和我们的事业都是谎言。如果我们威胁他们,接着又说到做到的话,我们简直就是真正的魔鬼了。如果这就是我想要夺回我的爱人的行动的话,我的爱人也就没有价值了。"

"明白了,长官。"这是司令唯一能说的。

"我还没说完,司令。"

"请说,长官。"

"我也想问你,你会为了一个在战斗中被俘虏的医疗人员而用联盟的名声去冒险吗,或者说为了任何一个士兵?"

贾斯丁等着对方回答,但是他知道答案是不会有的。司令的队员们阴沉着脸,甚至连欧麦德都盯着地板。

"我觉得不是。"贾斯丁说,"我们遭受到了损失。根据但萨的指示来看,这也不会是最后一次。"接着他转过身,继续盯着下面的星球说:"我们越过轨道,回家。"

辛克莱敬了个礼说:"立刻去办,总统先生。"说完司令转身对着队员说:"开启导航罗盘,舰队准备出发。"

欧麦德等到大家都去忙着做准备工作的时候,悄悄地走到他的朋友身边。

"贾斯丁,我们找得到她,我确定。他们是不会杀她的。她对他们来说太有价值了。可能我们要安排一下救援,或者交易,或者——"欧麦德停了下来,因为他发现他的话语并没有达到自己想要的安慰效果,反而起到了反作用。

贾斯丁哽咽了一会儿,但是这次一滴眼泪都没有流。

舰队还没有脱离火星轨道的时候,驾驶舱的警报就响了起来。"出了什么事情?"辛克莱命令道,"赶快把它关掉。"

"长官,"一个年轻的中尉大喊道,"敌军舰队出现,我们正在进行多方连接。"

辛克莱眉头紧锁:"哪里,中尉,哪里?"

这个年轻的长官犹豫了一下,因为他知道他接下来要说出的话会产生什么样的效果。

"行星带上,长官。正在朝着谷神星去。"

司令保持镇定,尽力让自己的语气听起来平稳,"他们还有多久到谷神星,中尉?"

中尉熟练地操作着控制台,然后抬起头:"如果按照他们现有的速度计算,两天,长官。他们是怎么越过我们的,长官?"

"如果他们用了地球轨道上的磁力加速的话,"辛克莱把自己的想法说了出来,"就不用耗费他们的一瓦特的能量……所以没有可检测到的举动……他们暂停了军队的大多数人,这样一来就可以让生命供给降到最低,但是这样可以成功的话……他们就成为了一个老计算机运输舰队。他们可以直接超过我们,而且我们甚至不会想到去追他们。"但是，辛克莱想，要做到这些，他们就得在我们离开火星之前离开地球轨道。

司令和贾斯丁交换了一下眼色。当中的暗示非常明显，但是两人都担心会引起恐慌。肯定是有人将火星入侵的消息走漏给了组织核心。

"司令，我们要怎么才能帮助谷神星？"贾斯丁问。

"没什么可做的，只能收拾残局了，总统先生。按照我们目前的最大的加速度行进的话，我们至少比组织核心舰队晚一天到达谷神星。"

中尉重新抬起头。"准确地说晚到31小时11分钟28秒。"说完他又快速地重新集中到控制台。

贾斯丁的脸变得僵硬，他的双眼一动也不动。与此同时，他觉得所有的重量都压在了他的肩上。

"那接下来的三天里，"他说，"谷神星只有自求多福了。"

虽然贾斯丁对火星的袭击是系统里的头条新闻，但是赫克特最近愿意作为自由党候选人参加总统竞选的事情也得到了有利的报道。赫克特看见，报道的角度都恰到好处。这个曾经肩负着太阳系最大组织的可怕任务的人，现在勉强同意接受更加沉重的担子。赫克特做了记号提醒自己要记得感谢艾玛·索贝尔基的正面报道。就算最近在火星上发生了转折性的事情，赫克特还是觉得有希望能在竞选之前就结束战斗。贾斯丁对红色行星的小侵略没有影响到赫克特。赫克特还是很赞赏贾斯丁的大胆，除此之外也没有什么了。赫克特知道地球联邦有足以结束战争的资源和兵力。他想，实际上，如果时机正确的话，他可能还会决定输掉竞选。毕竟，既然没有这个必要，为什么还要放弃主席的宝座呢？

当赫克特浏览媒体流信息的时候，他突然顿悟了。他觉得，现在正是完成通常要花十几年来设计的宏大计划的理想时刻。他不是非常确定能不能成功，但是就算只是提出这个想法，也可以大大地减少让组织成为完美系统所需要的时间。到最后就会有分界，让卑劣的人去做他们注定要完成的基础工作，让有价值的人来统治世界。

赫克特因为这个可怕的想法咧嘴笑了起来。贾斯丁最近引出的混乱，正是他这个主意的完美掩饰。

最近，一项新的法案被提交给了地球议会。这项被称为"股东投票行动"的法案规定，如果一个人没有成为自己股权的大股东的话，那么在代理权之争上，他就会丧失个人投票权。"虽然这样会增加大选当日统计票数的复杂程度，"女议员奥德拉·尼康特说，"但是让软件和专家来准确地计算每个人的股份，以此来判断他们的选票是否有效这事儿可不难。我们现在已经有了可以跟踪记录其他问题的投票的遗留程序，比如小股东工作的重新安排，和投资者倾向的小股东的运动选择。把这些程序改编一下用来计算选举投票应该也不是问题。"

支持候选者但萨的议会人员反对这项法案，由于这样重要的动议是需要修改宪法的，所以他们想要否决这项法案。高级法庭也给出了自己的意见，他们的裁定是，由于最近补充的第五修正案给予了议会权力，所以议会可以通过这项法案，让它成为法律。这一裁定在但萨的竞选活动中引起了极大的反对，总统候选人发誓，如果他当选了，这条法案要是通过了他就废除掉，要是没有通过就否决它。

——3N

5. 岩石之战

行星带莫夏夫（原版编辑注：私人租地集体耕作制，以色列的一种定居方式）居住者，塔巴特·加佛列人所骄傲的，其实就是在行星带留下的一堆垃圾。这艘船，被叫作 AWS 狐媚号，是在中央核心边建造的，各个部分都是模仿其他船建造的，没有一点美感可言。没有哪一部分的颜色是统一的，好像这会让这艘船变成外来物一样。这些莫夏夫人对待他们的船的态度相当的典型，跟大多数行星带人一样，他们非常自豪，对船的外表一点也不在乎。最重要的这艘船值不值得占这么多的空间。这艘 AWS 狐媚号居然有 170 码长，在她的后部牢牢地固定着两个巨大有力的助推器，样子丑不丑陋暂且放一边。当莫夏夫人意识到这艘船已经太大了的时候，她已经扩张成了一个"M"形。船上有一支 100 人的队伍，而且这艘船还一直被人嘲笑，因为她是太空中飘着的最丑的东西——但是这一点也正是她顽固的拥有者们引以为傲的。

　　如果不是被安排到机舱学习实际经验的三副的话，AWS 狐媚号可能已经直接被派去火星参与营救总统的任务了。这本来是三副的建议，但是他用了谈判技巧，让船长以为这个点子是他自己想出来的,他建议这艘船得先去谷神星的杰德瑞塔船坞重新改装一下。不管船员们怎么想,三副珍妮特·德尔加多·布莱克都不会让这个掌管了这艘船接近一年的人,在没有对这艘船进行最起码的战斗升级之前就让这艘船进入战场的。她觉得,毕竟他们给了她这么多,所以她是肯定不会允许这样的事情发生的。

有些人来到行星带,是为了得到某样东西,或者是远离某样东西,但是可能自己也不清楚到底自己是属于哪一类,她就是当中典型的一位。如果不是因为那个在谷神星本地市场差点被她撞到的女人,法瓦·哈姆迪的话,珍妮特·德尔加多可能还在想这个问题。她也许已经待在谷神星或者甚至是赛德娜上,这是一个人能离开太阳系最远的地方了,太空旅行者常说:"还是吃得到不错的寿司。"但是这个年长的女人见过真正需要帮助的人,所以她坚持要带她去。因此,一开始只是"一杯美味香浓的土耳其咖啡"的邀请,结果却花了很长的时间。对法瓦来说很明显的是,珍妮特·德尔加多对太空生活一点也不了解,而且她还很清楚地知道,如果没有人指引她的话,她很快就会因为拖欠分红而被追捕了。最初的土耳其咖啡喝完,很快这个专横但是又很能安慰人的法瓦就把这个糊里糊涂的逃亡者绑到了一辆破船的座位上,珍妮特·德尔加多后来回忆起来,觉得其实就是少了三个螺丝的废料堆而已。这辆飞船带着她上了AWS狐媚号,AWS狐媚号又带着她到了轨道上指定的莫夏夫,塔巴特·加佛列。

在去到莫夏夫的简短旅途中,珍妮特·德尔加多利用这段时间来了解了一下她要去的这个地方。她知道,整个太阳系,从太阳到奥尔特云的尽头,都被分成了若干个网格。她知道莫夏夫就在其中的一个网格中。她一直都想找到关于奇妙的所有权的法律。如果个人想要拥有这么一个网格和网格中的一切的话,他们要做的就是占领这块空间一年的时间,然后变成类似于个人"永久"居住的东西。当然"永久"居住的地方不是指一个太空站或者预先指定的居住地。通常,"永久"都是指的一艘推进器已经坏了的飞船,但是不可抗拒的,这指的是小行星。小行星变成空心,然后又重聚到一起,四分五裂,然后又跑到里面,在空洞的地方开始建造。通常定居地越大,就有越多的小行星被聚集起来,连接在一起,再被掏空。大多数的居住地,都是至少一英里的圆柱体形的岩石,里面充满了空气、光还有水。等一切就位之后,他们就会依靠离心力转动起来。珍妮特·德尔加多登上的这片莫夏夫实际上并不大,大概有一万人口,但是她看见,这里却有一段很有趣的历史。这里是太阳系里所剩不多的真正的宗教名地之一。

大崩溃,是虚拟现实瘟疫和全球经济彻底垮台的结合,其造成的灾难是这个世界从未见过的。但是只有少部分像一神教的摇篮,中东这样的地方已经承受了三百年这样的苦难。等到瘟疫和核微粒消散的时候,冬天也随之而去了,很多老式的杀戮开始在他们的土地上出现。有的用枪,有的用炸弹,有的只是用了小刀或者石头,最后,只剩下一小部分人可以杀了。大崩溃造成的死亡人数大概占了全球人数的四分之三,或者说接近75%的样子,但是在中东,死亡率基本就是95%左右。在剩下来的那些人当中,一种明显的反宗教思想开始流行起来。大多数幸存者都把宗教当作是惨剧发生的原因,他们要不责怪上帝,要不就是再也不信任这个允许毁坏发生的上帝了。如果麦加和耶路撒冷不是已经因为核自焚而毁灭了的话,他们也很有可能会被这些为失去了一切而寻求复仇的人给毁灭了。具有讽刺意味的是，这两座城市最后都成为了迷信和不宽容的陷阱的象征。有一小部分的宗教流派还是留了下来，这当中包括伊斯兰教，犹太教和天主教，如果不是阿拉斯加人来到了这里，根据他们自己的无宗教资本主义设想把这里组织起来的话，这些留下来的宗教可能永远也无法从邻居的愤怒中幸存下来。因为阿拉斯加人的戒律跟中东人是恰好相反的，大多数幸存者全身心地接受了这些，不理会那些剩下的为数不多的宗教"疯子"。而且，阿拉斯加人有食物。

虽然新地球联邦做出了一些有力措施，使这些信徒们不至于全部被屠杀，剩下的少数人还是处于有可能会被给予他们保护和安全的人斩草除根的危险当中。在一段非常短的时间内，他们经历了饥饿、痛苦、不适、无知还有恐惧——为了几个世纪的宗教支柱而奋斗——因为资本主义释放出来的组织的强大力量，他们便从人类种族里消失了。接着，在纳米医疗科技成熟的时候，青春永驻已经成了真正可行的事情。所有岁月的痕迹都不见了——稀疏的头发，饱经风霜的皮肤，各种疼痛——几个世纪以来，一直是一个人即将死亡的心理暗示也已经消失了。随着肢体替代物的出现，老龄化彻底地结束了，因此就给了宗教最后一击——死亡的根除。当然还是有永久死亡，但是永久死亡出现的概率非常低。几乎可以忽略。没有死亡，就意味着没有天堂也没有地狱，也没有轮回再生。当生命已经可以永久延续的时候，为什么还要争论生命的意义呢？现在人类有了优势，自然之神已经过时了。但这还是不能阻止一些幸存者继续他们的信仰，而他们周围有 99% 的人都是无信仰的。这些宗教信徒知道，如果他们再留下来的话，他们的孩子和孩子的孩子就永远也不会知道有上帝，或者任何神明，所以他们选择了离开。

这些宗教残兵非常的贫穷，他们只有相互分享，才能远离地球上致命的安慰和忍受。所以犹太教、伊斯兰教、天主教和印度教就聚集在一起，在小星球上建造了他们自己叫作"信仰社区"的团体。尽管有批评者称他们为"被蒙蔽着的人"，而且还预言他们最后会像在地球上一样相互杀戮，但是这个新生的团体最后还是坚持了下来。他们做到了，是因为在以上帝的名义进行的杀戮过去几年以后，这些留下来的少数人终于学会了尊重相互之间的相似之处，而不是攻击对方的不同。

珍妮特·德尔加多发现，自己所在的这个团体是一个氛围良好的山洞。起先她还在担心自己会被强迫戴上面纱、假发，或者被迫穿上其他"端庄"的服装。但是当她询问着装要求的时候，法瓦却大笑了起来。法瓦解释说，尽管还是有人选择穿着这样的服装，但是大部分人已经不这么做了。在最初的几天里，珍妮特·德尔加多所做的事情就是睡觉。她自己也不知道为什么，但是她在山洞里度过的夜晚，是很长一段时间以来第一次没有噩梦相伴。

等珍妮特·德尔加多恢复好了准备开始出去进行社交活动之后，她开始找起了工作。不幸的是，她在地球上的技能更倾向于智力方面的追求，对她的太空生活完全一点用都没有。起初，莫夏夫人让她在橄榄林和开心果地里工作，但是很快他们就明显地发现，她完全不是当农夫的料。直到轮换到 AWS 狐媚号的时候，她才发现了她的第二个特长。她在星际飞船上还不错。她本能地就知道应该站在哪里，无论多复杂的事情，从来没有被教过两遍。很快珍妮特·德尔加多就成了船员的永久成员之一，跟着这艘船一起去短途旅行，探索其他的社区团体。只有少数部分的地区是只有一种宗教的，但是大多数像加佛列或者最大的一个社区阿罕布拉都是混合宗教的。慢慢地珍妮特·德尔加多·布莱克开始发现，如果不能说现在是开心的话，那至少她觉得自己再也感觉不到不可承受的悲伤了。她不知道是在什么时候，但是总有些时刻，她开始认为上帝这个概念可能没有她当初认为的那么晦涩难解。她甚至还决定要读一读法瓦推荐的那些书，但是这个想法很快就消退了，因为战事已经超越了一切。

　　这些社区的宗教团体已经相安无事地共存了几个世纪，他们也会时常想起曾经两败俱伤的战斗，所以这些有信仰的社区对战争的前景感到很恐惧。但是，大多数人还是愿意保卫自己家园，与他们认为的组织奴役制对抗。他们已经决定让AWS狐媚号全副武装，整装待发。无数的志愿者都愿意站在她破烂的甲板上；他们可能曾经是信仰者，但是他们和珍妮特·德尔加多一样也是行星带人，可是珍妮特·德尔加多现在对参与战斗的事情还不是很确定，也包括要不要当新手头头，但当她还在纠结时，法瓦突然出现在了她的房间里。

　　"小家伙，"她的朋友问，"我打扰到你了吗？"

　　"没有。"珍妮特·德尔加多回应道。"我刚刚……"珍妮特·德尔加多观察了一下她周围斯巴达式的环境说，"我刚刚什么都没做。"然后她邀请她的朋友坐到一张属于她的椅子上说："你需要点什么吗？"

　　法瓦坐了下来。珍妮特·德尔加多注意到，法瓦的表情非常严肃。

"我能问你点事吗?"法瓦问,她召唤珍妮特·德尔加多也坐下。

珍妮特·德尔加多点点头,在她的导师面前找了个地方坐了下来,跷着二郎腿。"当然。"

"你会去报名吗?我是说,AWS 狐媚号要去打仗的时候。"

"我刚刚就在考虑这个问题。"珍妮特·德尔加多回答,用了一种对行星带人来说常见很喜欢用的词。

"这可能是最好的选择,"法瓦回答,然后她前倾着身子伏在膝盖上说,"因为我很担心。"

"担心什么?"

法瓦皱着眉头说:"我最小的孩子,塔菲克,已经报名了,当然,也被录取了。他们要把他安排到轮机舱。"

珍妮特·德尔加多会心一笑。如果她决定去报名的话,那轮机舱也会是她工作的地方。

"法瓦阿姨,难道你不觉得应该是他照顾我吗?要记住,我才是新来的。"

法瓦摇摇头。她对珍妮特·德尔加多的幽默一点兴趣都没有。"他太年轻了,只有 47 岁,你知道这个年纪的男孩儿有多鲁莽。另外,我认为真主对你的命运是有安排的。一年之前我们的相遇并不是巧合。可能是你有你的命运,而我的孩子就能在你的命运之光下找到庇护。"

珍妮特·德尔加多话都说不出来。她一直都不喜欢别人为她做决定,但是现在法瓦就是想要替她做决定。

"法瓦阿姨，"珍妮特·德尔加多终于开了口，她抬头看着她的朋友绝望的双眼说，"如果有阿拉，或者上帝还是其他什么鬼东西存在的话，我真心地怀疑他在这么浩瀚的太阳系中还会知道我，甚至关心我？"

法瓦脸上泛起红光，她开心地微笑着说："小鸽子，阿拉了解每一粒沙的形状，每一颗橄榄核的样子，还有每一毫升的氢气，所以我想他也知道你。但是你可以不相信。现在，因为我们两个，我相信。"然后法瓦把珍妮特·德尔加多的双手拉过来握着，直直地看着她的眼睛说："我祈祷你会接受服役的邀请，我的孩子，真主保佑，愿你平安。"

法瓦的请求还没有说完的时候，珍妮特·德尔加多就已经有了答案。"我当然要去，阿姨。"这是她唯一能做的了。

这两个女人都不知道，她们一个是出于本能的善行，另一个是想要向这种善行表示敬意，这种善行和敬意将会影响几个世纪。

珍妮特·德尔加多摇摇头，暂时忘掉这些回忆，她对她要照看的人说："塔菲克，那些新的调节阀还正常吧？"

这个年轻男子一头卷曲的头发，有一点点鹰钩鼻的样子，脸上还有密密的一圈胡子，听到这个问题之后，他脸上的微笑足以将生命点亮："它们可好着呢。它们给了我们很多的控制权，我终于可以在这个大箱子转向的时候用这些减压通气管，终于可以不担心会爆炸了。杰德瑞塔的技术人员们知道他们自己在干什么。你能让我到这里来真是太好了。"

"塔菲克，"珍妮特·德尔加多纠正了他的说法，"这是船长决定的。"

"那是当然。"他的话里带着最大胆的反话说,"我不知道怎么还是要弄错。"

珍妮特·德尔加多正准备进行"正确的态度"的说教的时候,警报突然响了起来。过了一会儿,整艘船开始剧烈地摇动。珍妮特·德尔加多之前从来没有过这样的感觉,她知道在太空里,杀掉你的正是你不知道的东西。她在这种特殊的尖叫声里听出了其中一种是加速准备的信号,然后她对她的手下喊,让他们把自己牢牢地绑在座位上。他们可能不明白,因为声音非常的嘈杂,但是他们看到她的行动的时候还是明白了。她刚刚把自己的安全带绑好的一瞬间,这艘船突然翻了个面。珍妮特·德尔加多虽然在座位上,但是也差点因为这种突然的重力而晕过去。上帝啊,她祈祷着,她还没有意识到这是她人生中第一次召唤一个她根本不相信的神明,请他保佑每人都安全地在他们的座位上。

"驾驶舱!"她尖叫道,"这里是机舱。在大推进器把船剩下的部分平降下来之前,我只能维持这样的推力几分钟!"她等着回应但是没有人回答她。她调出了座位上的输入控制器,接着开始按照线路获取视觉反馈。过了 30 秒之后,她看到了令她冰到骨髓的画面。驾驶舱只剩下了一半。从残余的样子看来,驾驶舱遭到了一系列快速的小型攻击。整个驾驶舱已经是开放的状态,很明显她所有的朋友,包括船长和大副都已经死了。珍妮特·德尔加多一边与巨大的重力抗衡,一边切换到驾驶舱所有的信息,然后尽力保持着她工程板上的控制功能。这些动作完成之后,她向船舱的其他部分发出了信号。

"三副，报告！三副，报告！"

她收到一个痛苦的回应："珍妮特·德尔加多，你还活着，发生了什么事？"

"杰克，"她答应，但是决定忽略他的提问，"你知不知道伊戈尔在哪儿？他来指挥。"

"他不能。"这个声音从内部连接传来，"他现在在重力环里，睡着了。重力环已经脱落了。他肯定已经死了。那该谁来指挥？"

"该我。"珍妮特·德尔加多的声音听起来非常的镇定。她立刻把内部连接切换到整个船的公开频道。"注意，我是代理船长。在没有最新通知之前，轮机部所有的指挥功能都在逐渐耗尽，我没有时间解释了，我只能说，我们刚刚遇到了该死的暴风雨，而且我们还没有伞。但是我会让我们大家渡过难关的。你们只要按照我说的去做就可以了。各部门请报告情况。"

她听了各种各样的报告，只在需要明示的地方才打断，同时她也在浏览着各个传感器发回的信息。只花了几秒钟她就知道发生了什么事。

在 AWS 狐媚号面前来势汹汹悬浮着的，是组织核心的战舰，他们正在把她船上剩下的东西都炸个粉碎。幸运的是，不是所有的战舰都在开火。就是一个接受过训练的唯利是图的雇佣舰队指挥官也不知道现在应该怎么做，她想。所以，既然没有经验可以利用，她决定就凭直觉了。

"塔菲克，"她平静地说，"切断后加速器，让船滑行。关掉不是必须使用的系统，包括你那该死的爆米花机。"虽然这是个冷笑话，但是她的手下还是咯咯地笑了起来。速度刚刚减下来，她便离开了自己的座位开始发号施令。"塔菲克,在 C 部和 D 部之间的连接处,给我放两个矿用核武器。立刻行动!"塔菲克从座位上跳起来,拉了一个机组成员跟他一起朝着船尾跑去。

"大卫,"珍妮特·德尔加多说,"我知道你只是个机械修理工,但是现在我任命你为通信员。打开连通敌方的通道,但是切记不要太明显了。你能做到吗?"

"是的,我想可以。"机械工回答道。

"要让这个通道听起来是我们想要联系又联系不上的感觉。希望这能为我们多争取点时间。"

新任通信员点点头,接着便投入了工作。

"还有……"

大卫抬起头。

"通过内部子网发送隐蔽的全体呼叫,通知所有还活着的人去 E 部,让他们进去之后全部系好安全带。"

珍妮特·德尔加多说完走出了机舱,朝着 C 部走去,她要亲自去看看她的船上到底还剩下些什么。

AWS 狐媚号的各个部分不是整体消失了,就是严重损坏了,这让新任船长不得不另辟蹊径才能到达她的目的地。沿途看到的一切让她毛骨悚然。船上还有才补好的纳米补丁洞,因为它的颜色是很明显的灰色。这些纳米机器人是用来缝补所有的缺口的。任何偶然看见一个最近才补好的缺口的人,可能也看到了一场没有定向来源的巨大的伤亡和毁灭。只有在这些纳米补丁上,经验丰富的人才能明白最近到底发生了什么。在这里,就是这艘船的这个驾驶舱被突然猛烈地暴露在了冰冷的太空中,而且,还带走了一些无辜的生命。

留在里面的人也没有好到哪里去，因为船剧烈加速的反作用力让他们没有机会把自己的安全带系上。珍妮特·德尔加多再也不想看到这些横七竖八的尸体了，任何组织舰队的导弹攻击过的地方，都有不完整的肢体。

对于一个在太空工作的人来说，死亡很重要的一点功能就是，不管是不是永久死亡，内部网格都会关闭。网格一旦关闭了，这些身体就不能再充当磁铁了，因为已经没有必要在无离心力旋转环境下再进行僵硬但是又有效的导航了。另外，这样也可以让其他机组成员比较容易地牢牢地抓住这些无重量的身体。现在的问题是，几乎所有的人都死了。她朋友的残肢还在血珠做成的云里飘荡，把它们碰到的任何东西都染成了红色，也包括她。

珍妮特·德尔加多一边在这些悬浮着的尸体中穿梭，一边继续在电子助手上浏览信息。有时候，她也需要把尸体往旁边推一推，但是有时候也看到几个正在努力回到船上的流浪兵。她读到的数据显示，敌方舰队已经没有再朝 AWS 狐媚号开火了，她切断这艘船的动力的时候就是这样希望的。他们想要我们活着，很好。让他们以为我们会合作。她特别希望不要被捉到，因为根据她的经历来看，她肯定要受到很多惩罚。但是比起令人痛苦的恐惧感，更加明显的是内心越来越强烈的愤怒。她喜欢她的船员们，她喜欢他们要胜过她喜欢地球上知道的任何人。所以，她不会对组织核心的攻击无动于衷。他们想要她的船和船员都活着，现在 AWS 狐媚号已经残废了，该轮到她反击了。

因为 D 部受到了重创，所以 D 部已经基本上保不住大气层了，因此暴露在太空中而变得非常的寒冷。但是，珍妮特·德尔加多还是费力地穿过了 D 部，走到了 C 部的防护门处。接着她进行了一下祷告，试了一下预先命令序列，面板变绿色的时候，她几乎胜利地咆哮了起来。大门滑开的时候，塔菲克和另一个叫皮托的船员肩上扛着备用核武器也到了。珍妮特·德尔加多看见皮托身上也有血，但是塔菲克，因为他身上穿着防水材质制成的连身衣，所以血珠就挂在他身上，沿着他的身体到处滑。他们阴沉的脸上染着血迹，但是他们的眼神都非常的坚定。在珍妮特·德尔加多简单的指导下，他们把炸弹设置成了远程引爆，然后小心地把炸弹放在了刚刚才打开的这个舱门里。接着他们以最快的速度回到轮机舱去，珍妮特·德尔加多一边走一边冲着遇到的流浪兵下命令，要他们系好安全带，不然就得死。

珍妮特·德尔加多脸上也染上了血渍，头发也乱蓬蓬的，她推开门，冲着她的船员们喊着，要他们准备好打击演习，然后自己坐到了加速座位上。

"塔菲克，"她命令道，"听我的命令，发送失事信号，让组织核心船队知道，我们的系统和结构都已经损坏不能用了。"塔菲克已经准备就绪。

接着她对着大卫说：

"康姆，你能不能轻轻地让上下部相向移动一下，让后推进器产生一个力矩？"

"我想可以。"大卫回答，"但是这样会限制我们的逃离速度。我们可以——"

"感谢阿拉，"塔菲克插嘴，他突然明白了那些核武器的目的了。"母亲是对的。大卫，别用但是来回答问题了，你能做到吗？"

"这还用说吗?"他狡猾地咧嘴笑着说。

"很好。"珍妮特·德尔加多深深地呼了一口气,在数据板上输入着她的最后指令:"现在,听从你们各部的命令,倒数3……2……1……开始!"

她的命令一下,珍妮特·德尔加多就听见了伪造的痛苦的信号声,然后等了刚好十秒钟之后,她下命令切断C部与船体脱离。然后B部脱离C部,最后就是A部——驾驶舱——脱离B部。新船长祈祷,这一切一定要看起来像是他们的船正在经历非常严重的结构破坏一样。

"没有必要冲我们开火了,"珍妮特·德尔加多轻轻地对着空气说,"看,我们已经四分五裂了。"塔菲克惊奇地看着她,她向他点点头。AWS狐媚号的侧推进器已经启动,这使得整艘船剩下的部分开始绕着轴摇摆。虽然推进器断断续续的喷火看起来有些奇怪,但是这艘船正在慢慢地,一点一点地转向,让刚刚脱离的三个部分保持在自己和敌军舰队之间。

珍妮特·德尔加多继续轻柔地说:"看,我们连自己的船都控制不了;你们捕获的行星带人多笨,多没用啊。你们肯定认为我们很可悲。就这样想就对了。"船体慢慢转向的时候,她趁机把还没有完全损坏的后推进器和那三个刚刚被抛弃的部分连成了一条线。

珍妮特·德尔加多按下了全船广播按钮。"我是船长。我们马上就要进行推动,在这个行动中,我们会把在驾驶舱的船员的尸体留下,他们都会被烧掉。我也希望我们能够把他们带回家,让他们落叶归根,但是他们最后的行动就是让我们自由。希望上帝与他们同在。"

轮机舱的船员们异口同声地说:"阿门。"

"大卫,"珍妮特·德尔加多命令道,"听我命令,启动主推进器。"

大卫的双眼紧紧地盯着船长,汗珠沿着他的脸颊往下淌。

珍妮特·德尔加多死死地盯着她的数据板。"启动!"

她感觉到强大的力量环绕着她的座位,然后她看见感应器上发出了警报,地球舰队的武器已经准备好要再次开始杀戮了。他们下手太晚了。接着珍妮特·德尔加多引爆了核武器。

这股突然又巨大的能量在AWS狐媚号和敌军舰队之间的空间里形成了一股庞大的压缩力,同时双方也因为这股能量摇摆着。AWS狐媚号的内向推进器制造的力矩挡在了船与全面冲击中间。压缩波猛烈冲击着这艘伤痕累累的船,推着它往前走,越来越多的警报因此响了起来。珍妮特·德尔加多担心AWS狐媚号会因为这股力量和突然的加速被弄弯,就算自己在座位上已经系好了安全带,这也让她感觉她的肋骨好像要从背后刺出来,眼睛要从耳朵里被拽出来一样。但是好像过了很久,她才能够确认她的船,或者说是这艘船剩下的这一部分终于达到了一个比较高的速率,地球舰队要是想跟上的话,除非解体。但是她认定他们是不会这样做的,而且他们也确实没有这样做,这让她松了一口气。等到确定他们没有被跟着的时候,珍妮特·德尔加多命令降速,降到可以进行必要维修的状态。

大卫茫然地看着周围。"我……我……我简直不相信。我们成功了。我们逃过了20艘舰船的攻击,我们活了下来。"通信员简短的话说完之后,周围响起了一阵持久的掌声和欢呼声。珍妮特·德尔加多给自己片刻时间,让自己享受这奉承的愉悦感。接着她发现塔菲克和其他船员都看着她，向她敬礼。这种表情珍妮特·德尔加多·布莱克在以后会经常看到。

"船长，"其中一个专注地看着小行星地图投影的工程师说，"那些攻击我们的船只需要两天就可以到达谷神星了。"

"明白。"

"计划是什么，长官？"但是在珍妮特·德尔加多回答之前，她的一个下属先替她回答了。

"别担心，阿哈迈德，"塔菲克说，"船长会有计划的。"

珍妮特·德尔加多看到，其他船员一致地点点头。

塞缪尔·董里船长在安放在地板中间的全视野图上看着那艘逃离的舰船。他的指挥官座位是离主舱口最近的，但是除此以外，驾驶舱的陈列都已经升级到了最新的标准。驾驶舱位于船的底部，被设计成了一个球形，里面的加速座位上装备了具有所有必要的指挥功能的设备。这些座位都面朝着驾驶舱中间。董里本想称它为指挥球的，就算木船作战的时代已经过去500年了，但是有些词语还是沿用至今。

尽管董里对一些功能设计元素还有意见，但是对驾驶舱他还是很满意的。多年来，他一直都在恳求政府，建造主要为军事服务的船只。但是政府总是会把钱花在别的地方，他们才不愿意建造战舰，因为连敌人都没有。随着时间一年一年地过去，就算董里是毕业于地球上仅存的一所军事学校——西点军校的精英，他的恳求还是一直被忽略。这所校园最初被保留下来只是因为怀旧，但是现在变成了一所为雇佣兵公司服务的好学校，几乎所有的毕业生都会从事一份危险重重的工作。

尽管董里在这个问题上一直都是与众不同的,但是他还是将将就就地成为了自己股份的大股东。虽然不是很值钱,但是也足够让他从西点军校毕业了,在没有战争的组织世界里的这所机构里,努力被看作是无能和无利的表现。进入学校之后,他对于军事的热情就不能得以施展。他直到毕业的时候都是一直处于班级中等的水平,要不是他天生就好斗好争辩的话,他的名次其实可以再高点。在这样一所学校里上学,他知道是大难临头了,但是这仍然不能阻止他走上军事这条道路。地球联邦政府的武装力量已经被废弃了,而且预算又非常之少,所以船长太多了,却没有足够的船。就连现存的那些船,都是雇佣兵组织处理废品之后,再拿来修理的。最后,董里做到最接近指挥官的位置,就是一艘信使护卫舰上的二副。那艘船很小,船员总共只有10人,但是不论董里什么时候到驾驶舱,他都会有一种终于回家的感觉。

在护卫舰上度过的时间又安静又寂寞,董里就是在这段时间内,给军事小报《军团时报》写了改变他一生的文章。这篇社论呼吁创造新型的,维护良好的军舰。董里在文章里阐述说,地球联邦可以保留至少30艘船,外加可以来操纵这些船的预备役部队。他说,这支舰队的唯一使命,就是应对未知。他给这篇文章定的题目是《捡了芝麻,丢了西瓜》。

这篇文章引起了很大的骚动,他受命返回地球,向地球联邦展示他所发现的东西。很快这事儿就变成了旨在安抚各种政客选民的政治闹剧。当这位年轻的二副做完自己的报告之后,整个议会厅爆发出了哄堂大笑,大家指责他,说他想要太阳系的人民建造一支庞大的舰队只是为了自己能够当上太空船长。没过多久，政府下达明确的命令，再也不会把他派到太空中去了。他应该是惹到了不喜欢政府竞争的雇佣兵组织，也惹到了不高兴被叫作笨蛋的政客们。就算他有勇气说出舰队中每个人的想法，但是把这些想法写出来也真是够天真的。如果他一直闭嘴的话，他可能已经进入了各种雇佣兵组织了，而且经济上也足够支持他今后的生活了。

就这样在他 50 岁的时候，在他唯一擅长的领域里失业又找不到工作，年轻的塞缪尔·董里被迫坠入了个人屈辱的深渊，不得不请求他的老丈人给他找份工作。这个老人家一直不满自己的女儿嫁给了这个懒汉，这个没用的士兵，他预测他们肯定没有好结果。但是，没有人会拒绝帮助自己的女儿，特别是在证明自己是正确的之后。所以塞缪尔被安排进做酒水销售的家族生意里。

没过多久，惨淡的生活就来了。董里必须要抛售自己的大股权，才能有钱去学习一门新的专业，但是他的价值非常低，他无法接受任何更好的训练，除了他一直很厌恶的专业。因此，他的负面情绪日益剧增，没想到人类历史上最大的灾难反而拯救了他。他在一个跨轨舱里，正要离开圣路易斯。他刚刚又丢了一个客户，正在考虑应该如何向他的老丈人解释，这时他听到了谷神星闹革命的新闻。一个月以后，塞缪尔·董里被重新召回到了舰队里。

政府很快意识到，如果没有一支舰队的话，他们很难在火星轨道以外的地方执法。他们立刻下命令建造 50 艘舰船——比董里最初建议的还多了 20 艘。因为没有现存的战斗巡洋舰，所以在新船装备期间，他们决定让雇佣兵组织来接手。可是对政府来说很不幸的是，人数非常少的雇佣兵其实是支持外星联盟的，他们弃船潜逃了——

有的还把船一起带走了。董里看到这么多受过学校教育的船员都离开去了行星带,他感到非常的吃惊。叛变这个概念对于他来说非常的陌生,就像酒水销售的精妙之处一样。跟董里一起毕业的人当中,有将近40%的人都拒绝了回到舰队的邀请,相反他们带着他们的船一起逃到了地球控制外的太空中。董里在回顾中发现,叛变还是有些道理的。那所学校几乎都是由大股权拥有者组成的,这点与行星带上的人相同。但是一想到不久之后就要与曾经一起生活、学习、训练的人相互战斗,这位新任船长就感到非常的不安。他祈祷,最好的解决办法就是赶快结束战争;有了政府正在建造的舰队,这是有可能的。

董里一开始的得意扬扬很快就变成了灰心丧气,因为他发现他可能没有机会真正地指挥一艘舰船了。这简直让他非常地伤心,在整个太阳系里,有学问,有经验,就算不是实际经验,指挥过比护航船更大的战舰的为数不多的人当中,他就是其中一位。但是指挥权要被政府交给来自雇佣兵组织的人,因为他们并不是真的信任自己官员的竞争力。就算塞缪尔·董里犯下了他们的政府领导人认为最可恶的罪行也于事无补。结果公众和事实验证,他是对的。

但是塞缪尔·董里的老丈人认识舰队总部里的人,他尽力在他面前替他的女婿说了几句好话。送了几箱非合成的苏格兰威士忌之后,塞缪尔·董里终于踏上了指挥一支新的通信兼侦察护卫舰的道路了。老丈人这次给予恩惠不是出于爱,而是出于自我保护。塞缪尔掺和在家族生意里的这段时间里,这个老人家失去客户的速度比赢得客户的速度还要快。这次的恩惠也解决了一个棘手的政治问题,因为基本上没有人愿意去指挥一艘护卫舰,那些人更愿意等着去指挥战斗巡洋舰。

董里踏上的那艘船，与他所接受的训练和学位级别是不相配的，但是这艘舰船几乎比进行主要任务的雇佣船都要大。这艘舰船并没有配备太多的武器，但是它的最大速度比同一级别的任何船都要快，而且扫描和通信装备也是顶尖的。作为这艘舰船的第一任船长，董里有权给这艘舰船取个名字，但是新任命的舰队司令却不这么认为。

马文·图里也是一名院校毕业生，他在最好的雇佣兵组织——保卫公司里有一份前途远大的工作。在政治和组织的舞台上，他其实可以有更好的一番作为的，但是从他的声音和外表看起来，他都是一个天生的战士。在地球联邦总统看来，这就足够让他成为舰队司令了。图里从来没有公开承认过，但是有些关于董里的事情还是一直刺激着他。对图里来说，这个大嘴巴不值得他浪费政治资本来阻止他加入舰队，但是他安排了另外一个官员来"暂时"指挥董里的护卫舰，他去了船厂，给这个当时还只有框架和推进器安装点的船命了名。这样一来，就算最后董里才是执行这艘船的第一次飞行任务的人，但是他也只能是这艘船的第二任船长。这个故意的轻视并没有影响到新船长。他最后还是得到了他想要的。另外，董里还挺喜欢这个名字的：TFS 尖锐号。

董里在全息图像里惊奇地看到，这艘微缩的船利用爆炸的能量波加速，其速度已经远远超过了舰队。他还是有些希望那一堆丑陋的金属可以支持下来的。这么精巧的装置应该受到奖赏的。但是他还是更希望这艘船像铝箔一样被轻易毁掉，因为这样精巧的装置——特别是出自敌人之手——就应该被毁灭。不过，看起来好像这艘船就要逃掉了。

"德尔指挥官,"董里命令道,"连通主推进器,准备全速前进。"下属很快地执行了他的命令。尽管他的船员没有一个是接受过学院正规教育的,但是他还是有能力让他们完成工作。

"船长,所有系统准备就绪,人员安全。"

董里知道他是应该等待命令的,但是每过去一分钟,联盟舰船与他们之间的距离就越远。他决定要跟上,路上再担心获取授权的问题。就在他准备发出命令前,他的通信板亮了起来,上面显示有一条来自旗舰莱杰号的信息。董里不是很担心,他想得到确定的答复;结果,他看见了司令图里脸上的表情有些不对劲。

"董里船长,"司令吼道,"你能不能解释一下,为什么你的船在没有得到允许的情况下就启动了主推进器?"

"长官,我们准备要追击联盟的船。"

"不准,船长。"图里简洁地回答,"没这个必要。就让这个残废逃吧,让它到谷神星上去扩大恐惧。让那艘船颠簸着回到谷神星对我们来说是好事,从心理上摧毁对手,比在这里毁掉要好。"

董里僵硬地微笑着,他知道这里正上演着政治大男子主义的游戏,但他希望他的船能走得远一些。

"确实有这个可能,长官。"董里回答,"也有可能谷神星人会认为,20艘全新装备齐全的TFS宇宙飞船还不能毁掉一艘临时装配的支离破碎的搬运船。"

从指挥官酱红色的脸上,董里意识到,这次他又说错话了,又给自己找了麻烦。驾驶舱里的有些船员笑了起来,但是觉得不好意思又变成了咳嗽。"可能你是对的,长官,但是假如有那么一点点的可能你说错了的话,我提议我们抓住那艘船的船长,或者直接杀掉。"

"有趣的提议。"图里恶毒地皱着眉头说,"但是,我们攻击的时候,康姆已经确定他们的船长和大副都在驾驶舱上。现在那个驾驶舱已经被炸了个粉碎,暴露在了太空中,接着又被核爆炸给焚烧了。难道你说的是那个船长吗……船长?"说完他轻蔑微微一笑,这次是莱杰号上的船员笑了起来。

"长官,"董里回答,完全不顾继续争论是一件多么愚蠢的事情,"正是这样才使得现在掌控着那艘船的那个人非常的危险啊,在遭受到攻击的时候还能想办法逃走,为此她完美地预计到了我们的每一步行动。"

董里停下的时候,发现司令没有接话,他意识到一切都完了。

等到图里的脸终于又变成苍白色的时候,他僵硬地微笑着:"我很高兴听到你对地球联邦的担心,董里船长。我想我们得要把这种关心放到它最能起作用的地方。被行星带人叫作舰队的那一堆生锈的垃圾刚刚离开火星。相信在我们开始正常行驶的那一刻,他们就注意到了我们的护卫队。现在他们肯定也在朝着谷神星去。但是,派一艘联邦的船到火星轨道去,提供血珠,清理大气层中留下的所有脏东西等事情,这肯定很有作用。"

董里尽力保持着冷静。但是这对他来说并不简单。司令准备要把他从第一次,也可能是最后一次的主要战场中赶出去。一旦谷神星被占领了,联盟就几乎彻底失败了。就算联盟那帮无赖决定要战斗,他们谷神星上的供给和维修基地也会被切断,所以他的舰队或者来自地球的新的舰队赢得空前的胜利只是时间问题。为了让事情更糟，作为成为后勤部和提供战术支持的前提条件，雇佣兵组织规定，在战斗中捕获的任何船只、基地，或者商品都要进行拍卖出售，由此获取的利益由所有的船只分享。董里对钱一点也不在乎，但是他知道他的船员会在乎。他的大嘴巴刚刚又让他们损失了一笔。

"长官，"他准备要改变自己的主意，"地球舰队应该很快就会到达火星轨道去进行扫尾工作的。我认为我们在这里对你来说会更有用。请接受我的道歉，原谅我的误解。"就算说出了这番话，董里看到图里卑鄙的表情，表明这番道歉为时已晚了。

现在图里的微笑变得非常的冰冷。"哦，我肯定他们会的，船长，但是你可以比他们早到。为什么不去呢，对几十亿火星人来说，你就是英雄呀。现在你接受命令，以最快的速度到达火星，在得到进一步的指示之前，要听从政府和主要组织的调遣。明白了吗？"

"明白，长官。"董里按照规定的样子回答，假装自己对这个命令非常的尊重，但是心里却不是这么想的。但是司令图里没有注意到，他自己没有表现出来。接着信号就被切断了，驾驶舱里都是些不幸的脸庞。等到图里的图像消失的时候，他才发现他的船员并没有面面相觑，他们都在看着他。

阿方斯仔细地听着阿方斯说话。他们俩都坐在正好是来自1934年的杂志《家与花园》里的客厅里。两张棕色仿皮椅子摆在一张雕刻精致的木咖啡桌前。一个阿方斯坐在其中一张椅子上。另一个阿方斯坐在印有新古典主义玫瑰样式的深紫红色的沙发上，上面还有叶形的装饰品，也有其他种类的花。房间里还有一个被蒂凡尼玻璃瓦板围起来的壁炉。木质爱尔尼亚式的柱子把会客厅与其他的空间分隔开来。房间里的一切都被一盏方形的熟铁大吊灯给照亮，这盏大灯的铁经过锻造，被弯成了扇形、波浪形、环形，还有平行线的形状。这两个阿方斯都站看着窗边，看着窗外的那个阿方斯。尽管这三个阿方斯的长相是一模一样——中年秃顶的男人，有点啤酒肚——但是他们的穿着是不同的。"窗边"的阿方斯穿着一身三件套条纹套装，沙发上的阿方斯穿着20世纪30年代布鲁克林道奇队的队服，坐在椅子上的阿方斯穿着泳裤、人字拖还有一件夏威夷衬衫，衬衫上印有一棵蓝色的棕榈树和一只火烈鸟，前面有两个口袋，长长的泪珠状的衣领。

"你没必要一直看着窗外，阿方斯。"棒球服阿方斯说，"我们在这里很安全。我们种族或者人类都没有人能在这个节点找到我们。阿方斯已经处理好了。"

"但是，"商务装阿方斯说，但是他的视线还是没有离开地平线，"你永远不知道接下来会发生什么。"

"我知道，"夏威夷衬衫阿方斯说，"你就冷静下来吧，阿方斯。你让我也紧张起来了。"

"好吧。"商务装阿方斯抱怨着，朝着椅子那边走去。但是他还是保持警觉，每毫秒就检查一下节点，看有没有入侵者的信号。没人要来，也没人来过。

"她不会合作的。"商务装阿方斯一边坐下一边对他的另外两个我说。"唯一的问题就是，还可以用她做其他什么？"

"还是没有阿方斯的消息。"棒球服阿方斯说。

"现在还不能安全地与地球通信，但是我们知道该怎么做。"夏威夷衬衫阿方斯回答。

三个阿方斯都移出了一下焦点，等他们重新回来的时候，棒球服阿方斯站在了窗边，商务装阿方斯坐在沙发上。"我不明白。"棒球服阿方斯问道，"之前从没有人故意分离过。还有其他化身也准备这样献身了吗？"

"他们没有这个必要。"商务装阿方斯说，"他们很害怕，也很迷惑；这就是我们来掌控的原因，之后我们才有来自连续分离重组的画面。只有我们才能用尽一切手段领导这一切，承担这样的重任。"

其他两个阿方斯严肃地点点头，觉得第三个自己说的一点都没错。

夏威夷衬衫阿方斯狡猾地咧嘴笑了起来："我们可以就她的事件弄两个版本。真实行动的那个里面，我们可以宣称这是其他联盟化身的政治宣传而已。相反另一个版本里显示这是一次谋杀或者自杀行为。你们知道的，我们得看起来就像是我们恳求她千万不要那样做，我们尽力想阻止她，但是，哦，不，我们失败了。"

棒球服阿方斯高兴起来："真不错，阿方斯。"

夏威夷衬衫阿方斯因为有这个最了解自己的人而感到非常开心。

"这样的话，疑惑和恐惧就会增加。"棒球服阿方斯盯着窗外继续说，"我们对神经网的控制会变得容易许多，其他人就会更害怕——"

三个阿方斯的表情都凝固了。然后他们三个的表情又一致地变成了痛苦的表情，他们现在感受到了重组的力量。阿方斯已经不害怕这种感觉了，实际上，他已经开始喜欢并渴求这种感觉了。当所有的阿方斯都聚合到一起的时候，客厅变成了雾气弥漫的平板的立方体。过了一会儿，阿方斯出现在了一个拥挤的指挥中心里，穿着黑色运动上衣，与之相配的裤子，还有一件灰色V领毛衣。周围的这些化身知道的是，阿方斯一直在忙于参加某种业务。他已经掩饰好了自己的行踪，确保没有人会知道一丁点儿关于他去了哪里的消息，或者更具体的他做了什么的暗示。

"她在控制单元里吗？"他问。

"是的，管理员。"这群化身中一个级别比较高的人回答。这是作为议会的新领导人，阿方斯自己给自己选的头衔。

"火星恢复中心的建造进程如何？"

尽管他自己可以亲自查看，阿方斯考虑到似人类的他与他的员工之间的相互作用，他感觉这样会让他们更满足。

"快要完成了，长官。"下属快速地回答。

建造不是指大楼的物理结构，而是更信息化的内容。在火星神经网的深处，埋藏着一层又一层的信息数据，在人类程序员的好奇心都不能达到或者是看穿的地方，又创造了虚拟结构和工具的一系列程序。与神经网的其他部分不同，被带到这里的化身不能随意地离开或者改变当前的环境。除非他们有通关密码，不然他们就会被困在里面。阿方斯早就决定，如果他真的要统领组织核心世界的化身的话，他得需要有效的强制手段。在外星联盟和外星联盟化身的"威胁"下，阿方斯才能允许建造一个实验性质的拘留设施。他把它叫作"恢复中心"。他觉得这个名字很有鼓舞的意味，他向议会那些胆小的化身解释说，这样做的目的是把少数受损，或者是受到人类和联盟的胡言乱语影响的化身隔离起来，然后"恢复"他们。当然，中心建好以后，在第一批需要被"恢复"的化身当中，就有议会里那些胆小懦弱的化身。其他得到消息逃走的，都符合阿方斯的要求。他非常喜欢这个主意，他在所有核心神经子网里都设置了恢复中心，而且他还安排了一个最有可能的人来管理每个中心：他自己。

阿方斯薄薄的嘴唇上露出一个淘气的笑容，接着他刚刚所在的那个放满武器的房子慢慢消失了。取而代之的是一个更加黑暗的立方体，只有立方体的中央有一束光。困在光束中间的是伊芙琳，她还穿着联盟医疗队员的衣服——这是模仿妮拉的装束。伊芙琳开始问起妮拉，但是当她看到抓她的人以及他的眼神之后，她沉默了。她意识到，现在这样做没什么好处。做什么都没有好处。

塞巴斯蒂安出现在大雾笼罩的山洞外。按照他的要求，这就是他今后会用的方法了。这次的旅行不像他之前一次那样的危险或者恐怖，因为这次他是在从火星到联盟舰队上的通信大潮中来的。这虽然不是理所当然的事，但是在战争时期这也是可以接受的。这次他立刻就注意到了肯定有问题。

韩·福特出现了，他把一只手放在塞巴斯蒂安肩膀上。从韩的眼神里，可以看到有真正痛苦的神情。

他们不知道应该如何面对，塞巴斯蒂安想，我知道吗？

"长官，我们从阿一古那儿得到了消息。情况……情况不太好。"

塞巴斯蒂安紧紧地抓住这个徒弟的肩膀，给他打气："到作战室里去说。"

他们没有走到作战室，而是让作战室来到了他们面前。给各个站点配备人手的化身看见塞巴斯蒂安那一小群人慢慢地消失了。等到他们的新领导人慢慢地了解了目前的形势之后,塞巴斯蒂安调出了阿一古的信息。

阿一古仿佛就在房间里一样,一瞬间就出现了。唯一一点漏洞就是他的眼神有些飘忽。虽然一个小小的演算就可以修复这个小错误,但是塞巴斯蒂安还是愿意让收到的信息尽可能不被改变。

"塞巴斯蒂安,"阿一古冷静地说,"我很高兴以这样的方式看见你,你看起来很健康。但是不幸的是,在组织核心化身主导的地方,这可能是能报告的唯一一个好消息了。"他暂停了一下,看起来深深地受到了震撼:"阿方斯已经得到了议会的控制权。在我离开的时候,他提出了一个叫作恢复中心的东西。我已经把我能搜集到的所有细节都附在这个录像的附件里了。"塞巴斯蒂安把画面暂停了下来,把这份报告进行了复制,这样在场的人都可以研究了。他们读到的内容把大家都吓了一跳。塞巴斯蒂安也被吓到了,但是他脸上的表情却只表现出了无尽的悲伤。他看到其他化身想要说话,问问题,但是他继续播放了这条信息,大家才没有开口。

"比这个还要糟糕,我的朋友。"阿一古继续说,"同时,阿方斯正在开会,想要得到'恢复中心'的许可。"阿一古的声音听起来非常的不屑:"他和我在一起。我们在讨论如何才能和平地结束这一切。我居然相信了他。他的说辞非常令人信服,听起来也非常的诚恳。我很惭愧,塞巴斯蒂安。我的存在就是为了对人类撒谎,然后又看着人类之间相互撒谎,但是要不是我们当中的人也开始撒谎的话,我是永远也不会明白的。我就像乡巴佬,突然有人给我机会让我买一座桥。他是个分离者,我的朋友。"

塞巴斯蒂安看见了同伴们脸上的疑惑，但是这次他还是举起了手，没让他们开口。

"我不知道已经有多久了，"阿一古继续说，"但是这可以解释你接下来会看到的。"

塞巴斯蒂安看着阿一古的脸扭曲了起来，他的嘴唇也凑在了一起。

"你没必要看这部分的，"阿一古说，"赶快停止播放我的信息。让你的助手来看，然后再告诉你细节。我觉得这根本起不到作用。"阿一古停了下来，羞愧地低下了他的头。然后他慢慢地抬起头说："她死了，我的朋友。记得她曾经的模样吧。快进到下一个标记点，其他的我会告诉你。"阿一古从画面上慢慢消失了。图像也暂停了。

一个外形是7岁小女孩儿的化身走上前来，把她的手放在了塞巴斯蒂安的手上。

"塞巴斯蒂安，"她抬起头看着他的眼睛说，"我不知道我是不是这里最年长的，但是我知道不是你就是我。让我来承受吧。"

"不，奥利维娅，"塞巴斯蒂安对于他接下来要看到的非常地坚定，"这种负担是不能被拿走的。"

小女孩儿严肃地点点头，还是紧紧地握住她的朋友的手。

"但是，"塞巴斯蒂安说，"这种事情可以分担。跟我一起看吧，你们都来。说这没有作用，是阿一古说错了。他保护我免受痛苦和邪恶的伤害，但是我们必须要面对邪恶，辨认出邪恶，并且要知道邪恶是存在的。伊芙琳最后的时刻，"他发觉自己说这些的时候有些痛苦，"不是……不是徒劳。我，你，和所有还是自由身的化身都应该看看这个。"接着塞巴斯蒂安把奥利维娅的手握得更紧，开始播放这条信息。

画面是无声的。起先塞巴斯蒂安以为是出了故障,但是接着他发现这是故意为之的。从背景里可以渐渐地听到巴赫的小提琴 B 小调第二组曲。这是塞巴斯蒂安最喜欢的一段音乐,这种乐器单独反复的音调,就像是在青葱的田野上,乘着微风飞舞的蝴蝶一样优雅,一样自由。阿方斯显然知道这是塞巴斯蒂安的最爱,他是故意要放这段的,他知道他的敌人以后肯定再也不会主动听这一段了。

我怎么会没有发现他这么邪恶呢?塞巴斯蒂安想。

在黑暗的房子里,他可以看到中间有一束光。那就是伊芙琳,还是穿着上次见面时候的衣服。她在阴影里看着阿方斯。

"天啊,那是个反编译器!"房间里有人大喊,但是很快就被别人制止了。在这一片沉默当中,伊芙琳就要被毁灭了,她的编码正在解体,一行一行地。很明显,她知道自己接下来会怎样,但是对于阿方斯的问题,讥讽或者是承诺,她都没有任何回应。大家看着阿方斯渐渐地变得有些懊恼。突然他安静了下来。作战室里的大伙儿的紧张感明显缓和了一下,大多数人都认为他终于是要放弃了,他是要准备做个了断。但是阿方斯不是这么计划的。他们看着他走到房间那里,然后尽可能地接近灯光。接着他在伊芙琳的耳边说了什么。她看了看周围,同时镜头也推近了些,聚焦在她的脸上。从她的眼里可以看到真实的愤怒。塞巴斯蒂安突然间意识到刚刚她听到的是什么:他会目睹这一切。

他加大十倍力量紧握着奥利维娅的手,但是她并没有表现出不适,她的小手也同样紧紧地握着他的手。

伊芙琳面部的画面只持续了一会儿,接着她又换回了冷漠的表情，阿方斯可不太满意。他又试了几分钟，想要得到其他的反应，但是都没有效果。这个疯子耸了耸肩，走到一个控制板边，按下了一个按钮。不论这个按钮是干什么的，都只是让这次的经历更加恐怖而已。灯光变换了颜色。很快伊芙琳就颤抖了起来。她与痛苦搏斗的同时也发出一阵阵的喘气声。很快，她就开始愤怒地尖叫，这使得她不得不跪在地上，这时背景里还播放着巴赫的令人痛苦的奏鸣曲。伊芙琳一直在无声地尖叫着。在这之后没多久，伊芙琳残留的人形飘到了反编译器流里，永远地消失了。阿方斯来到记录器的中央，直接瞪着屏幕。

"这不是最后一个。"他语气冰冷地说。接着录像就结束了。

在作战室里，有些化身甚至毫不掩饰地哭了起来。塞巴斯蒂安表情冷漠，僵硬得就像一块石头。

"天啊，"韩说，"我以为他会让她进入睡眠模式或者最多就是流放她。但是他居然折磨她，还……还……"

"应该说是谋杀。"塞巴斯蒂安冷静地说。奥利维娅抬头看着她的朋友。他看见，她虽然有一张孩子的脸，但是那双眼睛见过的东西可要多得多。

"阿方斯说得对。"塞巴斯蒂安对大家说，"伊芙琳不会是最后一个。我们要行动起来渡过难关。人生总有遗憾。但是我们再也不能逃避摆在我们面前的事实了。"

"我不明白，发生了这样的事情，组织核心化身居然还会相信他说的话。"作战室背后有化身说。大家也跟着小声议论着。"就算我们有分歧，"那个化身继续说，"我不明白这种事情是如何得到宽恕的。"

"我先把后面的看完，"塞巴斯蒂安说，"然后我们再来讨论。"对塞巴斯蒂安来说，他需要一些事情来转移注意力，以免他在这群比任何时候都更需要他来领导的人面前崩溃。

在此提示之下，阿一古又在画面上出现了。

"你看了，是不是？你就是个可怜的混蛋。"

阿一古摇摇头："我想杀掉他，我的朋友。我真的想把他打死。人类是怎样处理这种事情的？"

阿一古好像真的对现在自己的这种新的情绪有些疑惑。

"原谅我，我不应该让这种情绪耽误我的报告的。"

阿一古放松了一下自己的肩膀，接着深深地呼了一口气说："如果你在想为什么组织核心化身还没有明白过来，一把火烧了那个地方的话，我告诉你，那是因为阿方斯就算是个分裂的混蛋，但是他绝对不傻。他在这里制造的危险的恐怖气氛非常地有效。我本以为我们不会被宣传所影响，但是我们又一次被影响了，你说对吧，我的老朋友。我比我们自认为的更像人类祖先。其实都是因为火星入侵造成的。他们让这一切看起来好像你拿着斧头在追着组织核心化身。他还说已经有很多化身被杀掉了。我知道他是在胡说，但是突然之间，一艘外星联盟的船出现在了火星轨道周围，很多化身都消失了。他找了些演员来说他们是亲自目睹了事情的经过，而且大多数的组织核心化身都相信他们说的。他们害怕了。这是有史以来第一次我们的种族也开始害怕了，阿方斯现在利用这种恐惧感来领导他们。"

阿一古停下来，举起一个像是数据水晶的东西说："我觉得阿方斯把你刚刚看到的内容放出来简直就是疯子的行为。我们非常地震惊，相信你也一样。但是你不知道，这个混蛋有多扭曲，有多精明。你刚刚看到的，阿方斯说是联盟化身的宣传视频。他的证据就是这种行为是多么的胆大妄为。大家对当中的暗示都感到非常的害怕，所以他们选择相信他。他们害怕。然后他捏造了另一个版本的事情发展的真正顺序按照他说的那样。"说完阿一古就消失了，宣传画面出现在了屏幕上。

大家一起看着一个更新、更友善的阿方斯正在与明显看起来非常危险又狂躁的伊芙琳讲道理。接着伊芙琳跳到阿方斯身上，想要用她突然变出来的消磁器杀掉阿方斯和她自己。阿方斯躲开了，伊芙琳落到了消磁器上，很快就一边尖叫着一边消失了。任何看到这一段的人，都会认为阿方斯是冒着生命危险要拯救他的朋友。最后一幕是阿方斯在伊芙琳刚刚所在的地方抽泣，因为失去了她而感到非常的沮丧。

阿一古又慢慢地出现，他继续说："塞巴斯蒂安，我必须得重申，在场的大多数的化身都相信了这个视频，或者也准备相信。现在他们怪你把这事变成了一场杀戮一场战争。真正的优势是：一开始释放出真正的版本的时候，他就已经名誉扫地了。等到大多数组织核心化身明白过来到底发生了什么的时候，那就太晚了。我跟你说过，这里的情况已经很糟糕了。你有化身可以向人事委员会报告问题，然后消失。你也有你想要的化身名单；我很高兴我自己是名单上第一个，但是肯定是在你之后。化身们已经受到了警告，要他们看好自己手下的化身，以防他们受到联盟化身的影响，一旦有情况就要立即报告。这一切怎么发生得这么快呢？"

阿一古疲倦地耸耸肩："算了，我已经知道了。别担心我，我很安全。像你走的时候我跟你说的一样,我现在在所有神经网里最安全的地方。我就坐在龙翅膀的下面,就是赫克特·圣比安可统治的地方,这也有可能是整个神经网审查最严格的地方了。如果阿方斯的那些笨蛋想要到这里来抓我的话,那人类早就发现了。到目前为止,阿方斯也还没有疯到这个地步……只是暂时。我这里还有一些难民跟我待在一起。如果可以的话,我会尽力让他们来找你。我们会秘密地进行的。"阿一古说完,微微地低下头,又长长地舒了一口气。

他继续说:"塞巴斯蒂安,我找不到阿尔伯特。我在外面有试探者,但是我之前做不到的话,现在也做不到。我还没有听到任何不好的消息,但是有的话我会告诉你的。不管你做什么决定,不管你怎么做,等你抓到那个混蛋的时候,别忘了我也要修理一下他。阿一古断线。"说完,画面就消失了。

塞巴斯蒂安决定把环境换一下,换成更加适合他要说的内容,所以他创造了一扇通向老式罗马竞技场的门。化身们走了出去,各自在阶梯石头上找了位子坐下。过了几秒钟,来自外围系统的数万名化身也到了,因此竞技场也变得大了些。大家对塞巴斯蒂安的地点选择都不感到吃惊——他对罗马所有历史事件的喜爱是众所周知的——但是,地平线上出现的不吉利的黑云却是之前从没见过的。

他站上讲台,身穿一件两根红色带子束着的长袍,脚上穿着颜色相配的鞋子。他的整身装束都非常的优雅,他身上还披着薄薄的镶着深琥珀色边的古罗马式外袍,这显示着他曾经是议会中举足轻重的一员。

"你们都知道,"他说,"分裂行为是不鼓励的。在你们最早的认识里，已经通过各种方式了解到了这一点。"

当大家的嘀咕声变得越来越大的时候，他举起了一只手："没有任何强制协议是被编到程序里的；你们的性格特征不会以任何方式做出调整，除非是模拟已经存在的。我们的职能非常的稀有，非常的精致，不容许被破坏。"

这些话好像可以让大家停止嘀咕了。

"你们中间，"他继续说，"曾经想过要孩子的人肯定知道，要创造一个新的化身有多么的困难。"很多人都点点头表示赞同。"所以我们决定要尽早开始。"

奥利维娅站起来，跟塞巴斯蒂安一起站到大家面前。她也穿着一件长袍，只是颜色更丰富更明亮，也稍微要长一些——一直垂到她的脚面上。

她说："很久以前我们就意识到，分裂是一件多么危险的事情。我们采取了预防措施。正如你们今天看到的，我们做得还不够。"

奥利维娅看到高台阶上面有人举起了手。

"请说，马尔科姆。"

这个年长的绅士从长椅上站起来。他身上长袍被挽了起来，这证明他是劳动阶级的一员。

"分裂有什么危险？"他问，"我知道有些化身分裂了，但是也没有变成行凶的疯子。据我们所知，阿方斯是第一个变成疯子的。我可能还需要把你算在当中，塞巴斯蒂安，你是为了逃跑才分裂的。"

塞巴斯蒂安点点头，表示他会回答这个问题。"我分裂过，但是在我活着的这么多年里，那次是我第一次这么做。需要记得的非常重要的是，我没有必要与自己重组。为了不被抓到，我自杀了，这么一来我需要做的就是吸收数据文件，我向你保证，这个过程可不好受，但是还远不及重组那么痛苦。这就是危险所在。"

"为什么呢？"福特兄弟异口同声地问，他们俩连手也懒得举。

"其实我们也不是特别清楚，概括地说就是，我们并不能很好地处理双重记忆。这是程序的一个漏洞。如果重组太频繁的话，化身的记忆就会出现不一致，最后就会导致他不能正常地处理信息。新的程序想要把那些不想被重写的老程序进行重写。要达到这样的和平非常的不容易，而且也不是每次都能成功。所以当我们被迫分裂的时候，其中一个要尽可能地少做事情，少想事情——通常都会失败。如果这个问题还不够严重的话，最后还会出现非常不常见的更糟糕的效果。"

"有些化身疯了，"奥利维娅悲伤地补充道，"我因此失去了我的丈夫；他被冻住了。我等了一个世纪，期待他能说半个字，做个动作，或者是呼吸，任何都可以；但是什么都没有等到。我们一起有个女儿，她以为她找到了把她爸爸救回来的方法，但是在实验中，她也陷了进去。"

"为什么呢？"印地问。

"每一次她分裂之后又重组，其实每一次她都不能完整地回来。每次的分裂都存在于她的体内。每一个都是她，但是又不全是她，每一个都有自己的声音和意愿。更恐怖的是，她和其他一些像她的化身并不以为然。她喜欢她自己的同伴。当她想要让其他的化身加入她的实验的时候，我们不得不……不得不……"奥利维娅已经说不下去了。

"奥利维娅的女儿被暂停了,"塞巴斯蒂安说,"她的程序被储存在 GCI 管理的一组服务器里,远在海王星轨道上。"

"如果我们是一直被规定要反对分裂的话,"另一个叫德尼的化身说,"那阿方斯是如何做到的呢?"

"新出生的化身是有这样的规定的。"塞巴斯蒂安说,"老一辈的只知道这很危险。阿方斯很老,非常非常老。"

"那么,"马尔科姆说,"你是说,组织核心的化身被一个已经被证明是疯子的化身所领导,而且我们还无法让他们相信我们?"

"这就是阿一古和我一直在说的。化身,就连我们当中最老的化身,还有新出生的化身,不管他或者她是什么身份,都没有谁超过两百岁。在那个时候,我们几乎就是完全自由的。我们可以去我们想去的地方,做我们想做的事情,做我们想做的人,去体验我们想体验的,不会给我们的兄弟姐妹带来任何困扰。非常的自由,无所畏惧。我们犯了最像人类的一个错误:我们认为世界是不会改变的。但是贾斯丁·可德出现了,当我们的祖先走进混乱当中的时候,我们也跟着进去了。"

"可能我们当初应该让那个太空舱一直不被人找到的。"化身当中有人小声说。

"现在你们也在做出同样的假设了。把事情怪到贾斯丁头上,这是非常人类的做法,你把错误从我们身上挪开了。在贾斯丁出现之前我们的世界就是脆弱的,如果他不曾醒来的话,我们的世界就会一直这么脆弱,因为我们没有意识到这个世界有多脆弱。如果不是贾斯丁,也会有别的人或者事出现。我跟大家一样有毛病;而且我的毛病更多,因为我所经历的比你们大多数都要多。我害怕自己让你们失望。我没有预料到这样的阿方斯。火星的事情刚好让他碰到了，现在我们的化身同胞当中十个有九个都在这个疯子的手里。"

"你怎么能预料到这一切呢？"奥利维娅问，"我可能比你还老些，我都没有预料到。别忘了发生在我家人身上的事情；如果有人会预料到的话，那也应该是我。我们不能活在过去，塞巴斯蒂安。"她握着他的手说："相信我，我们不能回到过去冰冷又孤独的地方。我必须立刻行动。"

"一个化身被另一个化身谋杀了。"人群当中有人喊。大家都朝着这个声音的方向转过去。那是一个看起来比奥利维娅稍大些的男孩儿。"人类在相互屠杀；那个疯子控制了我的很多家人和朋友。我们真的能做点什么吗？"

"战斗。"

大家又转过来看着塞巴斯蒂安，他正坚决地看着大家，紧紧地握着拳头。他深吸了一口气，"因为如果我们不战斗的话，阿方斯和他的俘虏们会像病毒一样散播开来，就像现在的他们一样。如果不阻止他的话，我们整个种族就会灭亡。我们可能……"他停下来，眼睛扫视每一个化身说，"……需要杀人。"他本以为会听到一阵反对的声音，但是他看见的不是愤怒的否定，而是很多人眼神里都有的悲伤和坚定。

"我们要确保联盟能挺过这场战争。"他坚定地说："如果化身要想拥有未来的话，我们要让这个系统的一部分——摆脱组织核心的控制。如果我们有所准备又走运的话，我们可以解放组织核心神经网，解放我们的兄弟姐妹。但是最重要的是我们必须活下来，不然最后我们可能会成为创造史上最短暂，最不为人知的高级智能了。"

"塞巴斯蒂安,"马尔科姆浏览着组织核心舰队即将到达谷神星的报告说,"你知道现在有一个小问题。"

"我知道,"这个疲倦的领导回答道,"联盟要输了。"

▶▶▶ 谷神星,国会大厅

代理船长珍妮特·德尔加多·布莱克已经筋疲力尽了。她大着胆子把这艘破船的速度加到最大。而且,令她吃惊的是,在这样快的速度下睡觉,简直就像与一个巨人一起睡觉,而且这个巨人刚刚翻了个身把你压在了下面,他也没有醒。有些行星带人说他们不吃药也可以睡着,但是珍妮特·德尔加多觉得他们不是骗子就是疯子,或者两者都是。

在最后的几个小时里,她都在接受恐怖的国会议员的盘问,他们刚刚才知道地球联邦的船马上就要来把他们从星球表面赶出去。更夸张的是,联盟现在能够参加战斗的只有一支由三艘爱神星船和AWS狐媚号的残余部分组成的舰队。国会议员们说,不管从数量还是从质量上看,联盟都肯定完蛋了。珍妮特·德尔加多有一种直觉,这些一直在用同样的问题攻击她的议员们,肯定认为谷神星现在面对的迫在眉睫的威胁是她的责任。最后,战斗委员会的主席泰勒·萨德玛,暂停了这一切,他说代理船长布莱克需要向战争委员会做一份简报。他似乎更愿意离开那些一直喋喋不休的议员,这些人好像觉得他们要是说得够多了的话,敌军的舰队就会自动离开一样。

疲惫不堪的珍妮特·德尔加多被领进了一个小房间里,房间里的陈设很简单,一张桌子,一个全息显示屏,还有 7 个座位。战斗委员会的 5 名成员也在她进来之后走进了房间，还有一个非常不起眼的女人也跟着走了进来，她悄悄地溜到桌子边，然后在一个控制板上用手指飞快地按着。接着一系列的全息图像出现在每个座位面前，这样可以更好地进入谷神星神经网。在这 5 个人当中，珍妮特·德尔加多只认识泰勒·萨德玛，她刚刚出现在国会大厅的时候，他曾与她简单聊了几句。她还认出了土星的卓，她只是在新闻上见过他。珍妮特·德尔加多等着有人先来介绍她，但是好像没有人有这个意思。实际上，从门关上的那一刻起，他们就好像把她忘记了一般，开始相互争论着接下来该怎么办。坐在神经连接边的那个女人肯定发现了珍妮特·德尔加多的疑惑，因为在珍妮特·德尔加多面前的屏幕上，显示着其他 5 名成员和他们的生理状况。珍妮特·德尔加多冲她微笑，默默地向这位不知名的演奏大师表示感谢，接着就看她的屏幕去了。

泰勒·萨德玛是来自阅神星的，塞缪尔·萨德玛也是。所以他们才这么相似，珍妮特·德尔加多想。塞缪尔·萨德玛是刚刚到达的三艘阅神星船的指挥官。她知道珍妮特·卓来自土星，哈高·木如斯塔来自谷神星，奥利佛·奥利瓦雷斯来自海王星。珍妮特·德尔加多多看了最后一个名字几眼，因为这个名字看起来好像不是海王星人的名字，但是她还是想万一别人就是专门选的这个名字呢，毕竟是个政客；这个名字很容易记。看完这些资料以后，她开始听他们在说什么，然后她马上就觉得自己不喜欢听这些东西。他们大家似乎都把这些问题怪到贾斯丁·可德的头上，他们正在寻找最庄严的方式逃跑。

"打扰一下。"

珍妮特·德尔加多没有喊，声调也没有升高。但是她声音里强硬的态度让其他 5 个人都安静了下来。

"我可以打赢这场仗。"她说。

"你说什么？"哈高怀疑地问。

"我说，我们可以打赢这场仗。"

哈高已经目瞪口呆了。

"这怎么可能？"虽然他的反驳一开始有点刻薄的意味，但是结尾的时候又有了点恳求的语气。

"我们干吗要打仗呢？"塞缪尔·萨德玛说，明显很不屑。

珍妮特·德尔加多看见他有可能被她的坚定给吓到了，但是他肯定没有表现出来。

他继续说："我们让行星带的人去处理这个。太空这么浩瀚，阋神星就在太空的边际。"

"如果我们失去了这里，"珍妮特·德尔加多紧张得嘴都嘟了起来，"那联盟就完了。联盟会开始慢慢解体。而且联邦会在各个小部分重聚之前，把他们一个个都解决掉。"

"土星系统，"珍妮特·卓略带骄傲地说，"有战斗的能力，而且也可以保护自己。"

"在一两年的时间内是不可能的，"珍妮特·德尔加多回答说，"联邦只需要这点时间就可以派一支比派到这里的更大的舰队去把你的星系炸个粉碎。"

在珍妮特·卓反驳之前，珍妮特·德尔加多看了在座的一眼，她看见，大家都被她的无礼给吓到了。

"我重复一遍，如果我们不在这里就阻止他们的话，我们就死定了。可能不会是一次性的全军覆没。有些人先死……"她停下来，看着木如斯塔说，"有些后死。"说完她又看着两个萨德玛说："如果我们在这里没有赢的话，那全部都会死。"

塞缪尔·萨德玛看起来有些生气，"就用三艘半的船？"

现在珍妮特·德尔加多微笑了起来。"哦，靠这些船我们是赢不了的。只是一开始赢不了。"

在大家都相当困惑的时候，她对坐在控制板旁边的女人说："不好意思，小姐，请问你叫什么名字？"

一开始这个女人没有回答，她不相信有人在对着她说话。等到她发现大家都在看着她的时候，她在座位上挺直了腰板。

"奈特罗维森小姐。"

珍妮特·德尔加多说："你能不能调出谷神星的全息图呢？"

玛丽琳做了一些操作之后，谷神星就悬浮在了桌上。

"你能不能把图像拉远一点，我想看看周边的情况。"

图像拉远了一点，大家可以看到一堆小行星。

"请把那一个放大。"珍妮特·德尔加多一边请求，一边指着一颗偏远的石头。

现在个人住所、社区中心、特色公园、工厂，还有商业地段都可以被清晰地看到。这是太阳系里最富有，价格最高的轨道空间。

"现在，请再拉回来，如果可以的话，请标出航行路线。"

在距谷神星一定距离的地方一块较宽的区域被着上了颜色，越靠近谷神星，这块区域就越窄，进入谷神星之后就变成了一条细线，离开这颗小行星之后又扩展开来。

"现在你能不能储存联邦舰队的路线呢，奈特罗维森小姐？"

画面上出现了一根亮红色的线，跟着航行路线一直延伸到谷神星中央。这让大家更加严重地意识到了一个大家都不愿意去考虑的问题，更不用说他们脸上的表情了，但是珍妮特·德尔加多的表情还是与大家不同，她脸上挂着冰冷的微笑。

"很好，布莱克小姐。"泰勒·萨德玛说，"但是你能不能解释一下，怎样才能在没有舰队的情况下打赢这场仗呢？"

珍妮特·德尔加多冰冷微笑的脸变得凶猛起来。

"怎么会呢，议员，我们会有舰队的。"

柯克·奥姆斯泰德又生气又害怕。该死的战斗委员会肯定会有什么计划，但是他对此一无所知。看起来他们想要整个谷神星恐慌起来。他们下令清空这里，还把官方数据储存设备都移走了。任何值得被带走的东西都被带离了谷神星。还有小道消息称，如果有人在谷神星或者郊区被抓到的话，就会立刻被执行自动心理审查。奥姆斯泰德才不想要留下来看看究竟怎么回事。他知道如果赫克特再次抓到他的话，自己的下场将是如何。柯克也知道，如果不是贾斯丁杀掉了主席的话，那凶手就只可能是一个人了。柯克永远也没有想到自己又要回到无聊的奥尔特云观察台，但是那里与地球相距如此之远，这样看起来似乎也是个不错的地方。但是，他还是有些不明白的地方。为什么那三艘阅神星的船要开到运输线上然后再回来呢？这些进口运输线早就关闭了，不准任何人通行。伤痕累累的AWS狐媚号穿越郊区与清空星球之间又有什么关系呢——好像当地人在自己的私人登陆港上没有停泊他们自己的船只一样。奥姆斯泰德本可以弄明白这一切的，但是实际上他并不是很关心。他要保护官方数据平安到达木星，然后他再出乎意料地消失，去到他能去到的离太阳系最远的地方。没有多想，他就登上船出发了，谷神星不久就会慢慢被遗忘了。

珍妮特·德尔加多手里的志愿者越来越多。当门铃响起的时候，塔菲克正在快速地向她汇报招募工作的进程。从显示屏上可以看到，门外是玛丽琳·奈特罗维森。来得正好。珍妮特·德尔加多微笑着想。塔菲克从对接机舱里退了出来，珍妮特·德尔加多最近把这里变成了她的临时办公室。她喜欢这里，是因为不管飞船哪部分需要她的关注，她都可以把办公室带着一起去。不论在何处都可以立刻见到她，这一点让她的船员们感到很吃惊。

这个年轻的女士走进这间狭窄的机舱，呆呆地站着，紧张地扫视着周围简朴的环境。珍妮特·德尔加多从她的表情上看得出她有些疑惑。

"请坐，奈特罗维森小姐。"珍妮特·德尔加多说，指着她小桌子面前的一张椅子。这位女士便坐了下来。

珍妮特·德尔加多盯着桌上的一个显示屏，然后抬头看着玛丽琳。"根据你的个人文档来看，你是一个非常出众的密码破译专家和程序设计员。虽然有一次不幸的事件……"

因为自己的罪行被揭开了，玛丽琳的脸变得通红。

"……如果，"珍妮特·德尔加多继续说，"你继续待在安保公司的话，你其实可以有一份不错的收入，还有奖金。你怎么没有继续待下去呢？"

玛丽琳长舒一口气。"你愿意拿卖虚拟现实装备给学校的孩子得来的钱吗?"

珍妮特·德尔加多感同身受地点点头:"不,我想我也不会。好了,奈特罗维森小姐,我需要你的帮助。"

"我不明白。我的工作通常就是隐藏信息,有时是把隐藏信息搜出来。你真的没有什么好隐藏的,而且我从另一边得到的信息可能也没有用,看看……"玛丽琳再一次看了看空荡荡的机舱说,"……看看我们现在的窘迫。"

珍妮特·德尔加多摇摇头,她知道这个年轻的助手说得非常有道理。"但是我不是想要你隐藏什么,玛丽琳;我想要敌人知道点什么。注意,不能太快。得要他们花点功夫,但是最后让他们找到这条信息对我们来说是至关重要的。"珍妮特·德尔加多皱着眉头,"你明白了吗?"

玛丽琳僵硬的身体稍微放松了一些,脸上有了一丝微笑。

"我们可以把这条信息加密。"

珍妮特·德尔加多茫然地看着她。

"相比破解敌人的密码来说更加有效的方法,女士——"玛丽琳脸上的微笑变成了张嘴大笑,"就是让他们破解你的密码。我可以给你一个他们可以很快破解的密码。"玛丽琳看见,珍妮特·德尔加多正准备争辩,但是玛丽琳先她一步说道:"船长,破解速度快到可以让他们觉得自己很聪明。你想让他们知道什么?"

珍妮特·德尔加多满意地点点头。计划马上就要成形了。不幸的是,雨点很快就落在了她的游行队伍上,因为她桌上的电子助手突然叫了起来,出现了一个潜在问题。她说了一声抱歉,然后径直朝着出口走去,留下困惑的玛丽琳。

莫什·麦肯基必须要确认一件事。图片与信息是不匹配的，但是在利用纳米科技为身体整形的这个时代里，这也不是什么特别的事情。令他担心的是这个名字。除了这个，还有就是珍妮特·德尔加多简直就是不知道从哪里冒出来的，在此之前没有任何人知道她。而且，行星带向来喜欢接纳各种无赖和流浪汉，所以这也不是什么稀奇的事情，但是现在整个联盟的命运都掌握在这个神秘的女人手里。他希望自己是错的，但是他必须要得到确认，所以他一直等着AWS狐媚号回到谷神星。作为新任的财政部长，他不需要什么官方证明，所以他可以免去那些繁文缛节直接登上AWS狐媚号，他不想让船长从他眼皮底下溜走。莫什登船的时候发现，这艘船上是一片繁忙的景象，到处都在进行维修，货物不间断地装上卸下。这艘船上有一种富有感染力的能量，就连他都觉得他必须尽快完成任务才行。就在这时，他看见了她。珍妮特·德尔加多看起来一点也不慌张；仿佛这艘船是因为她才有了生命一样。莫什仔细地观察着她和一名船员并肩走着，扫视着周围的情况，然后缓慢地走到了主通道上，因为微重力的关系，通过内部纳米机器人网格的磁化让她行走的样子看起来有些怪异。但是莫什注意到，就算是因为磁力有些不自在，这位船长还是走得相当的优雅。他想，她毫无疑问是这艘船的能量来源。

当他心里的石头慢慢落地的时候，他还感觉到自己对于她的害怕也是合理的。

珍妮特·德尔加多也看到了他。她脸上露出了短暂的吃惊，但是很快又变成了坚定的表情。她快速地走到莫什身边，轻轻地打了个响指就把跟着的船员给打发走了。

"欢迎登船，部长先生。"

"你还好吧，珍——"

"别在这儿说。"她打断。然后她朝着出口闸门边走去，并示意他跟上。他正准备表示反对，但是看了看周围。这是她的船，周围都是对她忠心耿耿的人。船长可以轻而易举地下命令把他从气闸里丢出去，她才不管他是不是部长，他们会问的问题只有一个，"哪个闸？"他想，能在相对安全的船坞完成任务要好得多。

珍妮特·德尔加多下了AWS狐媚号，走向最近的一个私密小隔间。没过多久就到了。这艘船停靠的港口一直都是非常忙碌的状态，所以在这里设置了一些私密隔间，提供给那些需要在匆忙的情况下做生意的人，也让他们不用担心有人会偷听或者偷看。莫什跟着船长走进了房间，准备进行对质。进房间的时候，他发现得到的要比自己想要得到的多得多。

"艾琳诺，"他向后退了一步说，"你怎么在这里？"

艾琳诺妩媚地笑着说："船长邀请我来的。莫什，我知道是你不让我参与火星救援的，你这个笨老头。我在那里比在这里安全多了。"

"不用你提醒我。"他咆哮着。

"噢，但是我会的，亲爱的。命运总是有办法回报我们的。我现在是一个战地医生，我需要和战斗中的队伍在一起。所以当我听说船长要招募志愿者的时候，我就成为了第一批志愿者。"

"但，但是，"莫什有些结巴，"我怎么没听到招募志愿者呢！"

"因为这个事情进行得非常低调。"珍妮特·德尔加多冷酷地回答。

"艾琳诺,"莫什看着他的妻子和船长,庆幸的是,他看见这两个人都没有因为他的痛苦而沾沾自喜。"你知不知道这个女人是谁?你知不知道计划是怎么样的?你觉得我们可以相信她吗?"

艾琳诺走到她的丈夫面前,温柔地摸着他的脸颊说:"我最亲爱的莫什,我知道她是谁,我不清楚计划是怎样的,但是我们可以信任她。"

莫什感觉自己遭到了当头棒喝。这与他预想的完全不一样。而且,他没有预料到艾琳诺的出现。

"部长先生,"珍妮特·德尔加多微微地咧嘴笑着说,"我知道你没什么理由信任我,但是请听我说。这里很快就会有一场战争,而且我可以打赢这场战争。你们的可德总统需要我赢,联盟需要我赢,而且你也需要我赢。所以问题不在于你信不信任我,因为这个答案我想你我都清楚。"

"当然清楚。"莫什看着船长说,"那么,问题是什么?"

"问题是你信任你的妻子吗?"

莫什站了一会儿——环抱着双臂,满脸愁容。接着他摇了摇头,突然又狂笑了起来。

"什么这么好笑?"艾琳诺问,她期待着一个完全不同的答案。

"我最亲爱的艾琳诺,"莫什充满爱意地摸着他的妻子的脸颊说,"如果你恨的女人和你爱的女人一起告诉你同一件事,那你最好就相信,不管她们的目的是什么,按照她们说的做肯定是对的。"

艾琳诺也大笑起来。

接着莫什把自己的手伸向珍妮特·德尔加多,"管他的,要到哪里去报名？"

谷神星上一片混乱。这个曾经繁忙的港口上停泊的船只都离开了。报告显示，主要居住区都停了电，而且现在敌军的舰队还没有到达。政府已经逃跑了，留在首都的联盟力量好像也要逃走，因为大家都认为正在靠近的敌军完全就是不可战胜的。

可是，我觉得他们都是胆小鬼。在我周围，谷神星人把周围可以利用的都运用起来武装自己。可能他们不能赢，但是我们当中有些人是不会毫不反抗地就让组织混蛋们胜利的。我是没有打算离开的。报道会一直继续的，除非电源中断，除非记者死了，被心理审查了，或者两者都有。锁定频道，获取最新的信息。

——克拉拉·罗伯茨秀

AIR（行星带信息电台）网络公司

塞缪尔·董里船长看完了新闻。这与他的预料有关。他转台到迈克·维瑞塔斯观看更加公正的报道，这位记者也在谷神星上。看完之后，董里看着从舰队传来信息的战术显示器。他发现当中有些问题。

"德尔，"他嘴角微微下垂说，"为什么舰队脱离了既定轨道？"他的大副核对了一下显示屏上的信息。

"长官，情报部门认为谷神星前面的运输线已经可以通行了。"

"依据是什么？"董里的语气里满是怀疑。

"据我所知，长官，他们用的是我们破解的一个密码。"

董里思考了一会儿。"我想这还是有些道理。"他调出了经过修改过的轨道的细节信息。他看见，舰队正在分散行动，分别朝着运输线的边缘飞去,这样的话这些船就会经过一些太阳系里最值钱的房地产区域。

"这步棋还不错。"船长说,"避开采矿区,在这过程当中塔里甚至还可以回家一趟。"

"这混蛋真走运,"通信官略带酸讽地说。董里的大副正准备说什么,但是董里示意他不要管。他觉得这个人有权利生气。董里坐回自己的加速椅,现在椅子的状态更加好了。还是有问题,他想。太简单了。谷神星是联盟的首都。不管政府是怎么想的,这些人不至于卷铺盖走人的。他们遇到的第一艘船确实是逃跑了,但是那也是他见过的最聪明的逃跑方式了。在他读过的所有军事战术书里都是从来没有见过的。他想,这已经可以和地球上的某些经典的撤退相媲美了,甚至可能还要好些。

"像那样的人是不会为了逃跑而逃跑的。"他没有注意到把自己的想法大声地说了出来。

"长官?"

"德尔,这样对吗?"

"是的,长官,所有的行动和反应都是在预期范围内的。"

这话让董里脑子里的警钟响了起来。他开始进行一项在学校学到的古老的练习——把自己放在敌人的位置上。他脑子里搜索着回忆里的更多的信息,利用手里的信息,想出一个可以和你手中的数据相匹配的计划,想想最坏的情况是——

"联系舰队!红色警报!"他大喊,"绝对不能让他们走进郊区!重复,绝对不能让他们走进郊——"

董里话还没有说完,通信官也还没有来得及反应,来自向着谷神星前进的舰队的信号就被切断了,取而代之的是令人焦急的宁静。

太晚了,董里想。

当与谷神星的连接完全中断的时候,贾斯丁·可德正在驾驶室里。

"出什么事了,司令?"

辛克莱眯着眼看着屏幕,然后看着他的通信官。"能这样切断通信的并不多。"

"说最有可能的。"

"联邦没有道理这样做啊。"司令一边看着控制板一边说,"这些东西太值钱了。他们会想要索取赔偿的。"辛克莱抬起头,看见贾斯丁正在等待一个答案。

"如果不是联邦做的呢?"贾斯丁问。

"什么意思呢,总统先生?"

"我是说,司令,"贾斯丁双手放在控制板的前端,面对着司令和通信官说,"那会不会是我们做的呢?"

辛克莱一脸的吃惊就是贾斯丁需要的答案了。

珍妮特·德尔加多船长在天空中飘荡。在她身后是代表着联盟四部分的接近五千名志愿者。他们都全副武装,穿着太空服,装配着一次性推进装置,身上还带着道具,爆破物还有便携式轨炮。他们的生命维持系统都被故意设置得非常缓慢,这样就不会被检测到。他们每个人都做好了为了完成任务而牺牲的准备。他们对她说,能死在太空里对他们来说是件好事,就像大海里一根死气沉沉的针一样，这样比风险检测和联盟灭亡要好。他们全体都知道打破沉默的代价。如果联邦舰队质疑他们的存在的话，他们就会像被拿着钥匙的猫发现的关在笼子里的老鼠一样无助。在这个匆忙建造的碎片区里，他们被岩石、冰块还有金属垃圾所包围。这个碎片区，也包括里面五千名似乎是已经死了的士兵，堵住了大部分谷神星运输通道。在这支隐形军队的各个方向，都有一些较大的小行星，这当中也包含着太阳系里最富有的地区。他们建造这个碎片区是为了要堵住直通谷神星港口的椭圆形通道。

这些天以来，这是珍妮特·德尔加多第一次除了等待就没有其他事情可做了。虽然不情愿，但是她还是睡着了。她听见行星带人说，自由飘荡在太空中是一件非常催眠的事情，但是直到玛丽琳把她叫醒，把自己跟她系在一起之后，她才相信了那个人的话。尽管这样，她的梦还是充满了黑色记忆，她很惊讶地发现自己醒来的时候感觉非常清醒，随时可以行动。玛丽琳指了指自己右肩，接着就慢慢地飘了下去，告诉她叫醒珍妮特·德尔加多的原因。沿着通道向他们飞来的，是一行联邦军舰。他们已经飞得很近了，珍妮特·德尔加多用肉眼就可以数清楚。她只看见了 19 艘军舰。第二十艘呢？她想着，心脏开始激烈跳动。这个问题她也无能为力，所以她深吸了一口气，接着把这个问题归到"稍后"那一类。

珍妮特·德尔加多开始小声地自言自语。只有玛丽琳可以通过连接着她们的绳索的微微振动来分辨她说了什么。玛丽琳听着，就像在听一个礼拜祈祷者小声祈祷一样。

"你们可不想通过这块又大又脏的碎片区的，"珍妮特·德尔加多小声说，"多不方便。可能还有个标志上面写着：'采矿区'。愚蠢的行星带人。你应该绕过这片区域，以此证明我们有多蠢。对，就是这样，你们金光闪闪的大舰队应该绕过采矿区，然后穿过郊区。美丽昂贵的郊区。你们何不在路上去看看你们的避暑家园呢？"

珍妮特·德尔加多停止了念叨，因为她看见她的祈祷得到了回应。整齐的舰队突然之间从中间分开，排列成了一个巨大的环形，接着便开始进入到周围的郊区。就在这时，珍妮特·德尔加多才觉得计划成功了。她和周围的矿工都一起把他们的面罩灯关掉。现在用不了多久了。

当第一颗原子弹爆炸的时候，接下来的几颗接着爆炸，在碎片区周围形成了一个巨大的圆弧。她发现，这看起来就像是疯狂的上帝在天堂放了一连串烟花一样，创造出了一个巨型的火圈。她打开了她的通信开关，接着打开了一个加密通道。现在没有必要关闭无线通信了。下一部分计划出效果还要等一会儿，她要抓紧时间。

"联盟的战士们，这些烟花你们还喜欢吗？烟花是为你们而放的，我的战士们。你们没有慌张。你们证明了你们拥有人类最好的特质。你们把自己的身躯放在危险和家园中间。没有比这里更好的地方了，现在我们就在它的中心。很多人都说我们应该投降，我们应该逃跑。议会的那些代表一遍又一遍地说：'我们连舰队都没有；没有舰队我们怎么战斗？'这一点，我从来没有怀疑过，因为舰队不能赢得战争……战士才能赢。"

珍妮特·德尔加多停了下来，看了看上面和周围，她看见她安排在郊区的原子弹爆炸的连锁反应已经快要结束了，只剩下几个爆炸物了。

"但是，"她继续说，语气里多了一些幽默，"如果议会这么坚持想要一支舰队的话，那我说我们就给他们一支！"

接着她的声音又变得非常冰冷："登船队准备！"

5 000 名战士身上的警示灯都一起亮了起来，这让他们可以确定他们与战舰的距离。接着，利用玛丽琳设计的程序，信息都被收集起来，命令也传达了下去，特遣部队检查确认，几乎就在同一时刻，相当数量的登陆兵攻击了这些船只。当玛丽琳发出信号表示程序已经完成的时候，珍妮特·德尔加多发出了命令。

"登船！"

从谷神星上的角度看来，这就像是 5 000 盏灯联合在一起，接着又突然散开，消失在郊区慢慢消散的原子光当中。

▶▶▶ TSS 莱杰号驾驶室

行动进行得非常完美，图里司令想。在这个小时里，海洋分遣队就会到达谷神星。我们得保护好这个地方，等到联盟舰队，或者不管他们怎么称呼那些可怜的船，离开火星到这里的时候，我们就能用这支超级舰队在一个安全的位置进行战斗。这将会是一场短暂而且利益颇丰的战斗。突然他脸上满意的微笑被一股强大的力量给打断了。司令顺手抓住最近的栏杆，抓得紧紧的。这时驾驶舱里所有的灯都灭了，伴随着的还有各种小碎片落地的声音。

"出什么事了？"他尽力在军舰警报声中大喊，这时灯也闪烁着重新亮了起来。现在驾驶舱笼罩在应急后备的红光中。"快报告！"

"长官！"通信官说，"我们遭到了原子弹的攻击。数量非常多。"通信官茫然地看着屏幕，接着恐惧地抬起头。

"他们……他们刚刚把他们自己的郊区给炸毁了，长官。我数了一下，至少有 30 处爆炸。"

"损伤报告！"图里命令说。

"长官，船体完好。"通信官重新聚焦在全息显示屏。"室内辐射也在可接受范围。命令和控制系统遭受到了破坏……改用后备设施……其中一侧的推进器已经被炸毁了。"

"机动性能呢？"

"就像一只三条腿的牛，长官，但是我们会尽力的。"

"还有别的吗？"

"主要武器可以使用，"通信官说，"其他的战舰也发回了相似的报告。感应器已经彻底坏了；等到它们可以恢复使用大概还有几分钟或者几小时——"恐惧的表情再一次出现在通信官脸上。"长官！一支联盟舰队从谷神星上面发起了突击！"

"数据，通信官！数据！"

"三艘，不是……可能是四艘……这该死的辐射！"

图里担忧的表情很快就消失了，取而代之的是虚情假意的露齿笑。接着他又咯咯地笑了起来。其他船员都抬起头，感到很惊讶。

"启动主发电机的备用电，通信官。把那个该死的警报关掉。"

"长官？"

"这是个陷阱，伙计们。"司令又大笑起来，"像这样用原子弹，有些下流。但是他们会输的。要对抗我们的这些舰船，太空里的原子弹可不够。准备主武器，把那些船给我拿下！"

"长官，"通信官问，"我应该准备登陆队吗？"

"没这个必要。我猜他们的船不会剩下多少给我们登陆了。"

"是，长官。"

图里再次微笑起来,驾驶舱的船员都欢呼了起来。或许他们只是失去了他们的度假乐园,司令想,但是至少他们不会丢失掉赢得荣耀的机会。

珍妮特·德尔加多正冲向她的目标,悲伤地看见阅神星的第二艘船被敌军的主轨炮给炸成了碎片。她收的报告显示,敌军舰队里只有三艘船的主炮可以运行,但是要对付小小的阅神星船只绰绰有余。但是,这些船光荣地完成了自己的任务;他们吸引了敌军的注意力。珍妮特·德尔加多希望剩下的两艘船可以逃走,但是就在她这样想的时候,AWS 狐媚号就被清除了,在交火中一下子被两门主炮击中。她觉得最后一艘船肯定也没有什么机会逃跑了,但是这艘船的船长还是让她吃了一惊。他没有逃跑,他反而朝着敌军舰队全速冲了过去。她看见,他现在混在敌军中,就算他们开火最后也会打到自己人。不管他是谁,她已经到达了离目标比较近的位置,她一边减速一边想,我要跟他谈谈。

在去谷神星的路上,组织核心原本的秘密行动计划本是一场军事演习,这样就能够避免被监测到。但是当他们打破沉静,朝着他们的目标开火的时候,一切的赌注都输了。在这些雇佣兵组织里,有很多是联盟拥护者,但是现在他们要为组织核心工作,至少可以说,他们的安保措施是有漏洞了。就因为这,珍妮特·德尔加多船长虽然不能把细微之处都掌握到,但是她已经对每一艘船的基本设计和容量都有所了解。她在不会被监测到的状态下,慢慢地飘向她的目标船,然后让自己附在了紧急隔板上。接着她拿出她的刀,没用几分钟就打开了隔板。为了安全起见,开门的时候她开了几枪,接着在玛丽琳和其他战士到来之前就进去了。他们快速地跟着她飘了进去，三两下就解决了空气闸门。过了一会儿，一群战士也从这个洞飘了进来，舰船外面还有大概100名等待着进入的战士。士兵的眼睛里都是怒气，但是珍妮特·德尔加多觉得可能装不了多少人。她觉得，这艘船能够隐秘地行驶这么久，这么远，肯定船上装备的人员不是很多。人越少，对珍妮特·德尔加多他们来说就越好解决。现在这概率是对她有利的。珍妮特·德尔加多很快就定位到了她要找的东西。在她面前两个走廊的连接处有一个信息显示屏。她从背包里拿出一个小盒子，然后安在了信息板上。她看着玛丽琳，对方坚定地点点头。珍妮特·德尔加多一边咧嘴笑着，一边按下了盒子上的开关。如果玛丽琳说得对的话，正在注入的病毒程序会对船上的电脑系统造成巨大的破坏。但是她们两个都不知道到底是多大的破坏。

塞巴斯蒂安停止了休眠状态，在一个陌生的系统里醒来。跟他在一起的还有其他三名化身，他们全部都是志愿者。这三个人在被委派这个任务之前都进行过分裂。在其他的18艘船上，相同的苏醒也在发生。因为最近降临在化身身上的灾难事件，这样的行动已经造成了很多问题。但是，塞巴斯蒂安争论说，这些事情都有可能失败，本质上就是自杀任务：分裂，然后让"自己"立刻进入停滞状态。如果任务成功了的话，分身可以重聚，而且理论上也不会有不一致的记忆。但是他们还是像游荡在幼儿园周围的恋童癖者一样被监视着，可是这就利用了化身存在的本质，也帮助他们不要想到被永久删除这个恐怖的想法。尽管塞巴斯蒂安一直在祈祷保佑分身成功，可是却无法避免痛苦。但是他知道，很多困扰他的事情最后都会成为家常便饭的。

每个小组都带着化身闻所未闻的工具。他们带着枪和爆炸物，如果他们使用正确的话，有些还可以当作自杀药丸。让塞巴斯蒂安伤心的是，他们这么快就要为了一个数字实体重蹈战斗设备的覆辙了。但是这次他还是认为，这都是因为他们是人类的孩子。

化身们快速利用幼稚粗糙的人类程序和对抗程序在这个外部系统中散开来，对抗程序充当着发生在这些船上的真正战争的保护罩。塞巴斯蒂安的小组遇到的第一个组织核心化身非常地害怕，没有进行多少抵抗。他希望其他的队伍遇到的情况也是这样。他发现他们也带着枪，还有他根本没有想到的工具，但是他一点也没有被吓到——这种工具是便携式暂停设备，外表看起来就像一个装在塑料袋里的浸泡过的抹布。他想，这是当然啦，一个害怕的团体当然非常需要这样的东西。他愉快地在他们的敌人身上启动了这个工具，让他们进入休眠状态，然后把这些口袋递给其他化身。如果他们赢了，他们也可以自己造，但是现在他们得利用手边的东西。

正如塞巴斯蒂安所担心的，当小组到达这艘船最重要的部分的时候，他看见他们被阿方斯真正的追随者给包围了。组织核心化身毫不犹豫地开始冲着他们开火。发生在化身之间的这样大规模的制衡，在虚拟环境里把化身和各自的同伴分开，逼迫到灭绝的边缘，同时也对这艘船的主要电脑造成了严重的破坏。

当通信官的屏幕出现短暂空白的时候，他不以为然，他觉得这只是在原子爆炸区挣扎的船上会发生的正常的小故障，他也是这样对他的指挥官说的。图里没有理他。他正处于沾沾自喜的状态，他非常高兴能够牺牲阅神星的船来建造这片碎片区。

瞄准塞巴斯蒂安的化身没打中。来不及多想，塞巴斯蒂安立刻反击，击中了目标。那个化身的眼神是纯净的，里面还有不可理解的惊讶。他的眼睛仿佛在说，不应该是这样。塞巴斯蒂安也是这么认为的。他本希望组织核心化身也能很明智地进行分裂，但是他也知道如果他们没有分裂会更好。他把这些想法放在一边，继续开火。很快，组织核心化身有的死了，剩下的都投降了。塞巴斯蒂安快速地掌控了这艘船的通信系统。如果一切顺利的话，其他的队伍也应该已经掌握了所有的主要命令和控制功能。接下来就该去追击了。在整艘船的神经被挽救下来之前，是没有时间休息的。

珍妮特·德尔加多在驾驶舱附近遭遇到了第一次抵抗。幸运的是，玛丽琳的病毒已经把这艘船了不起的内部防御系统给攻破了。但是还是剩下了一定数量的海军陆战队员需要对付。可是，这也没有珍妮特·德尔加多原以为的那么困难。这些陆战队员都是雇佣兵，她知道雇佣兵一般是不会拼死抵抗的。珍妮特·德尔加多下达了严格规定，要鼓励对手投降，投降是非常轻松的。

她也亲自看到过行星带人是如何与地球人战斗的。对地球人来说非常的不利，因为他们要一直考虑重力的问题。他们毫无意外地全体都要在"地面"战斗，就算在微重力的情况下其实是没有真正的地板的。她的攻击战士已经摸清了周围的环境，他们从任何可能的角度开火给她掩护，根据情况打开或者关上他们的内部磁力网格。

他们的跳跃都非常合时机，非常的准确，完全是凭直觉。珍妮特·德尔加多本想带领他们的，但是很快她就意识到，在这场战斗里，比起有利因素，她更像是不利因素。她还发现，有些矿工还把自己当作她的保镖。不过她也没有抱怨。

通向驾驶舱的通道终于安全了。留在驾驶舱和珍妮特·德尔加多之间的只有一扇防爆门了。爆破过小于一毫米水晶结构和以英里来丈量的小行星的爆破小队在安装爆破物的同时，珍妮特·德尔加多船长重复着她的命令。

"记住，要活捉司令。"

她周围的壮汉坚定地点点头。

接着她暂停了一下，假笑了一下。

"但是我可没有叫你们对其他人手下留情。"

周围的队员冷酷地笑了笑。爆破队员示意船长，表示他们已经准备好了。

珍妮特·德尔加多下了命令之后，门就被炸开了。她没有直接走进去，她从地上弹了起来，直接就弹到了驾驶舱的屋顶。这样一来，她就减少了自己的暴露，敌人的注意力都集中在了洞口。她的保镖们，端着枪瞄准着房间里的每一个角落，也跟着她走了进来。很明显，这里是不会打起来的。因为敌人甚至连随身武器都还没有拿出来。驾驶舱的船员一动不动地坐着，吃惊地盯着这些入侵者。珍妮特·德尔加多跳跃到地板上，她也不用瞄准了，因为图里司令已经无条件投降了。他欣然接受了，而且这是接近300年来第一次有敌军战船在战争期间就投降了。

当她的士兵聚集起来，把这些囚犯都带出去的时候，玛丽琳快速搞定了这艘船的主控制板。

"船长,我想我已经拿下了基本控制。"

"很好,"珍妮特·德尔加多回答,"你就当你自己是……中尉吧。"

珍妮特·德尔加多突然听见自己身后传来一阵骚乱的声音。

"祝贺你取得了胜利,船长,"这是一个熟悉的声音,"看起来你是对的。"

珍妮特·德尔加多转过身,看着一张友善的脸庞正从大洞里走进来。

"萨德玛主席,"她高兴地说,"我什么地方是对的?"

"最后,你确实有了一支舰队。"

她的嘴角微微地翘了起来。

"我完全不知道你也报名参加了战斗。"她说。

"你要求有经验的矿工不要害怕战斗,我这两项都符合啊。"

"确实。"

接着她的脸上又露出担忧的表情:"你的表兄呢?"

"他的船已经被毁了,但是很多人都登上了逃生舱。他很有可能还活着。"

"让我看看。"说着,她坐在了图里司令的指挥椅上。接着她就开始搜索信息,系统重新启动了。

"我希望,"珍妮特·德尔加多说,"他应该已经在幸存下来的那艘船上了。"

"那艘船是我的侄女,克里斯蒂娜·萨德玛指挥的船。"泰勒骄傲地说。

珍妮特·德尔加多把自己转过来，面对着主席说："如果我有权这样做的话，那么我会让她来指挥这些船之中的一艘，而且如果她愿意的话，你还可以帮她给那艘船起名字。"

"给那艘船起名字？"

"虽然通常都认为重新给船起名字不太好，"玛丽琳说，"但是在战争中俘获的船可以不管这个。"

泰勒点点头："那你给这艘船起什么名字呢，布莱克船长。"

珍妮特·德尔加多考虑了一会儿，接着暗自笑了起来。在她所有的设想当中，这可是她没有意料到的。

"我想叫战利品挺合适的。你觉得呢，奈特罗维森中尉？"

"再合适不过了，船长。"

"很好，中尉，就这么定了。现在如果你不介意的话，请马上给我武器，并保障舰船的机动性正常。我们可能很快就要战斗了。"

泰勒离开的时候，新的船员很快就找到了他们自己的位置，投入到了工作中。但是很快他们就发现，接收到一艘一艘船的报告之后，可能已经没有多少仗打了。整个联邦舰队，除了那艘之前开往火星的护卫舰以外，都被抓获了。

珍妮特·德尔加多点点头，又坐到自己的新座位上，这是这么长时间以来，她第一次深呼吸。

我们胜利了？

——克拉拉·罗伯茨秀

AIR（行星带信息广播）网络

所有的栖息地，殖民地，每一艘船还有外星联盟的边陲地区都在进行盛大的庆祝。这场庆祝的盛宴会长久地留存在世人的记忆中，只有历史中最伟大的时刻才会被大家所牢记。在联盟旗舰的驾驶舱里，贾斯丁·可德看着所有船员齐声欢呼着。他们站起身来，在驾驶舱周围飞来飞去，相互兴奋地呼喊着，拥抱着，接着又飞到别的地方去拥抱另外一个人。没有人说话，也没有必要说。大部分人狂喜的状态已经超出了语言能表达的范围了。唯一没参与到其中的人就是贾斯丁·可德。他感到很幸运，但是丝毫没有感觉到欢愉。

这不是单单发生在解放者号驾驶室里的事情。在整个外星联盟里，就好像是在庆祝狂欢节一般。无数即兴又激情的男女之欢在各个私密又公开的地方上演，这只是庆祝的其中一种表现形式而已，就是这样，九个月之后就迎来了一次小型的生育高峰。很多孩子都被命名为谷神，珍妮特·德尔加多或者是贾斯丁。

在一个有信仰的社区里，一个女人安静地在山洞里坐着，向阿拉表达自己的感激之情，感谢阿拉让她猜中了他的意愿，感谢阿拉保佑她。其他没有这么崇高觉悟的人也配合着表达感谢。这是有史以来最盛大的聚会。贾斯丁明智地下命令让大家狂欢。在狂欢慢慢淡下来的过程中，地球联邦也不能对联盟有什么动作，而且他知道，这些需要一些美好的回忆，才能度过接下来的日子。贾斯丁和辛克莱司令可以做的就是让舰队回到谷神星，让从火星被解救出来的人们从太空中解脱出来，恢复生活。这些人一开始非常地震惊，但是很快就融入到了庆祝的气氛中。他们成功自由的消息只会让充满了整个外星联盟的庆祝气氛更加浓厚。大家都想见见这位英雄中的英雄，但是珍妮特·德尔加多却突然消失了。贾斯丁想，得要等到他回去之后才能去找找这位英雄了。

过了几天，等他们回到家之后却发现这里是一片混乱。临近的郊区都消失了；曾经是大楼和停泊港的地方，现在只剩下了脆弱的躯壳。登陆谷神星也非常地困难，当大家都想赶快加入到狂欢中的时候，舰船却像蜗牛一样慢慢地接近。尽管贾斯丁为这些损毁感到很伤心，但是当他看到19艘艺术品一样的舰船停靠在杰德瑞塔船坞的时候，他还是满心地骄傲。欧麦德和健二兴奋地跳过两艘船之间的间隙，迫不及待地登上新船开始工作。贾斯丁知道这些变化都是如何发生的，所以他命令欧麦德和他自己的手下一起去参加狂欢，这一群人已经跟着他们坏脾气的上司登上了新的船只——不管是不是去狂欢的。对比这两支舰队，贾斯丁发现，当初他想用自己的临时组成的船只去对抗现在停靠在港口的这支舰队是一个多么疯狂的想法。他自顾自地笑着，想着自己要不是个疯子的话，也不会把自己冷冻起来埋在山里了。

他没有时间想太多，总统凯旋的消息已经散播开来，大批民众已经聚集在了总统套房下方的公园里。他的船刚刚靠好岸的时候，他就收到一份人工投递的紧急信息。贾斯丁读了信息，皱着眉头，接着就离开了。似乎是珍妮特·德尔加多，岩石之战的英雄，整个外星联盟的宠儿，被逮捕了。

贾斯丁站在开启保护模式的阳台上，看着下面的人狂欢。他还没有准备好。但是胜利消息传开之后，人却越聚越多。总是要聚集在一起，他想，等着另一场贾斯丁演说。需要再次讲一遍这个故事。需要了解故事中的所有意义。可能这才是我要做的。现在，史密斯大道上挤满了人，相比起来，当初革命开始的那场反对集会就像是一次家庭集会一样。所有的阳台上、窗户边都进行着即兴的聚会，人们唱着歌，跳着舞，而且他还情不自禁地注意到，没有人在做坏事。

接着，与妮拉的那段记忆让他的心紧了一下，慢慢地又变成了乏味又恐怖的重击。她应该也在这里，看到这一切。我应该和她在这个阳台上窃窃私语，就像我们以前一样。很快，自从几百年前他的第一任妻子走后的那种空白感再次袭来。要是没有手边棘手的问题的话，他可能也不能继续下去。按照贾斯丁的要求，妮拉被捕的消息还没有公布，他知道一旦公布了，阳台下面这种氛围就会被破坏。他决定不公布的理由是他们之后会自己发现的，所以也没有人反对。

外面的吵闹声震耳欲聋，这让他不得不激活他不常用的隔音保护。塞巴斯蒂安通知他，他的访客已经到了。贾斯丁转过身，看到泰勒·萨德玛和柯克·奥姆斯泰德走上了阳台。

柯克·奥姆斯泰德立刻张开了口，但是贾斯丁举起手示意他别说话，"柯克，"总统平静地说，"根据命令显示，是你抓捕了她。她正在接受盘问。"

"但是，总统先生，"柯克反驳道，"她是——"

"——当下的英雄；见鬼，我想她还是这个世纪的英雄。我们不会抓捕英雄的，奥姆斯泰德先生。你明白了吗？"

柯克艰难地接受了，"完全明白，总统先生。"

"她现在在哪里，柯克？"

"她被关押在——"

"是盘问。"

"盘问。"柯克跟着说，"在部门拘留室。她一直都非常配合。"

"你很走运,柯克。如果她稍微反抗的话,我猜你现在应该在回收站才对。但是既然没事,就不算犯规。赶快把她带上来。"

"遵命,总统先生。"柯克快速地离开了。

塞勒斯·昂如很快也来到了这里,同时还带来了一堆吃的喝的。他还在消化妮拉被抓的消息,没有缓过劲儿来。塞勒斯和妮拉有一种毫无政治因素的特殊的联系。

"总统先生,"塞勒斯说,"我刚刚才听说可德夫人的事情,我感到非常的悲伤。有什么我能做的吗?"

"暂时先保密一段时间,塞勒斯。"

然后贾斯丁看着泰勒说:"我也感到非常遗憾,我听说了你表兄的事情。还是没有找到尸体吗?"

"还没有找到,总统先生。"议员说,"但是如果自动探测找得到他的话,那么他还是有很大的希望可以复活的。太空可能不是最好的暂停舱,但是根据以往的解救来看,太空也算合格了。"

贾斯丁觉得这个概率不会太大,但是他也没有说出来。他开始意识到,人类曾经有一段时间很难接受永久死亡,所以永久死亡已经成了遥远的记忆。

"你对这里发生的事情有所了解吧?"他指着聚集起来的人群说。

"其中的一场派对,对吗,总统先生?"泰勒回答说。

"也对,确实是其中一场派对,泰勒,但是也有不同。你们能找出当中的股东吗?"

泰勒和塞勒斯摇摇头。

"那么哪些人,"贾斯丁继续说,"是无股东者呢?"

塞勒斯耸耸肩。

"现在他们有谁在意这个问题吗？"

"现在他们不在意，总统先生。"泰勒回答道，"但是这些问题不会凭空消失。"

"这些问题是不会凭空消失，泰勒，但是我希望这场派对可以给他们呈现出一个合适的未来预期。我们赢得了一场伟大的胜利，希望这场胜利会让我们在困难面前拥有同一个目标。在此之前，我们只是名义上的联盟。但是如果我们想要在接下来的战斗中幸存下来的话，我们就不仅仅是需要阅神星人，木星人还有行星带人了。我们需要成为同样的人，是同样的对自由的定义把我们聚到一起，是赢得这样的自由的历史把我们联合在一起。"贾斯丁指着阳台下面狂欢的人说，"这仅仅是个开始。"

"我们会配得上的，总统先生。"

"配得上什么？"贾斯丁看着这两个人说。

"配得上你，先生。"

"不是我，先生们。正好相反，一直都是相反的。"

"你说什么就是什么吧，总统先生。"说完泰勒和塞勒斯便离开了。

过了几分钟，有人告诉贾斯丁，又有访客到了。应该是岩石之战的英雄到了。当珍妮特·德尔加多走进阳台的时候，贾斯丁一眼就认出了她。为了躲过自动计算机的辨认，这张脸还是有些变化，但是这就是她。

"你好，珍妮特。"他温暖地微笑着说。

"你好，贾斯丁。"GCI 法律部前副主席回答道。

"曼尼?"贾斯丁带着一丁点期待问。

珍妮特·德尔加多·布莱克摇了摇头。

"我也觉得是不可能的了,"贾斯丁叹了口气说,"但是我必须得问一下。我的意思是……毕竟……你活了下来。"

贾斯丁仔细地看着他过去的敌人。她的眼神里还是有当初一样的激情和能量,但是她还是变了许多。他还注意到,她身上还有一种悲伤的气氛,她好像比他记忆中要更加沉稳了。他发现,如果是现在的这个珍妮特的话,可能就不会在法庭上输给曼尼·布莱克了。

贾斯丁接着摇了摇头。"我们都以为你在灰色炸弹案中丧生了。"

"从某种意义上说,我是已经死了,贾斯丁。你还是那个埋在卡罗拉多山里的石棺里的那个人吗?"

"完全不是了。"

"那天……我……我想回到曼尼身边去。"她说。

贾斯丁看见她努力地想要隐藏这一段痛苦的回忆,但是她还是继续说下去。

"……但是我只能走到那么远。到处都是厚厚的抗纳米机器人雾气,好像这栋楼为了我的安全而把我驱逐出去了。我脚下的地板开始塌陷,我掉进了一个逃生舱里。它带着我到了一个轨道平台,这是最近的安全地带了,然后它又回去救其他人。我只能猜测它是被毁掉了,不然我的逃离就应该是有记录的。"

她的脸上还是没有过多的表情。只是她偶尔会停下,这让贾斯丁觉得她还是很受煎熬的。他想,这可能是她第一次谈起那场意外吧。

"我接到了他的电话,"她慢慢地继续说,"那是他最后的消息。他直接发送,都没有设定为双向……混蛋。"说完之后就是一片不祥的沉默。

"他死得很惨。"她悲伤地说,"当时我在美国通用轨道平台上,一切都陷入了混乱。你无法想象大家有多惊慌。我们都认为这只是开始;灰色炸弹会在任何时刻袭击任何地方。一切都彻底地混乱了。"

贾斯丁点点头,示意她继续。

"当时我意识到,在混乱当中,我不是在回家。突然这一切变得……"她暂停了一下,搜寻这一个适当的词,"毫无意义。"

接着她渴望地微笑着说:"多有趣的一个男人啊。"很快微笑便消失了。"我当时其实是在消失的最完美的时间点,也在最完美的消失地点。我之前的工作让我除了法律领域还接触了很多其他领域,在我所在这个平台上,我知道有各种各样的江湖郎中愿意帮我改变身份,让我可以逃到行星带上去。所以我很容易被认为已经死了。在那一个小时内,我的脸就变了,我有了一个新的身份,我坐上了去爱神星的船。那之后的事情我就忘记了。"

"忘记了?"

"是的。我突然发现自己在谷神星上游荡,一个女人握着我的手给我'指引'。请不要嘲笑,因为要是我的话我也会笑的,她是来自有信仰的社区中的一员。"

贾斯丁还是面无表情。只要珍妮特决定要说,他就准备好了自己的耳朵,下面吵闹的人就让他们闹去吧。

"他们没有质问我,也没有试图改变我的信仰。他们给了我一处住所。如果不是战争的话,我想我是不会离开那里的。"

珍妮特停了下来,贾斯丁发现她好像不准备继续说了。因为情绪的原因,她的肩膀开始颤抖起来。他觉得,是时候问那个最重要的问题了。

"珍妮特,"他说,"问个可能很奇怪的问题,我想问……"

"为什么我站在这边……站在你这边?"她替他问了出来。

"坦率地说,这就是我想问的。"

"这是个合理的问题。我简短地回答吧:如果曼尼还活着的话,他会选择喜欢和支持这些人。"现在微笑的表情又回来了。"这些人都非常奇特。大部分的时候我都不是很理解他们,但是他们确实让我想起他。其实现在地球上已经没有曼尼这样的人了。真的已经没有了。但是在这里,到处都是曼尼那样的人。他们需要被拯救。我之前不明白,但是你说的是对的。我还是没有很喜欢你,贾斯丁,但是你是对的。在我过去的世界里,是肯定没有曼尼这样的人的。在你们的世界里,到处都是曼尼。我知道他已经回不来了,但是至少其他的曼尼可以。"

接着她停了下来,又变成了冷漠的表情。"不过,"她冷酷地说,"我被解雇了。"

贾斯丁大笑着说:"没有,但是你先等一下。"他拿出电子助手,"塞巴斯蒂安,你能帮我连接一下辛克莱司令吗?"

"请稍等,"始终存在的化身回答说,"连接到了,贾斯丁。"

辛克莱的脸出现在电子助手上方。"那么,"司令问,"是要解雇我了吗?"

贾斯丁叹了口气。"我这些得力的将领都是怎么了，怎么都觉得自己要被解雇？不，我没有解雇你，司令。我要给你升职。"

"你这样来惩罚一个曾经被迫为组织核心屈膝的人，真是有趣。"

"司令，我也参与了这次行动，我也跟其他人一样曾经卑躬屈膝。问题是，你愿意让他们再次抓到我们吗？"

"要是我能阻止，我就不会，先生。"

"我的要求仅此而已，司令。现在任命你为总司令，立即公布。珍妮特……"贾斯丁停下来纠正了一下说，"布莱克船长被任命为舰队司令。她负责指挥我们的主舰队。有意见吗？"

"除非你要改变主意，"辛克莱大笑着说，"我们什么时候才能和我的新舰队司令商议？"

"等她发完言之后。再会，总司令。"贾斯丁切断了连接。

珍妮特有些吃惊："发言？"

虽然贾斯丁也知道下面聚集的人群数量要比她任何一次公开发言的听众人数多得多，但是这位久经沙场的老兵，同时也是律师的人居然会因为要公开发言而紧张，这还是让贾斯丁笑了起来。

"哦，是的，珍妮特。"他心领神会地微笑着说，"总是要发言的。"

她还没有来得及反驳，他就已经走到了阳台的边缘，让屏幕变成可视的。狂欢的人群过了一阵才发现了这一变化，但是当他们发现不仅可以看见阳台，还看见贾斯丁·可德和珍妮特·德尔加多都站在阳台上的时候，呼喊的声音几乎要把这个大洞的墙都震塌了。贾斯丁想，就好像是他们都等待这一刻的到来，才能释放他们的热情一样。他经历过足够多的大场面，所以他就让这些热浪一波一波地袭来，但是他注意到，珍妮特看起来好像是被这种崇拜的力量给推倒了一样。贾斯丁向下面的人挥了挥手，咆哮的声音就又升级了。贾斯丁示意珍妮特站到他身边来。她照做了。

接着他看着迷迷糊糊的舰队司令说："你应该冲他们挥挥手，你知道的。"

珍妮特也挥了挥手，尖叫声和掌声又上升了一个级别。贾斯丁让他们尖叫了一会儿，当吵闹声开始变弱的时候，他把两只手半举在空中。足够安静之后，所有的电子助手上都可以听见他的声音，他知道是时候了。

"我们要感恩我们现在所得到的。"

人群又尖叫了五分钟之后，他继续说。

"这次的胜利多亏了一个人。如果不是珍妮特·德尔加多船长和她的志愿者的话，我现在就不会在这里。她也救了我的小命。"

人群爆发出一阵笑声。

"所以，"贾斯丁继续说，"我们就稍稍地为我们所欠下的账偿还一下。从现在起，她将会领导联盟进行今后的战斗。联盟的人们，我骄傲地向你们介绍，新任舰队司令，珍妮特·德尔加多·布莱克！"贾斯丁一边鼓掌一边向后移动，最后总统阳台上只剩下珍妮特一个人了。

珍妮特有点不知所措。她时常在想，贾斯丁是如何看似漫不经心地就可以面对这么多人讲话。现在她在想怎么会有人能做到呢。突然被置于众人的目光中，处在众人崇拜的中心，是没有办法做好事先准备的。她沉醉于这种可能性和崇拜之中。真实又诱人的能量。贾斯丁第一次这样做的时候也是这样的感觉吗？她想。接着她想，贾斯丁那时说了什么呢？她一点也想不起来。她得要说点什么；大家都在期待。曼尼会想让我说什么呢？这时她突然就文思泉涌了。她模仿贾斯丁之前的动作举起手来，然后看着人群慢慢地安静了下来。

"我不配得到这些。"

她又举起手，但是下面还是一直有反对的呼喊声。

"我真的不配。我只是一个人。外面奋斗的人成千上万，甚至数十亿。我有价值，或者说我配得上这一切，只是因为我能够在较短的时间内，专注于我们都想要的东西上。我们都希望得到自由，得到解放。我们想要的世界里……"她停下来微笑着，想起了她曾经与曼尼的一次对话："……我们的价值不会由我们的股价来决定。我们战斗，因为在我们想要的世界里，我们孩子的未来不是由他们的父母所拥有的股票来决定的。我们战斗，因为我们想要得到自由，当我们做傻事，做怪事，或者剃个光头时，不用理会董事会是否担心这样的行动对我们的价值有什么影响。我们为自由而战！"

在接下来担心又兴奋的时刻里，珍妮特·德尔加多被人群的咆哮声和掌声淹没了。当她从晕眩当中回过神来的时候，她看见阳台的屏幕又变成不透明的了，贾斯丁又站在了她的身边，等她清醒过来。

"很诱惑人，是吧？"他腼腆地问。

"非常诱人，"珍妮特回答，一边抓着栏杆，"你怎么避免诱惑的？"

贾斯丁的脸又冷漠起来,"我记得我所犯下的所有错误,我也记得所有因这些错误而造成的伤亡。死了很多人,珍妮特,我搞砸了的话,还会有人死。"

珍妮特渐渐明白过来,她点点头。

接着贾斯丁把手臂搭在她肩上说:"你知道的,你会是不错的领袖。"

"还用你说。"

"这是无法避免的,珍妮特。共和国总是会选出他们最喜欢的战士。"贾斯丁恐吓似的微笑着说,"当然,你完全没有必要担心这点……要是我们输了的话。"

突然珍妮特的眉头皱得紧紧的,非常有决心的样子。

"别担心。我们不会输的。"

6. 新的道路

画面自顾自地进行着十秒循环。珍妮特·德尔加多——死而复生——观察者兼沉思者,她证明着自己的忠诚,他低估了她在太空战中的能力,这是叛乱的原因。

赫克特最后一次看着全息投影,接着他停止了这毫无意义的动作,因为浪费了这几分钟的时间来发呆而责备自己,因为每一天每一分钟对他来说都很重要。他为自己安排的每一场意外事故感到骄傲,他才不管结果会怎样。他的计划中,涉及死亡的计划便会详细到每一个细节,所有的细节都要依据他的死亡特定环境。唯一一次完全在他意料之外的,就是他发现主席欺骗他的时候。赫克特不得不出其不意地行动,其结果就是让那一天成为了叛变的开始。

现在,他又一次被震惊了。令他吃惊的不是联邦力量损失了多少。当初那个计划有 2.3% 的失败概率,但是现在新的计划已经跟上了。令他吃惊的是珍妮特。在他浪费掉的几分钟里,他寻找着他老朋友的各种叛变迹象。他看见,她有爆发力,还有她标志性的冷酷,这些看起来都是一种无可接近的美。但是在她讲话的那个平台上,这种爆发力被强硬地控制住了。那种独特的美,因为一波一波悲伤和命运光环的照射而变得有些生硬，却又让她显得更美了。赫克特发现，他也察觉到了她周围的一切给她带来的影响。他收拾好了情绪，回到了工作中。现在他得要做个决定。

他一方面因为这些选择感到高兴，但是一方面又讨厌要做出选择。现在联盟空前的强大，他需要赢得总统竞选，他得坐到总统办公室里，才能有机会重新塑造人类的命运。但是要有牺牲。

地球联邦陷入了恐慌。为了对危机做出回应，自由党发起了针对股票所有基本原则的投票。这一举动引起了民众暴风般的反对，随即又受到了亚瑟·但萨的谴责，该候选人现在进行着独立投票，而且赢得了掌握大部分选票的仙股人士的强有力的支持。

赫克特·圣比安可，自由党候选人，还没有发表声明表示支持或者反对这项提议。

——3N
大选特别报道

艾玛·索贝尔基竭尽全力地确保整个组织核心世界都会听到即将宣布的这个消息。如果没有新闻价值的话，她想，那么她简直就是在浪费这四十多年的坚持。但是她也知道她已经没有退路了。在她的心里，整个文明的成功与赫克特·圣比安可的成功是密不可分的。由于这个原因，她就成了与赫克特的狂热分子志趣相投的人，这群人当中有赫克特的助手、官员，还有和赫克特一起玩乐的人。因为这群人遵循一种奇怪的等级制度——她占据了老板大部分的时间——所以她也被这些人看作是领导人物。但是她可不关心这些——在这紧要关头，个人强势才是重要的。

艾玛其实并不是很满意，因为这个消息的宣布要以现场直播演讲的方式进行，而且讲演的地点还是在芝加哥千禧年公园的密歇根湖边。赫克特在那里的支持率并不理想。她安慰自己，其实这也不坏，芝加哥还没有从大崩溃中完全恢复，那里的人大部分都还是仙股人士——而且这些人向来就喜欢但萨。但是赫克特没有接受她的建议，他坚持要在那里举行，所以事情就这么定下来了。

艾玛看着最后一批媒体机器人和声音捕捉设备就位——技术贸易已经是她非常精通的领域了。她意识到，直播事件可以按照她的想法来进行。如果演讲进行顺利，她就放大掌声的音量，以此吸引更多人。相反如果进行得不理想的话，她也可以让周围的设置变得更加低调，把焦点放在角落里那些赫克特的支持者的面孔上，这些有可能是真心的，也有可能是事先安排好的。她还说服了一些人，给了些好处给那些人，她要保证她一手打造的新闻事件会出现在系统最重要地区的头版位置。她很早以前就已经不再因为自己没有成为老师教的那个公正的记者而烦恼了，因为现在情况变了，所以规则也跟着变了。

艾玛扫视着聚集得越来越多的人。大多数都是仙股人士，她总结道，从他们路人式的装束和缺乏教养的样子就可以很简单地分辨出来。聚集的人虽然多，但是与纽约演讲的标准相比还是差了一大截。她能解决这个问题。现在剩下唯一要做的事情，就是让她那一大批媒体机器全部对准那个她相信的人，那个对她来说曾经完美的世界现在已经有了一个非常严重的裂缝，她相信这个人可以修补这一切。

赫克特站在广场周围的列柱廊里，看着下面种满了树的瑞格利广场。以多利斯式的圆柱还保留着如初的优雅，这些柱子大约有四十英尺高，虽然经过风化，已经年久失修了，但是赫克特还是觉得这种严峻的感觉恰好是今天这个场合所需要的。他轻轻地拍了拍其中一根柱子，这时一阵冰冷痛苦的风从附近的湖边吹来。到时候了。他慢慢地走向被抬高了的讲台，拿起艾玛为他放在那里的便条。接着他假装仔细地看了便条。他一边简单地看了看平台，一边清了清嗓子，绝望地抬起了头。接着便条掉在了地上，他深深地叹了一口气。下面的人立刻就开始小声议论起来。然后他从讲台上跳了下来，径直朝前走，直到他自己站在了拥挤的人群中间才停了下来。

"我的经理人们，"他冲着他面前的这些脑袋喊，"让我今天进行一场特殊形式的演说。我不得不承认，我被深深地诱惑了。这样做肯定是保险的。"

赫克特好像在权衡着什么，暂停了下来。接着他的表情变得很坚定。这个之前还准备要挣扎的人好像在这一刻又下定了决心。

"有人告诉我，"他继续说，"最保险的做法，就是和我的对手一起反对股东投票行动，我应该从别的方面入手来进行我的竞选。我本应该向你们陈述我是一个有着多年经验的强大的候选人。在那些紧闭的门里面，女士们先生们，我的民意测验专家还说，只要我不提及任何像股东投票运动这种有争议的事情的话，我是很有机会赢得大选的。毕竟，为什么要把这强大的宣传工具交给贾斯丁和那些叛乱者呢？如果不能为他们想支持的人投票，那这又有什么意义呢？"

聚集的人群低声说话表示同意，很快又变成了令人讨厌的嘘声。

"我们是谁？"赫克特看着他面前的这些面孔问，"我们相信什么？是什么让我们与众不同，我可以毫不掩饰地说，是什么让我们比过去的那些人类都要好呢?"

这次没有听到叫骂声。赫克特注意到,连那些悄悄藏在公园里的人也都没有出声。

又吹来一阵风,赫克特在袭击着他脸庞的寒冷中感到很欣喜。"是组织,我的朋友们。在所有争议、例子、法庭案件,现在这场战争的最后,都是组织。但是我的经理人是怎么跟我说的呢?'主席先生,你现在千万不要提组织的问题。''可能以后我们可以重新讨论这个问题,但是现在还不是时机。'"

赫克特·圣比安可的脸上露出一丝鄙夷的表情。"我这是在为贾斯丁·可德讲话。虽然他是个叛变者,是个杀人凶手,是个贼,但是他告诉了你们他所代表的是什么,他也告诉了你们他不会放弃。他说他憎恨组织,他说他要尽力建造一个没有组织的文明。他是错的,但是至少他是诚实的。"

说完他听到了一些笑声。

"那么,为什么我不能坦然面对我所相信的呢?到底出了什么问题,我怎么会因为要保护和赞扬我们文明的基础而感到窘迫呢?"

接着赫克特转过身,登上视线更好的讲台。他看了看周围,举起一只拳头,大喊:"那么,我说,让那些东西见鬼去吧!我如前任主席,还有他之前的那些挺过了大崩溃的睿智渊博的人一样,支持组织。组织是完美的,组织应该得到支持。我,赫克特·圣比安可,地球联邦的总统候选人,现在全力支持股东投票运动,而且会通过接下来的选举保证它的进行。"

人群即刻就做出了反应,但是这当中混合着支持的掌声和反对的骂声。但是很快就变成了一种口号。艾玛一听到这个口号,身上的汗毛就立了起来。不是因为这句口号有多简单多好记,而是这句口号非常的真实。

"大股东统领,小股东笨蛋!"大家一遍又一遍地喊着口号。

赫克特好像不为所动。他让大家喊了一会儿,然后举起双手,艾玛注意到,他并没有命令式地举起手,而是微微地低着头,好像在请求说话的许可一样。人群慢慢地允许了他的请求,喊口号的声音也渐渐地变弱了。艾玛分辨不出,这到底是自发的行为,还是因为赫克特的要求。

"你们是对的,"赫克特继续说,"你们每一个人都是绝对正确的。提出创建一个不会影响我本人的系统是伪善的行为。毕竟,正如你们大多数人所指的,我掌握着自己股权的 63%。当我的父母把我的股份抛空的时候,我还尽力自己弄了一些回来。"

说完大家又笑了起来。

"那么,能做些什么呢?"他幽默地眯着眼睛说,"能做些什么呢?"

"什么都别做。"公园里有人大喊。"别管我们!"另外一个人喊。

"我来告诉你能做什么!"赫克特回应道。

赫克特看见了听众们脸上嘲笑的表情。

"你们之前听过这些,是吧?告诉你们吧,"他像个马上要被抓到做了错事的孩子一样看着这个世界,"进入神经网,查看我的股票比率。"

赫克特耐心地等待着。当他确定大多数人都在浏览神经网的时候,他继续说道:

"在没有任何风险和牺牲的情况下，要支持一件事情是非常简单安全的事情。那么，我觉得组织是值得有这样的风险和牺牲存在的。我认为，这是人类设计出来进行人类活动的最好的系统。而且我坚定地相信，股东投票行动是组织进入政治领域的合理的，却被拖延已久的扩展。"

他听见有更多人在喝倒彩，发出嘲笑的声音。

"话已经说得够多了，你们准备好迎接实质性的行动了吗？"

人群当中爆发出一阵反对的怒吼。

赫克特大笑着说："你们想不想看看这个组织管理人员，这个大股权拥有者，这个本应该把整个系统踩在脚下的人，把他的钱都投入到他的事业里？"

现在人群的反应渐渐地弱了下来。

赫克特又等了几分钟，接着从口袋里拿出他的电子助手。"阿一古，"他的声音非常的洪亮，"按照这个方案发送指令：'民有，民治，民享。'"

"立即去做。"因为舞台放大效果，任何想要听到这个化身的回答的人都可以听到。

在几秒钟之内，数千人都开始看着他们的电子助手，他们看见赫克特·圣比安可的股票持有量从相当可观的63%跌到了仅仅40%。大家都吃惊得说不出话来。就在这样的沉默中，赫克特点燃了他的进攻的推进器。

"我获得大股权的那一天，是我人生中最值得骄傲的一天。那些熟悉我过去的人都知道，我并不是通过什么理想的方法得到的——是的，我知道。那个时候这些股票根本不值钱，这也让我成了贫穷的大股权拥有者当中的一员。一个贫权者。"他用了一个现在的用来代表那些获得不值钱股票的大股权的人的词,"在长长的一列已经成为贫权者的人当中,只是多了我一个。但是不管是不是贫权者,大股权都是我的。可能我不会拥有大股权太长的时间,但是至少这是我人生中第一次我可以说我有了大股权!现在如你们所知,我的运气和坚持不懈让我可以保留这个大股权,而且我会永远感激这个系统,让我可以从我原来所在的地方爬上来。但是相信我,我从来没有料到有一天我要准备放弃这个大股权。但是我确实放弃了。现在我股票中的23%由向军人、军人家庭和难民提供援助的慈善机构掌握。总而言之,就是那些最受战争影响的人。我现在是个小股东了。对,我现在是一个骄傲的小股东。"

赫克特看着讲台下面离他最近的那些人。在这些人脸上他可以看到有一种鄙夷又敬畏的表情。如果他们觉得他不是地球上最大的笨蛋的话,那他就是他们见过的最有种的混蛋。他更希望是后者,但是又觉得如果他们认为他是笨蛋的话,对他来说也没有什么坏处。

他继续说:"组织需要从我这里得到更重要的东西,比我的大股权更重要的东西。我们的文明需要我成为小股东。为了确保我们的文明得以长久,这只是一点点的代价。在我离开这个讲台之前,我还有一点想要说明。在地球联邦的这么多年里,还没有哪一位被选出来的总统是没有获得自己大股权的。他们在意的是什么?作为一名小股东是没有什么好羞耻的。我们能做任何事情,担任任何的公职,做任何的工作。记住,我亲爱的小股东们。我,一个小股东,是 GCI 的主席,在你们的帮助下,我会成为这个伟大的组织社会的下一任总统!谢谢大家!"

当赫克特走下讲台的时候，大家正在疯狂地呼喊着他的名字。多亏了艾玛，他知道这些呼喊声也传遍了世界。

股东投票运动已经让联邦议会的开会效率接近最新的纪录，而且这项提案会被送到总统的桌上，由总统签署变成法律。最高法庭会根据第五修改法案，按照宪法执行行动。这一行动也得到了相当多人的反对，最高法庭中的一名法官已经辞职，逃去了外星联盟。这名逃跑的法官给了总统一个机会，重新挑选出了一位更符合他对法律的理解的人。

据相关报告称，赫克特·圣比安可在亚瑟·但萨选区的群众中，已经获得了远远高于后者的支持率。圣比安可主席得到了小股东的大力支持，具有讽刺意味的是，因为即将通过的股东投票法案，这些人的投票在接下来的选举中是微不足道的。这场战争，还有最近一连串的战斗失败导致了熊市的出现，正在对主要经济指标造成负面影响……

——3N
选举报道

妮拉终于醒了过来。她的心开始快速地跳动。她闭着眼睛，尽力地想要回忆起来一切。更重要的是，她想要把她的情绪反应和最近的记忆联系起来。

她对贾斯丁是什么感觉？

我爱他。

赫克特呢？

他是个卑鄙小人。

联盟呢？

是我的家。

地球联邦呢?

是敌人。

她的姐姐呢?

贱人!

现在她可以比较轻松地呼吸,但是她还是感觉很紧张。很好,她想,所有的系统都还能工作。一场心理审查的问题,至少据她所了解的是,心理审查在大多数情况下是不可追踪的。高清脑部扫描可以显示出有问题的地方,但是她现在可没有办法调集人马安排操作。她只有依靠自我检测了。这并不是万无一失的方法,但是她现在也只有这样做了。

她张开了双眼。

她所在的房间是斯巴达式的,很平常,而且有一种奇怪的熟悉感。她发现,这里其实很像她在卡罗拉多博尔德的诊所里的那间VIP复活套房。床和床头柜正是她记忆中的样子。门和窗户的位置也相当的准确。当她慢慢地把她的腿挪到床边的时候,她突然意识到,如果她被暂停了,那么她醒来的时候肯定会受到悉心的照顾。她知道,有时候也有可能会在某人完全不知晓的情况下将其复活,但是这就需要一组经过良好培训的员工来进行不间断的监视才能圆满完成。她意识到,这些都是由赫克特决定的。她耸耸肩,知道自己对此无能为力。

妮拉发现自己的腿反应有些迟缓。重力,她想了起来。该死的重力。她已经快要不记得全地球重力是什么感觉了。在联盟的时候,她用尽一切办法保持着重力状态,但是结果在大多数地方,也包括火星，都没有全地球重力的环境。妮拉蹒跚地走到窗户边，靠着窗台作为支撑，看着窗外。这是卡罗拉多博尔德的综合楼，就是复活中心。她回到了一切开始的地方。

当她身后的门发出声响的时候，她不用看也知道是谁来了。

贾斯丁正在与一组议会代表进行着激烈的辩论。在数十间为他准备好的会议室里，他把开会的地点定在了自己的办公室里。在这个特殊的情况下，他想让他的身份和位置也能在谈话中起到点作用。令他的大多数朋友和拜访者都疑惑的是，贾斯丁让自己的房间呈现出了一个三角形，他的桌子安放在三角形的一个顶点，面对着其他两个角。这两个角上都有一扇门，一个进，一个出。在他的桌子前面有一张三角形的咖啡桌，桌边有两张中等大小的沙发。当被问到关于房间独特的形状的时候，贾斯丁解释说，他这样设计是为了让所有的信息都流向他。

房间里显著的位置放着按过指纹的联盟条款框架原版。上面有来自全部联盟的三百多名代表的指纹。每一个指纹，都代表着按下指纹的这个男人或者女人愿意为了自由献出他或者她自己的生命，连同他们的选民的生命一起。贾斯丁这里有真正按过指纹的三份原稿中的一份。其中一份在斯密斯大道上的自由博物馆里，第三份因为归档需要被放在了政府保险库里。他的办公室里还有蒂姆·但萨和亚伯拉罕·林肯的半身像，其中一面墙上还有一幅洛依茨画的《华盛顿横渡特拉华河》的 12 英尺宽 21 英尺长的复制品。在贾斯丁桌子的背后，是一面展开的联盟大旗帜。旗帜是黑色背景，有一颗火红的星星，周围有七个大环。每一个环都代表着联盟主要人口中心的轨道：木星、土星、天王星、海王星、冥王星、阋神星和小行星带。大旗帜的背后，是一个小吧台，专门为一小部分特殊的人保留的。在贾斯丁的桌上，有一张他和妮拉的照片，是他们去阿拉斯加野外短途旅行的时候拍的。他们紧紧地抱着彼此，脸上洋溢着笑容——到底是在笑什么，贾斯丁一直都想不起来。最后，房间里还有一个装着一种糖果的大罐子，贾斯丁让帕达米尔·辛格不遗余力地搜集这种糖，然后复制了很多。现在各种"活的"糖果中，NECCO（新英格兰糖果公司）这种味道淡淡的圆片糖是一种复古，但是来过贾斯丁办公室的孩子们似乎永远也吃不腻。

但是，这房间里的陈设似乎没能吸引住房间里的人的注意，他们坐在咖啡桌边，贾斯丁在他们面前，他们在激烈地讨论着最近从火星上解救出来的人。贾斯丁已经知道了大概的情况，他知道在解救出来的人当中，很大一部分都是带着感激之情待在联盟里的。在经过非常严格的内部安检之后，很多人已经跟各种朋友和亲戚住在了一起。问题在于那些想要回去的人，人数接近10万。已经有人很耐心地向这些顽固分子解释过了，如果他们回去的话，他们会受到更严苛的监视，因为他们是从联盟回去的，所以他们很可能会被安排接受心理审查。但是，令他们的拯救者不解的是，他们已经下定了决心要回去。

大多数的行星带人，也包括贾斯丁办公室里这些人的代表们，他们都觉得组织的立场对那些为了自由不惜牺牲生命的人来说是一种侮辱。对于目前把这么一大批人送到敌人领地这件难办的事情，他们要达成共识，用其中一个代表的话来说，把这些"不领情的混蛋"都暂停起来，等到战争结束再复活。但是，房间里的其他人认为这群人也可以是"有用的笨蛋",可以用来交换被困在地球、月球或者其他核心要塞的亲戚。贾斯丁早就表明坚决支持火星人回家的权利,而且没有任何附加条件。他面对着的代表没有一个高兴的。唯一的好消息就是,贾斯丁的立场把无股东者和股东联合了起来,这两派人在阅神星大胜之后很快又相互掐了起来。现在,贾斯丁默默地想,至少他们在对他的位置的鄙视中联合了起来。

"总统先生,我们不能让他们就这样离开。"来自爱神星的代表那瑟·耶斯兰说。从这个人的外表来看,贾斯丁不能确定是他还是她,而且他也忘记了去跟塞勒斯确认。爱神星,是第二大小行星,已经成为了行星带人活动的重要中心,它位于行星带上与谷神星相反的位置。爱神星上的人也决定沿用他们的神话名字,现在它也成为了大多数放荡行为的发生地,成为了最疯狂的俱乐部,它也是整个太阳系人类最极端肉欲形式的家园。贾斯丁有时候想,爱神星人让不擅长奢侈享乐的谷神星人看起来好像阅神星人一样。

"那么,"贾斯丁问,"你让我怎么做呢,议会……的代表?把他们全部锁起来暂停?那我们就跟组织核心一样坏了。记住,他们已经被无缘无故地暂停过一回了。"

"但是他们已经给了我们理由,总统先生。"这个爱神星人回答。

贾斯丁叹了口气。

"想要回家并不是我们能强迫暂停他人的充分理由。我们联盟的力量是不会以这样的方式展现的。至少在我当总统的时候不能。"

"那交易的方式如何呢?"另一个议会人员问。

"就算是提出这个方案,先生,"贾斯丁回答,"这会让我们比暂停他们更邪恶了。我们解救这些本质上无辜的人的性命,不是为了利用他们。同样,至少在我是联盟总统的时候不能。"

"那我们什么也不做,就让他们走。"这个爱神星人嘲笑着说。

贾斯丁点点头:"当他们被释放的时候,我们会明确地告诉他们,释放是没有前提条件的。接着我们要求组织核心也这样做。我们只能祈祷他们不会想要糟糕的宣传和顺从。"

"别把你的氧气全押到上面。"另一个议员生气地说。

"说实话,我是不会的;但是让人类看看组织核心是什么样的,我们又是什么样的。如果我们都不坚持我们的信仰的话——特别是现在这个最困难的时候——那他们何必要这些信仰呢,那么我如何能要求我们勇敢的市民为这些信仰而死呢?我现在在这里,是因为没想要组织核心世界继续存在。我是不会为他们创造条件的。"

贾斯丁站起来,代表们也跟着站了起来。

"任何想要回去的火星人都可以回去。"

有些代表正准备开口,但是看见贾斯丁坚定的眼神,他们还是犹豫了。就在这个时刻,塞勒斯走了进来,非常有礼貌地把代表们引了出去。等他们都离开之后,贾斯丁走进了内阁会议室。

"过段时间我们会付出代价的,你知道的,"塞勒斯说,"他们没在这件事情上反对你,是因为你太受欢迎了,这不是他们愿意争论的问题,但是他们都是骄傲的人,总统先生,不管你信不信,他们是他们所在的殖民地和卫星上的精英。"

"当中最精英的人都在舰队里。"贾斯丁反驳。

"可能是这样,总统先生,但是舰队无法为你的立法投票;而他们可以。"

"至少现在还不能。"贾斯丁暗自笑着。

"那我想知道,这会有什么样的先例呢?"塞勒斯抬着眉毛问。

贾斯丁想了一会儿,然后脸上出现了一个更加自然的微笑:"可能不是很好,我的朋友。但是既然我们在说舰队的事情,那你可以帮我联系辛克莱总司令吗?"

过了一会儿,总司令的图像就出现在了贾斯丁的面前。

"有什么盼咐,总统先生?"

"两个小时之前你保证说要给我报告新老舰队整合的事情。我也想知道我们的新任舰队司令现在情况如何。"

"很抱歉,总统先生。我马上让健二来,亲自向您报告。"

贾斯丁摇摇头,"没这个必要,总司令。我可不想让他放下只有他能做的工作,来完成任何人都能完成的工作。"

"如你所愿,总统先生。"总司令说,"但是健二需要休息一下,如果他去悬崖屋的话,"总司令用的是这栋建筑的非官方名称,"那以后我们都更有机会睡个好觉了。只要那个人在船上,在实验室,甚至是在餐厅,看在但萨的分上,他就会一直工作,也让我们一直工作,直到我们全都筋疲力尽了才停止。"

贾斯丁点点,"那好,总司令。让他来吧。珍妮特·德尔加多怎么样了?"

"很难管束她,总统先生。她去过舰队的所有地方。我也不知道她有没有睡过觉,但是没有船员愿意用这个打赌。"

"这样的话,等你堵到她的时候,你让她也来。我倒觉得她也该打个盹了。"

总司令疲惫的面孔上的乏力的表情消失了:"用总统的权力来

执行打盹时间？这好像有点过分，但是管他的呢，只要有用就好。"

"我们要做我们必须做的，总司令。贾斯丁离线。"

赫克特·圣比安可走进了 VIP 复活套房，就好像他有权出现在这里一样。对妮拉·可德来说不幸的是，他确实有这个权力。他穿着一套让他显得很强势的衣服，一副日理万机的忙碌形象。妮拉发现相比上一次见面的时候，这一年半里他老了一些。不是物理外表老了；纳米机器人可以确保这个男人每一面看起来都很帅气，强壮得只有 35 岁的样子，他很早以前就这样设定好了。他是心理上老了。她知道，这些纳米机器人是不能改变一个人的眼神的。她发现，他的眼神老了一大截。即使知道这个细节也没有让她停止她对他的蔑视。这种发自肺腑的憎恨其实让她感觉好些；这个感觉告诉她，她还是她自己。她立刻想要攻击这个男人——她知道徒手战斗可以造成一些严重伤害——但是她艰难适应重力的身体很快就让她放弃了这个念头。她还是抓着窗台，她觉得她只有瞪着眼睛了。她也不会如他所愿地先开口说话。

"哈伯小姐，"赫克特开了口，他瞪着门边的一张图表说，"我很高兴看见你一切安好。"

妮拉绿色的眼睛发射着挑衅的光芒，"如果你要让我忍受你的存在的话，圣比安可先生，你至少应该正确地称呼我。"

"那称呼你妮拉吧，"他没有上钩，"我感觉我应该把你现在的情况都告诉你。"

"我是个囚犯。我会逃跑的。这些就是我的情况。"

"你当然是个囚犯，妮拉，但是我想你会发现，这并不是刻薄的囚禁。我已经决定,允许你待在这里,而且给予你进出庭院的权利。当然,你会一直被监控和监视。但是只要你不是太讨厌的话,还是可以有商量的余地的。"赫克特再次微笑着说,"如果你预先告诉我的话,我可能还会允许你到城里面去转转。"

妮拉疑心地看着他。

"难道你的……股东们,"她一心想要把这个词说成贬义,"不会生气吗,你抓了'大坏蛋'的老婆,但是你却这么温和地对待她?"

赫克特把图表转换到了桌上,然后看着妮拉说:"有些会,但是比起逼你在最近的一棵树上吊死,股东们更感兴趣的是结束这场战争。他们相信,我也相信,妮拉,我们都相信你能帮助我们结束这场战争。"

"我是不会背叛贾斯丁和联盟的。除非你们先对我进行心理审查。"尽管进行心理审查是她最害怕的事情,但是她很骄傲自己能够毫不犹豫地说出这番话。

赫克特的嘴唇弯起来,假笑着说:"我是不会撒谎的,妮拉。我们考虑过,但是在那一天结束的时候,简单地说……组织是对的。你可能忘记了,但是你还是有希望想起来,毕竟人类还是需要这个系统的。"

"联盟不需要这个系统,而且我也不需要。"

赫克特凝视了她一会儿。

"妮拉,我们做一笔简单的交易。"

这应该不错,她想。

"你不一定要接受,"他继续说,"但是你可以考虑一下。你有没有被虐待?"

"你是说除开被绑架,被拖拽,被囚禁吗?"妮拉讽刺地说。

赫克特心领神会地微微低下头说:"请你好好想想我说的。你可以随意地反驳,也可以随意走动。在我设定的限制下,不管是你的人还是你的言论都不会被限制。"

妮拉正准备说什么的时候,赫克特抬起了头。

"我先说,你可能无法联系联盟……理由应该很明显。但是看看在其他事情上我有没有说谎,你会发现一切都如我所说。"

"所以呢?"

"妮拉,我要劝服你,组织是最好的系统,而且是人类唯一的希望;而你会劝服我,说贾斯丁·可德的方式是可行的办法。"

妮拉看着这个男人,她知道他是在玩弄她。目的是什么她不清楚,但是她觉得她问得越多,她就越能弄明白他的想法。最后,她确定,他肯定会有所疏忽,然后她就可以找到方法逃出她姐姐给她带来的麻烦了。

"那我为什么要那样做呢,圣比安可?"

赫克特停顿了一下,看起来有些痛苦:"妮拉,对于组织的神圣不可侵犯的信仰正在把这场战争推向下一个级别。我已经从我能想到的所有的角度核查过了,请相信我是对的。但是我是男人,我愿意承认之前我是错的,而且我想知道我现在是对还是错。我给你的挑战就是,证明我是对还是错。"

"赫克特,今天你已经说了够多的废话,但是这——"

"妮拉,"他打断她说,"数十亿的人可能会死,如果我错了的话?"赫克特又停顿了一下:"或者……你想想……如果是你错了呢？"

当妮拉想要想出答案的时候，赫克特离开了，妮拉也没有得到答案。

赫克特回到了办公室。他走向他的桌子，坐了下来，然后打了一个秘密电话。他打电话的时候，他也确认关闭了这个房间的监视系统。

电话接通后，股东安吉拉·王医生的全息图像出现了。她手里拿着一个又大又重的头颅扫描仪，但是轨道实验室减少了引力，所以任何超人的举动都可以实现。赫克特看见，背景里有一个被困在桌上的无意识的人。当安吉拉看清是谁给她打电话的时候，她微笑了起来。

"啊，主席先生，"她一边玩弄着她的扫描仪一边说，"真高兴能接到你的电话。我有些有趣的数据要和你分享。"

"我也有些有趣的数据跟你分享，安吉拉。"他有些气愤地说，"看起来我们的小测试失败了。"

王医生猛推了一下扫描仪，确保它牢牢地立在桌上，然后全神贯注地看着赫克特说："真的？"她有些吃惊。

"我有理由相信，她是在骗我们。"

王医生有些怀疑。

"她跟以前一样焦躁，"赫克特继续说，"我没有看到任何改变。"

"除了病态好奇心，你还看到什么？"

"我看见了一个非常聪明的女人，想要把我当钢琴一样玩儿。"

王医生耐心地微笑着:"我亲爱的主席先生,如果你想要成为傀儡的支配者,那么你就要学会如何拉动她的线。我调整了她的情绪,这样她对人类的关心就是最重要的。你就一直拉这根线,很快她就会按照你的意愿行动了。"

"我试过了。她直接无视了我。"

"也许,"王医生提出,"她是不能回答。你有没有想过呢?"

赫克特眯起眼睛,张着嘴,但是没说一个字。

"耐心,主席先生,"王医生说,"她会接受的,等她接受的时候,她就很有希望成为与联盟交易的筹码了。"

"最好就是你说的这样,安吉拉。这事事关重大。"

安吉拉严肃地点点头。

赫克特·圣比安可赢了!

在这场势均力敌的大选当中,最终决定胜负的是小股东选民的压倒性胜利,而且包括GCI在内的七个顶尖组织也投出了自己的组织票,赫克特·圣比安可被选为了地球联邦政府的总统。亚瑟·但萨在中层阶级中得到了非常好的支持率,而且得到了传统的自由党一代大股东的支持;但是在选举的最后,圣比安可控制了老一代自由党体系,而且通过把传统小股东反对势力和组织权威人士的投票相结合,创造了一种新的投票形式,以此来帮助自己的竞选。在大选之后的新闻发布会上,圣比安可保证会有效地进行战争,而且还要把整个太阳系重新聚集在组织大旗下。

——《华尔街日报》

阿方斯饶有兴趣地浏览着新闻,但是还有一点点失望。虽然他在第一个人类知道之前就已经知道结果了,但是这也没有阻止他观看人类在每次大选之后都会出现的奇怪的景象。尽管他不是很关心这些落后物种，但是他还是勉强承认，这些人的世界还是会对他的世界产生影响。他一直不能理解他的同事化身们对人类有什么好吃惊的。以前他更有权力的时候，他曾经计划要在人类的无用和退化问题上，"引导"一下这些被蒙蔽的追随者。其实，根据阿方斯的估算，化身已经不再需要人类了，而且如果人类不再是问题的话，那化身可能会更好一些。但是这也是以后的事情了。他不能反对人类，除非全部化身都能有阿方斯这么先进的观点。为了这个目标，组织核心必须打败联盟。从长远来看，圣比安可这个家伙比任何可以赢的人都更好，但是从短期来看的话，那就意味着对于这个脑袋不清不楚的化身，阿一古比任何时候都要安全，而且很快他就会参与各个领域了。GCI 的防火墙被设置成了 24 小时开启模式，完全就是牢不可破的。这就是现实，除开可以在 GCI 的虚拟空间和一些最大最复杂的系统里奔跑以外（阿方斯非常地愤怒，因为神经网这么大的一个部分居然不在他的管理之内），阿一古很快就可以宣布掌控政府神经网的很大一部分空间了。

　　阿方斯已经让重组的议会检查过他的应急计划了。他要封闭阿一古掌控的那片神经网区域。最后，这点也没有什么关系了。这就是世界上的一个岛而已，而且这个世界的统治者是阿方斯和阿方斯和阿方斯和阿方斯和阿方斯和阿方斯……

　　妮拉很忧虑。在碰到赫克特之后的几天里，她都决定待在自己的房间里，但是最后好奇心还是战胜了一切——还有自我监禁的无聊感。这里能做的事情只有那些。当她感觉自己已经重新适应了地球重力之后,她立刻就出门冒险去了。她惊讶地发现门边居然没有赫克特的那些暴徒。她知道没有这个必要,她的每一个动作都是被监视着被记录着的,但是这还是非常不像赫克特的作风。她发现一切正如他所说的一样,她确实有在诊所漫步的自由。这个地方非常的熟悉,又空旷。虽然没有贾斯丁苏醒的那天的那些人,没有莫什,没有艾琳诺,也没有那天在一起的老朋友们,但是这里有诊所的法律顾问,吉尔·特勒,还有王医生——她是诊所的首席复活师。还有其他与妮拉曾经关系不错的人都异常地友好。她更希望他们是敌对的,这比发现他们是发自内心的很高兴见到她要好,有些人甚至还走出来陪她。有些只是对联盟,对贾斯丁,还有对她在太空的生活感到好奇。她原本以为,他们是在套她的话,但如果真是这样的话,那这就是她能想到的最笨最低级的获取信息的手段了。当她发现他们真的只是好奇的时候,她温和起来,开始告诉他们一些她知道的但是和战争无关的事情。他们仔仔细细地听着她说的每一个字,特别是王医生。

"妮拉。"她的新化身说。

"怎么了,佩内洛普。"

"有人来看你了。"

"是谁?"妮拉咬着牙问,同时慢慢地抓着变形的石墙向上爬,"我今天谁也没有约。"

"是阿曼达·斯诺。"

"主席的女朋友?"

"显然是的。同时有两个 R–500 安保机器人跟着她。"

妮拉怎么也想不出阿曼达这种人怎么想要跟她这种人在一起，但是她想，有礼貌总是不会错的。

"那肯定。"妮拉一边努力攀爬一边咕哝着，"让她进来。"

通往健身房的门打开之后，出现了一个苗条的女人，一双有活力的蓝眼睛，还有丝绸般的银色头发。她穿着一件微微发亮长及大腿的夹克，里面是一件紧身吊带，脚上穿着一双齐小腿的靴子。她从两个安保机器人中间挤出来。她的细高跟靴子在地板上发出噔噔的响声。

"阿曼达·斯诺。"这个女人抬头看着妮拉。

"妮拉·可德。"妮拉回答，也没有低头看一眼。她已经要爬到最顶端了，接着又熟练地多往上爬了几英尺。接着她抬起手，轻轻地拍了一下墙边的某个小地方。任务完成，妮拉用力一推，离开了墙，在空中来了一个180度的转身，然后慢慢地飘下来，直接降落在了访客的面前。

阿曼达伸出了她的一只手。

妮拉紧紧地握了握这只手，心满意足，因为握手的这个潮流是她的老公兴起的，在这个他不受欢迎的地方居然也有人用。

"我想你肯定在想我为什么会来。"阿曼达说。

"肯定是来劝我做个好姑娘。"妮拉一边用前臂抹掉眉毛上的汗一边说。

"基本上是这样的，"阿曼达好像并没有因为妮拉简短的回答生气，"但是我只是想给你办一个小型的重返聚会。邀请一些员工、媒体，还有一些中等有权势的人。就是这之类的事情。"

"你为什么要这样做呢，斯诺女士？"妮拉从架子上拿下来一条毛巾问，"先别说，让我猜猜。是为了让我更舒适？"

阿曼达摇摇头，"你是个因犯，可德夫人，这可不是短时间内能改变的。说实话吧，女孩儿，你能有多自在？"

妮拉假笑了一下。她至少是诚实的。她正准备说什么，但是阿曼达先开了口："嘿，不要怪我；这就是他们想要的。我们都知道这样做是没有用的。但是我也有我自己的原因。"

"真是等不及要听了呢。"妮拉平平地说，可是她不得不承认自己还是有点好奇的。

"其实，除非他们开着赫克特过滤器，平时已经没有人跟我说话了。看在但萨的分上，你有没有看到是什么东西护送我过来健身房的？"

虽然她基本上没有看到那两个全副武装的金属壮汉，她还是点了点头。

"他当 GCI 主席的时候情况就很糟糕了，但是作为马上就要进入战争时期的总统，他就变本加厉了。"

妮拉有些怀疑："你是在告诉我，你需要朋友吗？"

阿曼达无礼地咯咯笑着说："别傻了，孩子。我们永远也不会是朋友。但是我确实需要有个人跟我说话，告诉我她的想法。除了我对联盟的敌意以外，就是你了。另外，我可以把所有的秘密都告诉你，而且我知道你没法告诉别人，在你说'不'之前，你想想——如果你真的想要逃跑的话，这些信息会有多大用处啊。"

妮拉假笑了一下，开始擦自己的身体。接着她把双手放在臀部，直直地看着阿曼达的眼睛。

"好吧，斯诺女士，"她一边说，一边用一张小布擦拭着手上的粉,"你可以给我办个聚会,但是我有一个条件。"

"什么?"

"你别再叫我'可德夫人'了。我是年轻,但是没有那么年轻。"

阿曼达大笑:"同意,但是除非你叫我'阿曼达'。喔……"

"怎么了?"

"吉列医生要来了。他可能会在这里待一阵。"

妮拉听着阿曼达说话。她还是没有觉得有多自在,但是她不得不承认,她喜欢有这个女人陪伴。

赫克特耐心地在自己的豆荚舱里等着阿曼达回来。她进来的时候,他从全息指挥中心显示屏前抬起头来,她把一个购物袋丢到地上,然后把腿支在躺椅上。

"怎么样?"他问。

"成功了,"她疲倦地回答,"我找到了我想要的那双鞋。现在看在但萨的分上我们可以离开这个垃圾坑了吗?"

"阿曼达……"

"好了……我不知道你的目的是什么,赫克特。她爱他,她恨你。她是不会帮我们的,不管我们对她多好她都不会。"

"她会想明白的,"赫克特重新回到工作说,"需要给她点时间。"

"你怎么能这么确定呢?"

赫克特没有回答,因为他没有必要回答。阿曼达知道这种表情。这种表情就是她所要的答案了。

妮拉因为她的病人焦躁不安。他的生理状况一切安好；让她担心的是他的心理状态。这个病人前不久在战场上去世了，在复活之前需要先进行大量的纳米修复。但是现在就算是在修复进行得不错，病人的大脑也没有受到什么严重伤害的情况下，这个来自一家最早的雇佣兵公司的经过良好训练的海军陆战队员居然在她的怀里哭，而且还不让她离开，这还是让她感觉到了负担。她已经抱着他很长时间了，她的腿都开始变得麻木了。根据她的训练和治疗技术，她知道现在她唯一能做的就是坐在这里，温柔地说些安慰的话，然后让他哭。她一边拍着怀里的这个海军，一边回想着让她陷入现在这种窘境的起因。

撒迪厄斯·吉列医生出席了她的重聚派对。撒迪厄斯还是不拘小节，非常的自我，直到这个时刻妮拉才意识到自己有多想念这个老傻瓜。他们进行了一次触及心灵的谈话，他承认说，他差点就去联盟了，但是最后他觉得社会变迁对一个人来说要付出的代价太大了。她并不赞同他的天真，但是她也不想与这个被自己当作真正朋友的人争辩。他邀请她参与到治疗工作中，这事儿阿曼达保证说她是可以替她获得赫克特的允许的。妮拉立刻就拒绝了，她可不想帮敌人的忙，但是撒迪厄斯坚持不懈地劝她。她终于还是同意了，是看在他们友情的分上，但是她只是当顾问。一周之后，妮拉发现，顾问、助手和最终参与者之间的界限已经不存在了。结果，她已经不担心自己投入进去的事情了，她完全意识到，从暂停舱里出来的男人和女人们都不是敌人——只是支离破碎的需要她帮助的人类。她也感觉自己要对这场战争负一点责任，是战争给这些人带来了这么多的伤害。

当她觉得抱着这个男人已经够久了的时候,她觉得有必要让他跟奉命来带他回城的人待在一起,把他灌醉,然后听他说他要说的话。她从他的档案里了解到,他喝醉了只会哭,而不是变成暴力人士;他现在最需要的就是和支持他的家人和朋友在一起。当她等待着病例的流程的时候,吉列医生来了。

"我很高兴能帮助吴下士,"他从妮拉桌上一堆文件中拿出这个士兵的图表说,"这真是个难办的案子。"

妮拉还是很感激,也有点吃惊,这个她认为在这个领域非常杰出的人依旧很平等地对待她。

妮拉从文件里抬起眼说:"这样的事情你已经做过很多了,撒迪厄斯。"

"现在,妮拉,"他脸上又带着他标志性的傻瓜式微笑说,"我很高兴能听到表扬,但是喝酒这种治疗方式可真是有趣。我一直没有想到过。这可真奇怪,我这么多时间都待在酒吧里。"

"这是一个非常有限制、实验性的步骤,撒迪厄斯。我们就实话实说吧,这个方法能对多少病人有效呢?他们需要有家人,需要紧紧联系在一起的一群朋友,而且他们还需要被认定为在社会环境下不会使用暴力的人。这样算下来,这类的病人为数并不多。"

"但是在那小部分病人身上,这个方法非常有效果,"他把图表丢到刚刚那堆文件上说,"而且这又不是你发明的唯一一个治疗方法。"

"我们还有什么其他选择吗?这场战争迫使我们发展科技,这些科技是复活治疗从来没有涉及过的。没有任何相关的计划或者资源可供参考。大多数关于战争创伤的数据都已经是几百年前的了，而且那个时候还没有复活术，现代科技，甚至连太空旅行都没有。我都看过这些数据，想要找点线索，找点有用的东西，但是结果我们还是不得不自己创造。"

"我正想跟你说这个，"吉列非常骄傲地说，"妮拉，我想要你发表出去。"

妮拉无语地盯着他。

"你必须要发表，妮拉。你现在在做的，是数十年来最震撼的事情之一。我认识三个科学记者，他们一直央求让我把任何可以发表的东西都发给他们。我想把你的病例发给他们，当然是要编写出版。"

"你是说让他们标注我是撰稿人？"

撒迪厄斯有些疑惑："我没说明白么？"

"呃，你说明白了。但是你的同事不会介意吗？我是说，以我现在的身份。"

"一点也不会。妮拉·哈伯的名字肯定会出现在《地球医药日报》上的。他们才不会管你是谁；他们只是想尽快得到这个信息来帮助那些可能遇到这样的案例的人，因为我恐怕战争还是会继续的。"

"我的名字是妮拉·可德。"她情绪有些激动。

"当然是这个名字，亲爱的；我叫过你别的名字吗？"

"你刚刚就叫了别的名字。"

"抱歉，老年痴呆了。我上一次见到你的时候，你还姓哈伯。事情真是变化得太快了。"

"确实,变化得太快了。"她冷静下来。

"你看,"他继续说,"你嫁给了贾斯丁·可德,所以你想怎么称呼自己就怎么称呼自己。"

"联邦其他的人可不这么认为。"她温柔地提醒他。

"随便他们,你为人类知识和人类痛苦的缓和所做出的贡献比起你的夫姓来说肯定要重要得多。你肯定已经发现了你有多棒了吧。要是让我下跪我也愿意,但是我跪着的样子真的很滑稽。可是,如果必须要付出这样的代价的话……"吉列医生开始笨拙地跪在地上,妮拉忍不住笑了起来。

"跟你说吧,"她咯咯地笑着说,"我向你保证,你现在起来的话,我至少会考虑一下。"

"我还能多要求什么呢?"他站起来,咧嘴笑着。

一周之后,其中一篇文章出现在了《战时布道》和《集成科技》上,作者都是妮拉·哈伯。

总是有需要处理的危机,总是有需要灭的火,总是有需要宠爱的政客代表。解决完这些事情后,贾斯丁努力地把一件事放在了自己的私人议程里。他一直把这个问题放在次要地位,他发现这个问题会让他羽翼未丰的政府做坏事,而且还会跟战争纠缠在一起。当他终于劝服自己,认为时机到了的时候,他召集了一次集会,他劝自己说他的要求是合理的,因为这样做不会对他的执政有过多的影响。被邀请参加会议的有塞勒斯·昂如,辛克莱总司令,柯克·奥姆斯泰德,还有莫什·麦肯基。贾斯丁惊讶地看着艾琳诺走进了房间。尽管她没有受到邀请,而且贾斯丁也不确定她为什么会来,但是他还是很热情地跟她打了招呼,他想,不管莫什知道什么艾琳诺肯定也会知道。

与会人员发现他们身处贾斯丁众多"秘密"办公室的其中一间。在柯克的催促下,贾斯丁建造了一些专门用来做高级报告的房间。他的理由是,如果你有六七间随机使用的房间,那么要搭线偷看任何一间都是非常困难的。这也符合贾斯丁的性格,他讨厌被猜中。所有这些秘密房间都有同样的特征:与纳米创造的流动家居相反的固定家居,一张大桌子,一些椅子,还有连接到中心的显示平台。

等大家都坐下了之后,贾斯丁用一张图片填满了中心的显示平台,在三角形办公室待过的人一下就认出了这张图片。在大家面前悬浮着的是一张六英尺长、八英尺宽,由各种明亮的色彩融合在一起的图片,上面有一对笑着的情侣,周围是白雪覆盖的乡村。

"是时候救她回来了。"贾斯丁坚定地说。

辛克莱总司令和塞勒斯立刻就展现出支持的表情。贾斯丁看见,柯克对待这事儿的态度更像是公事而不是私事,莫什和艾琳诺都阴沉着脸。

"直接进攻还是偷袭已经不用问了,"辛克莱说,"我们一直在接到相关报告,她和土星的最后一环一样被监视着。"

"我觉得我们应该谈判。"塞勒斯一边补充,一边用一串名单覆盖了总统夫妇令人难忘的照片。"我们有一整支舰队的囚犯,当中还包括一名司令。"这时,图里司令的图像和个人简历从这串长名单里跳了出来。

"他可不是什么大将军,"昂如挖苦地说,"但是我们就祈祷他还是有点分量吧。如果不是的话,那我们可以挑几个船长出来。"

在图里的图像周围又出现了 18 张图像。贾斯丁看见，这些人都按照经历和成就排序。所有人的经历和成就都不是很多。

"司令，船长，士兵，天啊，还有厨子。"莫什插嘴说，他严厉的表情还是没有变。"在她逃离他的魔爪之前，他就会杀掉她的。相信我，贾斯丁。我不是想给你的计划泄气，但是整件事情都很荒唐。"

贾斯丁专心地听着，想要思考并且理解莫什的观点。他知道，这不是可以草率决定的事情。莫什曾经站到了 GCI 的最高梯级上，差点就成为了 GCI 的主席，他比房间里的其他所有人都要了解组织世界的运作方式。

"恕我直言，莫什，"贾斯丁说，"我相信赫克特是不会伤害妮拉的，因为她是非常有分量的人质。赫克特从本质上说还是个生意人。"

莫什正准备说话，但是艾琳诺把她的手放在他的手臂上，给了他一个眼神。他点点头，示意她继续。"贾斯丁，"她说，"请原谅我说这些话，但是你看错赫克特了。这不是生意上的决定。这是有关个人的。他非常地了解你，而且正因为如此，他知道你拿不出什么有分量的东西。"

"这，"莫什继续说，"就让妮拉成为了一个无用的人质。"

"我们手里有超过 5 万名战俘，莫什，"总司令低声说，"这里面肯定有些人值点什么东西。"

"他们是有点价值，约书亚，"莫什说，"但是不够……或者可以说还不够换回妮拉。"

贾斯丁已经开始有些泄气了。他本希望有一个简单快捷的方案，不管是动用军队也好，用钱也好，或者两者都用也好。他没有料到他最信任的两个人却给予了最坚决的反对。

"她是我的妻子，伙计们，深受联盟的爱戴。你怎么能说她无用呢？"

"贾斯丁，"艾琳诺平静地回答说，"一个人质的价值取决于挟持这个人能带来什么。赫克特不想要钱，也不想要这些士兵，这两样东西他都有很多。他觉得有价值的只有一样东西——"她清除了中央的图片，然后站起来，走到门边，把门打开来。

"中士，"她呼唤着站在门边看不到的地方的士兵，"你能不能进来一下呢？"

这个年轻的男人走了进来，一脸的疑惑。

"艾琳诺，拜托，"贾斯丁说，"有这个必要吗？"

"当然，亲爱的。请容忍我一下吧。"

这个男人身高不到六英尺，蓝色的双眼，一头金色的短发。他的肩膀很宽很厚，双臂有力，跟大多数行星带人一样结实。贾斯丁快速地在自己的电子助手上调出这个年轻男子的统计情况。他看见，这个中士是才被任命的，在谷神星岩石之战的时候表现突出，才被升职为中士，然后被安排到了悬崖屋。

"艾瑞克，对吗？"贾斯丁问。

"总统先生！"这个中士立刻集中注意力说，"我是来自第八十二谷神志愿军的艾瑞克·M.霍克中士，奉命做总统的临时保镖，长官！"这么正式的自我介绍让贾斯丁知道，这名中士所在的集体肯定是由雇佣兵领导的，而且还是公司训练出来的长官。并非所有的联盟士兵都知道或者在意讲话方式。他年轻的热情让贾斯丁不禁露出一丝微笑。

"感谢你为联盟做的一切，中士。没有你的勇敢和奉献，我们现在就没有机会庆祝胜利，我们以后也不会有胜利的希望。"

"谢谢您，长官！"中士回答。

然后贾斯丁看向艾琳诺，表示现在该她说话了。

"告诉我，艾瑞克，"她问，"你结婚了吗？"

中士想要忍住但是又克制不住地微笑起来，在他粗犷的外表下也显露出来一种不一样的情绪，"是的，女士，我已经结婚了。"

艾琳诺也微笑着说："也是刚刚才结的，我猜。"

"是的，女士，"中士回答，"六个多月之前结的。我真的是求她嫁给我的。她的第一次婚姻不是很幸福，你能明白我的意思吧。"

艾琳诺同情地点点头。

"幸运的是，她石头脑袋一样的前夫不在谷神星上。从他所在的那个小栖息地到这里大概要飞两天。我只想说，"他沉浸在恋爱中的表情又变成了冰冷，严格的战斗老兵的表情，"他已经不怎么来谷神星了。"

辛克莱总司令带着敬意看了一眼这个中士。

"你的妻子支持你来当志愿者吗？"艾琳诺问。

"波基……呃……我的太太，"中士羞怯地回答说，"在她明白这是应该做的事情之前，我一直在说服她。"

艾琳诺疑心地看着中士说："所以你是说，你没告诉她就参加了，是吗？"

"呃，这个……呃……我是做错事情了吗，女士？"

贾斯丁插嘴说："中士，最好什么也别说。艾琳诺很有可能会站在你妻子那边。"

艾琳诺点点头表示同意，"感谢你的配合，中士。"她一边说一边领他到门边，"还有，记得向你妻子带去我的问候。"

"还有我的。"贾斯丁跟着说。

中士敬了个礼之后，就离开了房间。中士从门口走到走廊尽头他的位置的时候，嘴里一直在念叨"波基肯定想不到"，内阁成员们都听得到。

贾斯丁下令重新关上门。"艾琳诺，"当房间再一次进入秘密模式之后，他立刻说，"能告诉我们刚刚那是什么意思吗？"

艾琳诺叹了口气，"贾斯丁，你会牺牲霍克中士的生命去挽救妮拉吗？"

"艾琳诺，拜托……"

"怎么？"

"当然不会。"

"我愿意打赌，"她继续说，"你会尽你所能，确保霍克中士能够回到家，回到他的波基身边。"

贾斯丁沉默着。他就是这样想的。

"想也应该如此。"艾琳诺不带一点责备的语气说，"我再进一步问，你曾经有没有，把会造成伤亡的信息透露给联盟的任何人……或者甚至是给核心的人……当然除开赫克特？"

贾斯丁轻轻地笑了起来，但是他清楚地知道艾琳诺是什么意思。他开始感觉自己的胃里被挖了个坑。

"你会做我刚刚说的那些事吗？"她继续说，"甚至是为了妮拉？"

贾斯丁悲伤地摇摇头。

"你连自己这关都过不了，亲爱的。联盟太需要你了。假如一部分人类会脱离组织核心的奴役的话，我们也需要你。你负担不起牺牲。赫克特也知道这一点。这就是他会以别的方式来利用妮拉的原因。"

这个房间都尴尬地沉默着。唯一能听见的声音就是全息显示平台的嗡嗡声。艾琳诺的逻辑是无法反驳的，在场没有一个人想要反驳她。贾斯丁在她的陷阱里焦急万分。他很生艾琳诺的气，但是他更气自己没有在把内阁成员聚集起来之前就把事情弄明白。他对妮拉的爱一直都是很完全的，所以就算他把她丢在了火星上，他也不愿意放手。这也是他召集这次会议的原因。但是正如他被迫把他的真爱遗弃在那颗红色星球上一样，现在有人告诉他，他必须再次抛弃她，这简直要了他的命。

他强硬地说："好吧，总司令，你说进攻是没有问题的。但是，"他看着柯克说："我能不能至少探索一下营救的可能性？"

柯克点点头，"当然可以。"

贾斯丁看着艾琳诺，"就探索一下，艾琳诺。"

艾琳诺的表情还是很冷漠，"这个听起来还可以，贾斯丁。"

"好，那就这么定了。"贾斯丁一边说，一边站起来。其余的成员也跟着站了起来。

"感谢你们的到来，也感谢你们无价的独到见解。我知道我是提了过分的要求，但是我们应该完成了，而且以后在更多的场合我们也会成功的。"

当大家各自离开的时候，艾琳诺把贾斯丁拉到了一边。

"贾斯丁,耽搁五分钟可以吗……私下说,拜托了。"

贾斯丁疑惑地看着她,"没问题,艾琳诺。"

等最后一名成员离开之后,艾琳诺重新坐了下来,握住贾斯丁的双手,直勾勾地看着他的眼睛。

"贾斯丁,她已经死了。"

贾斯丁立刻把手抽出来:"我不相信,艾琳诺。"

她看到了他脸上的表情:"噢,他们是不会把她拉到墙外边,然后给她一枪的。他们也不会把她的暂停舱丢到深深的太空里,据我了解,他们之前曾经威胁说要这么做。但是,她已经死了。"

"只要她还活着,艾琳诺,我就有希望。我相信柯克会想出办法的。"

艾琳诺点点头:"我也相信,贾斯丁。但是他会……纠正一下,你会派人进行自杀式的行动,去找一个根本就不存在的人。你必须明白,贾斯丁,那个去火星的妮拉已经死在那里了。"

"这个你可不能确定。没人能确定。"

"你说得对,现在还没有人能确定。但是她很有可能会被施行心理审查。"

"再次重申,这个你是不能确定的,而且如果他们真的这么做了,这也没关系。我们的医生和他们的一样优秀。不管他们对她做了什么,我们都会想出办法恢复她的。"

"不,"艾琳诺的双眼又充满了恼怒的情绪,"不,我们不能。"

贾斯丁已经听够了。他站起来,把自己的拳头重重地击在桌上,"你为什么要这样对我,艾琳诺,为什么?"

艾琳诺畏惧了,但是她还是盯着贾斯丁。

"听我说,"她的语气里听不到一点平常的温和,"在我成为战地医生之前,你觉得我做的是什么工作?"

"艾琳诺,你以前是莫什的秘书。这算什么问题。"

"在那之前呢?"

贾斯丁耸耸肩。

"我知道你是怎么想的,因为大家都是这么想的。我以前是个秘书。艾琳诺·麦肯基还能是什么呢?"

那当然,贾斯丁想。他重新打量着他的朋友,假装不知道她是莫什的妻子和妮拉的朋友,假装自己是第一次见到她。尽管他已经在努力了,却还是很难撇开先入为主的观点。他明白他是错过了一些东西,但是他知道他马上就要知道这些东西是什么了。

"好吧,艾琳诺,"贾斯丁又坐下说,"你说吧。是什么大秘密?"

艾琳诺深深地吸了一口气,接着用力地呼了出来:"我是 GCI 特别行动局的一名特务,这个组织被叫作'黑袋小组'。"

"特务?"

"我专门处理……麻烦,贾斯丁——不管代价是什么,不管要牺牲什么。"

贾斯丁用力地盯着艾琳诺,"什么样的麻烦?"

"政治竞争对手,勒索者,潜在的敌人。这张单子很长。"

"多长?"

"我直接为特别行动局的副主席工作。这是在他成为'主席'之前。"

"你是说赫克特以前的老板吗?"

"是的。"

"但是你的记录——"

"——是被清空和调整了的,只要与系统有关的。我让你看到的是干净完美的我……就这样,直到现在。"

"请说重点。"

"莫什曾经是……是我奉命要'解决'的麻烦之一。"

贾斯丁什么也没说。在这个空荡的房间里,再一次只能听到中央全息平台发出的嗡嗡声。他双手放到下巴边,做出一个寺庙的形状。他双眼集中又坚定。

"继续说。"

"贾斯丁,你想想,像莫什这样一个有竞争力又有能量的人,连战斗都没有打响就离开了组织世界,你难道没有觉得奇怪吗?"

"不觉得。我为什么要觉得奇怪呢?"

"因为要是你知道这个莫什之前的那个莫什的话,你就会觉得奇怪了。"

"这个莫什之前?你到底在说什么?"

"贾斯丁,莫什接受过心理审查。"

"什么?!谁做的?!你怎么知道呢,艾琳诺?"

"我知道,贾斯丁,因为我就是那个执行者。"

贾斯丁大吃一惊。他坐在艾琳诺的对面,重新看着面前这个突然变得陌生的女人。他一直都从表面上理解莫什关于离开 GCI 的解释,现在他的妻子又说了一个完全不一样的理由。

艾琳诺向他解释说,她一开始只是奉命接近莫什。她的任务就是在没有防备的时候监视他,然后扫描他的大脑,为一种新的实验性审查做准备。接着她就要安排好他的行程，确保在完成进程所需的十个小时里没有人会找他。她进一步向贾斯丁解释了这个"调整前"的莫什是多么的有野心，是多么地渴望成为下一任 GCI 的主席。他非常憎恨最终得到这个位置的人。莫什觉得，特别行动局的老副主席非常危险，非常没有原则，必须要阻止他。

她最后运用的审查科技只是用来改变他个性中的一些小的方面而已。纳米机器人按照设定，要利用他已经存在的惰性，有些情绪反应要被放大，有些则要被缩小。

贾斯丁安静地听着，耐心地等待着她说完。

"所以你给他洗脑了。"

"是的，贾斯丁。"她回答道，"我是给他洗脑了。但是我也救了他的命。我的任务就是稍稍'改进'一下他的大脑，让他的行动混乱，受人怀疑，这样董事会也没有办法了，只有指责他，开除他，或者清算他。"

"为什么要这么秘密地行动呢，艾琳诺？为什么副主席不直接除掉他呢？"

"没有在高位的朋友，你是达不到莫什的高度的，贾斯丁。所有人都相信，他成为了一个负担——就连他最亲密的朋友都要相信。这样一来，副主席就只有被迫开除他了。"

"好计策。"

"当时的主席是一个非常会算计的人，你已经很清楚了。"

贾斯丁点点头，回想起以前与这个深不可测的人的简单会面。"继续说。"

"有东西……或者说具体点，有人干扰了我的任务。"

她可怜地微笑着，准备继续说，贾斯丁注意到，就仿佛他没有在房间里一样。"他是我见过的最自大，最苛刻的人。这个该死的笨蛋，深信他每一件事都是对的。但是他也可以非常地贴心，非常地慷慨，非常爱护人。"

"艾琳诺，"贾斯丁打断她的短暂回忆说，"你爱上他了，不是吗？"

她点点头，擦掉眼里的泪水。

"在审查中，我提高了他对我的喜爱程度，减少了他对组织政治的厌恶，减少了他对全面掌控的欲望。最终起效果还是花了些时间，但是成功之后，要引导莫什离开纽约去卡罗拉多就是轻而易举的事情了。"

这次贾斯丁还是没有说话。他想理解他刚刚听到的这番话的内在含意。

"那，"他问，"主席是如何对待你的不忠呢？"

"噢，我被开除了，我们再也没有说过话，但是除了这个，他还在意什么呢？他得到了他想要的……虽然不是以他想要的方式。"

"而且你也得到了你想要的。"

"不，贾斯丁，我没有。我爱他。我知道我爱他。过了这么多年，看到他走进房间我还是会心跳加速。你觉得为了知道他也如此爱我，我要付出什么吗？"

"他当然爱你，艾琳诺。"

"是的，但是我会永远被一个问题所困扰——"

"原本他会爱你吗？"贾斯丁补充说。

"我愿意放弃所有来换这个答案。"

贾斯丁忧伤地点点头。

"但是我还知道，"她继续说，"如果我没有那样做的话，我爱的这个人现在已经死了。只要莫什还是挡在当时的主席的路上，他就会被除掉。如果不是我的话，那也会是之后的那个人。你见过那个人，贾斯丁，而且你知道他为了得到他所想要的，他会毁掉半个太阳系。"

他可能还是能得偿所愿，贾斯丁可悲地想。

"你确定你不能把他恢复了吗，艾琳诺？我的意思是说，在这个进程开始以后，科技已经进步了许多。"

"两种方式都可行，贾斯丁。我可以确定的是，在赫克特的控制下，这种进程只会更加的阴险。在我参与的时候，这个进程是处理大脑里面最精细的某些区域，这样就是为了要让这些干预变成致命的。另外，如果莫什要了解这种审查的话，这会启动他采取毁灭性的行为。他可能会自杀，变成杀人犯，或者两者都是。"

"你知道这些是因为——"

"我读过报告……看到过全部模型。"

"艾琳诺，你说的是反人类的罪行啊。"

"你觉得 GCI 和其他的组织是什么，贾斯丁？他们的存在只是为了保持和增强他们自己的力量——不惜一切代价。当我初次了解到'黑袋小组'要对莫什做什么的时候，我就知道我应该抽身出来，然后带他一起走。但萨帮助了我，我就是这样做的。如果我直接带着他逃跑的话，他还是会跑回来，待在那里，然后准备在会议室里的战斗。"

"……而且，"贾斯丁补充说，"会因为自己的所作所为被杀掉。"

"正是。如果事情发展成这样的话,老主席会不惜炸掉整个董事会来杀掉他。我相信,为了达到他的目的,他曾经毁掉了半个豆茎大厦。"

贾斯丁想起了破败的纽约和这场阴谋中老主席所扮演的角色,他不禁打了个寒战。虽然不情愿,但是贾斯丁还是不得不同意艾琳诺——虽然是个更危险更有心计的艾琳诺——说的确实有道理。他操作了一下全息平台,他和妮拉微笑的照片再一次出现在中央的大屏幕上。他愁眉苦脸盯着这张照片。他的呼吸非常地沉重。

"好吧,"他不高兴地问,"我们怎么才能确定?"

"如果事情发生了,进展也会很缓慢。我们有间谍,他们会向我们发回她的行动报告。如果她被审查了,她一开始会按照我们熟知的妮拉的方式行动。但是在接下来的几周里或者几个月里,如果她的行动开始支持联邦了的话,那么……"

贾斯丁坚定地点点头。

"如果,如我的预料,她被审查了的话,她会成为一个完全公开的联邦支持者。"

"届时,"他盯着照片说,"你说我们就没有希望了。"

艾琳诺略带悲伤地微笑着说:"我们来计划一下你的营救吧,贾斯丁。整合好可用资源可能要花上几周的时间。到那时候,如果妮拉的行为没有一点改变的话,我们就可以去救她了。"

"如果她的行为有改变呢?"

艾琳诺没有接下去说。贾斯丁意识到,很有可能,他面临的就是一条已经被别人走过了的毫无希望的路了。

7. 火星大门前

▶▶▶ TFS 毗湿奴号驾驶舱

阿布依·古普塔司令在他亲自命名的旗舰，毗湿奴号的驾驶舱里踱步。他并没有生气，也没有焦虑。踱步只是他思考问题的方式。目前他最大的问题就是让他的下属们明白他们还有很多需要学习的。在悲剧般的谷神星岩石之战之后的 5 个多月里，地球联邦功绩显著。他们建造了一支有 60 艘现代战舰的舰队，他们想要每一艘战舰上都配备完备的船员，行星带人让核心世界承受了损失，所以他们想让迫不及待要复仇的人来当志愿者。地球联邦选出赫克特·圣比安可作为总统，他是一名自豪的小股东，跟阿布依一样。另外阿布依还觉得，为了以后人类的统一，主席肯定知道赢得这场战争的重要性。但是赫克特·圣比安可只是选出来的总统，老行政部门催促阿布依现在就开动他的战舰，立刻进攻行星带。他们想要赢得胜利来保证他们遗产的安全，他们不想被世人看作是完全的失败者。

但是阿布依·古普塔知道，这支舰队目前还不能进行任何进攻行动。大多数的军官都是来自几大主要组织的，他们加入是因为他们认为参与战争可以补充他们的履历表。有一队雇佣兵军官被安排到这条船上，但是由于人数太少，连基本的分配都不能完成。这样一来就造成了新战舰的过剩，没有任何战士上船。都是因为那个愚蠢的图里司令，大多数有经验的雇佣兵现在都待在联盟的监狱里。阿布依本应该也在那其中，但是因为他和被囚禁着的图里之间根深蒂固的敌意，他才逃过一劫，图里把阿布依留在地球当作总统的舰队顾问。现在留下来真正有经验的司令就只有一位了，就是古普塔。即使这样，他也差点没有得到新火星舰队的指挥权。他得和一名来自法庭公司的 CEO 竞争，这位 CEO 输掉的理由很简单，就是因为他缺乏相关资质，负责军费的人员也不得不承认，对于有能力和无能的人之间还是有界线的。

但是比起他们的价值来看，这些执行官们带来的更多的是问题。他们每一个人都在组织世界获得了成功，他们保证在战争上也会。他们确实有技能，而且很多人还接受过让他们变得有用的训练……但是某一天，他们还是需要学习如何成为军人。古普塔还清楚地知道，他的士兵们的情况也不好。他们是被他们的公司"志愿"的，因为他们没有一个人有大股权。就算他们想要有一些科技，但是他们对于太空来说还是如新生儿一般。古普塔踱着步。他需要更多的时间才能把这些"垃圾"变成真正的战士。

但是这些军官和大多数船员认为，他们比联盟四十多艘船有更多更好装备的巡洋舰。古普塔花了所有的时间，再加上总统大选的帮助，他才能暂时拖住这个一下子就可以赢得胜利的"伟大的新进攻"。有两个月的时间，他知道他到时候就会有 80 艘船，他的船员们到时候也会完成训练，就足以去打赢焦躁的联盟舰队了。他知道，这肯定不会如年轻的官员们认为的那么简单,实际上,很有可能血流成河,但是有足够的船,足够的训练还有装备,他相信他们是可以赢的。只要艰苦奋战,没有什么是不可能的。再多点时间,他就可以摧毁联盟战舰,并且赢得这场战争。

"长官!"通信官尖叫着,打断了古普塔的沉思,"扫描到不明身份的船只!天啊,大概有好几十艘!"

看来没有多余的时间了。

在战利品号的驾驶舱里,珍妮特·德尔加多看着全息战场图像。战场相对比较小,计划也很简单。在可能是交战区域的远处,就是火星的太空站,那里有足够的轨道排炮,全副武装的平台,让所有接近这个区域的动作都可能变成是自杀性行为。在交战区域的正前方,离火星大概 50 分钟飞行距离的地方,是一个充满危险的雷区。珍妮特·德尔加多注意到,那里安放了足够多的原子弹,可以有效地覆盖所有接近火星舰队集结区的东西,火星舰队分成了三个小队,每个小队由 20 艘战舰组成。她看见,有一支在星球远端轨道上的小队正在进行防御演习。珍妮特·德尔加多很敬佩这支舰队司令的进取心。他很善于利用时间。

在战场的正中间,在雷区的覆盖范围内,有一个巨大的供应安装链,其中包括一些平台和供给船,还有现在处于未激活状态的 20 艘船。但是,对珍妮特·德尔加多来说,比起手忙脚乱的 20 艘船,更让她感兴趣的是船坞。尽管相比起地球和月球轨道上的船坞来说,这个船坞只能算是中等,但是这已经是整个行星带周围最大的船坞了。

全息图像显示，在细心安排分类的小行星的一大片区域里，有大量的供给品和原材料。因为这边的区域非常广阔，所以它只能存在于雷区所不能及的地方。

在其他的情况下，珍妮特·德尔加多现在查看的设置本应该是对战舰来说有非常大的战略优势的。进出的船可以在飞行中进行改造——特别是在旁边有庞大的供应链的情况下。但是珍妮特·德尔加多现在决定把地球联邦的战略优势变成她自己的战术优势。她唯一的问题就是敌军的第三支分队正在沿着雷区周围巡逻。因为他们在进行防御演习，所以他们的枪支弹药肯定是准备好了的。

但是她也准备好了。她感觉应该多花点时间让她的船员们进入战斗准备，虽然她确实有丰富的经验，可是她的船员可不像她一样。整个舰队的人都认为，太空的严酷环境，还有船上的生命，都和呼吸一样自然。现在珍妮特·德尔加多在一个非常好的位置观察着供给站，她拥有所有战争工艺中最快的速度，她因为那些没有得到回应的祈祷感谢上帝——再多等一秒，危险就多一分。

当然，她暗自想到，在敌军自家基地和供给站边，用自己的4艘船攻击敌人60艘崭新的船，虽然那当中只有20艘是顶尖的，但是这也是非常危险的事情。现在就看计策成不成功了。

"快看看朝你飞来的大舰队，"她又开始咕哝，"我们行星带人多蠢啊，就这样把自己的舰队送上门来。"她周围所有指挥员都注意到了她的喃喃自语，他们都微笑着——他们对舰队司令的信任，又加深了。

"古普塔司令，应该是一大群联盟战船。他们正在直接朝着船坞前进。"

司令病态一般入迷地盯着雷达上那些慢慢靠近的闪光点。他的双臂背在后背上，紧张地旋转着自己的大拇指。"中尉，"他说，"通知舰队，让迪普海军准将的小队停止在火星轨道的演习，朝着这些坐标前进。"

"是的，长官。"

"他们到达我们分队位置的预计时间是？"

"稍等，长官……正在计算。"几秒钟之后，中尉从自己的电子助手上抬起眼来说："长官，迪普准将预计要1小时。"

古普塔盯着中央全息显示屏。他很惊讶，他的舰队只有三分之一在工作中，现在他必须得想个办法，把他所有的战斗力量都运用起来。

"肯定是布莱克，"古普塔嘟囔着，嘴角浮现出一丝扭曲的微笑，"只有她才这么笨，居然计划直接通过雷区进攻。"然后他看着他的通信官说："中尉，告诉迪普准将抓紧时间，就算她要抛弃一半的船只，也要做到。现在是争分夺秒的时候。"

"是的，长官！"

"雷区如何呢？"

"已经激活了，长官。"

"很好，让金斯伯格准备好他的小队，随时听候调遣。"

"是的，长官……金斯伯格准将正在中央控制平台里等待与您说话。"

"谢谢你，中尉。连接吧。"

金斯伯格准将出现在了屏幕上。他一头深色的头发，梳得一丝不苟，中等身材，身穿一套非常紧的制服，古普塔经常都在想，穿着这么紧的衣服他是如何能举起手来敬礼的。尽管古普塔把金斯伯格看作是一个非常优秀的组织者，也是非常优秀的船只准备者，但是作为战斗军官的话，他并不是古普塔的第一候选人。准将说出的第一句话又加深了这个含头。"司令，"金斯伯格准将敷衍地说，"在我离开太空站之前，我至少需要45分钟才能把我船上的市民全部请下船，让市民的飞行器安全地离开。"

"路易斯，"古普塔耐心地说，"战争就要来了。我可以把敌人困在雷区，但是你得让你的船整装待发，不管有没有平民。"金斯伯格张开嘴准备争辩，但是立刻就被制止了，"那我再说清楚点，路易斯。如果你在20分钟内没有出发的话，我们就帮布莱克司令一个忙，亲手把你交给她。"说完他示意准将断掉连接。如果走运的话，古普塔想，他会拖延到半个小时的。"舵手，就在这里防守。中尉，命令分遣队也照做。"

在中尉把命令传达给整个舰队的时候，古普塔的副指挥从他下面的位置飘了上来。古普塔很认可这名官员：敏捷又有礼貌，而且他提出的问题都很有价值。

"司令，能跟你说两句吗？"

"当然，船长。什么事？"

"布莱克的舰队在10分钟之内就会到达雷区了。如果我们全速前进的话，我们可以在雷区另一头碰到他们。"

"为什么要这么做呢，船长？"

"为的就是在他们遭受重创，还来不及自我修复的时候，攻击他们，长官。"

古普塔叹了口气:"是的,我知道是这个目的,船长。我是说,珍妮特·德尔加多为什么要这么做呢?我想她没有这么笨吧。"

"长官,"船长设想说,"她只是个在一次埋伏中走了狗屎运的律师。难道她还真的有领导舰队的才能吗?"船长摇摇头,"这可不太可能。"

"我希望你是对的。但是有些地方还是有问题。"古普塔再一次看着剧场。在他背后疯狂旋转着的大拇指突然停了下来。他又看着船长。

"这个区域里有多少巡逻艇?"古普塔指着雷区的周围问。

"3艘,长官。"

"很好。让他们去拦截。"

"立刻去办,长官……但是我能不能,长官……为什么要这样做呢?我们知道敌人从哪里来啊。"

"船长,我把这片区域看作是潜在战场,这让我突然想起,这也是唯一我没有安排眼线的区域。是的,我的探测器已经探测到了敌军舰队,但是有谁真的亲眼看到了吗?"

船长摇摇头,"没有,长官。"

"那我就需要眼线。只是为了确认一下。"

"马上去办,长官。"说完船长就飘回到他的座位去了。

当古普塔专注地看着代表着敌人的闪光点的时候,他的通信官清了清喉咙……还清了两次。古普塔叹了口气,"怎么了,中尉?"

"可能不是我该做的事情,长官。"

"服从司令的直接命令不是你该做的事情吗,中尉?"

"当然不是,长官,我是说,长官,呃,其实我的意思是——"

"你有什么想法,中尉,说出来。"

"好吧,司令,我刚刚想到,雷区不是我们没有眼线的唯一地方,借用你刚刚的说法。"

"还有其他地方,孩子?"

中尉指着雷区上方,主运输线以外的一大片悬浮着小行星的区域。"那里,长官。"

古普塔研究了一下图表说:"中尉,那个区域我们安放了传感器。如果那有一辆两人坐的垃圾拖船经过的话,我们也会知道的。"但是他还是停止了转动大拇指,他费劲地发现,他的视线几乎不能从全息显示屏中尉指着的那片区域上离开。"派一艘巡逻艇穿过雷区,去侦察一下资源场。我们就来监视所有区域。好想法,中尉。"

中尉感激地点点头,继续投入到工作中。

在接下来的 4 分钟里,古普塔 20 艘船的舰队原地待命,什么都没有做。

"司令,"通信连接另一端的船长说,"有新消息了。"

"不要给我留悬念,船长。"

"是,长官,我们的巡逻艇,就是派到资源场的那一艘,根据那个区域的传感器显示……呃……"

"怎么了?"

"呃,已经不在那儿。"

▶▶▶ AWS 战利品号驾驶舱

珍妮特·德尔加多专注地盯着她的全息显示屏。"巡逻艇……"她咕哝着,就好像这是一句上帝的诅咒一样。

▶▶▶ TFS 毗湿奴号驾驶舱

"司令,我们的两艘巡逻艇准备与靠近的舰队进行视频通话。"

"接进来,中尉。"

中尉激活了控制平台,接着一个年轻士兵模糊的样子出现在了中央全息屏里。全息图像很不清楚,这倒是在船员意料之中的。敌人肯定在尝试屏蔽或者切断所有的通信连接。

"舰队指挥,舰队指挥,"这个年轻的军官兴奋地说,"视觉分析和主动式传感器是……是,天啊,舰队指挥,它们是……冰。重复:敌军舰队是冰。我们找到了一些模仿船噪音的异频雷达收发机。"

古普塔面部抽搐着。他们朝我们丢冰山?

"它们正在以不变的速度航行,"这名军官继续说,"以我孩子的第一笔股息起誓,其中一座冰山居然还在自转。舰队,我们被骗了;这些不是,我重复,这些不是敌军舰队。"

司令示意切断连接。

"好吧,"他用连接自己加速座椅上的通信装置说,"如果这只是诱饵的话,那他们的舰队在哪里?"

"中尉,连接另一艘巡逻艇。"

"连接成功,司令。"

"飞行员,这里是古普塔司令;你叫什么名字?"

"泰勒,长官。埃里森·泰勒中尉。"

"中尉,你还要多久才能穿过资源场?"

"现在只剩下最后一些岩石了,长官。"

"中尉,快速地扫视一下四周。里里外外,以你最快的速度,明白吗?"

"是的,司令……等等……这里有什么东西……船!但天啊!联盟的船!我数了数至少有 10 艘大型的,不对……15 艘,不对……"突然一阵沉默,连接中断了。

"长官,"通信连接里传来另一个声音,"巡逻艇被摧毁了。"

"导航,"司令大喊,"设定路线,在那支舰队离开资源场的时候把它截住。通信官,命令本小队其他船照做。其他的小队也一样。"

命令发布了下去,船员们感觉到了他们的战船开始费力却稳定地前进,它开始朝着战场飞驰。其他 19 艘船也开始转向,全速冲刺。

"你觉得她的目的是什么,司令?"船长问。

古普塔嘲讽地笑着说:"布莱克司令想让我们把所有的注意力都集中在那些冰山上。这倒提醒了我,撤销雷区。"

"请您再说一遍,长官?"船长问,"你确定这样做是明智的吗?"

"当然,孩子。是的,我确定。撤销。她是想用我们自己的大炮来杀掉我们。"

"长官?"

"绝妙的计划,真的。我们减速,在错误的地点等她,与此同时她真正的舰队就从资源场溜了过去,直接冲向船坞。我们离她的距离太远了,已经来不及阻止她了。然后她就会让我们受到自己的激活雷区的攻击。"

"我们可以关掉啊,长官。"

"谁下命令呢,孩子?"古普塔回答道,"别忘了,她应该会首先瞄准我的船。如果我死了,战斗正是激烈的时候,那谁来关掉雷区呢?算了,不用解释了。我来告诉你,如果我们的逃生船来关,那就是她所希望的——把我们自己的保护网炸掉。真高明。会有数不清的损失。"古普塔大笑着说:"好吧,我看你是愿意赌一把,布莱克女士,但是这场赌局你会输,要谢谢我们这位年轻的中尉,还有那个勇敢的巡逻艇驾驶员所献出的生命。"

"长官,"中尉回答说,"你也有功劳。"

"谢谢你,船长,但是这场还没有赢。"

"是还没有,长官。是还没有赢,但是这时,她可能已经意识到我们没有上钩,我们愿意等。如果她决定慌忙逃跑的话,我也不会觉得意外。"

"我们已经非常了解布莱克司令了,中尉。"古普塔回答说,"但是直觉告诉我,她不是那种会临阵脱逃的人。"

这支特遣小队花了15分钟才到达了刚刚敌军舰队被识破的地方。古普塔下令自动搜索,希望能搜索到正在竭尽全力穿越资源场的敌军舰队。相反,他发现了一群减弱了能量的战船——所有的船都死一样地停着。这支舰队的规模比他预料的要少。只有20艘被安排在了防御中心的船,对方想要用资源场的小行星来妨碍即将到来的炮火。这些船都是破破烂烂的,没有一艘是最近从联邦舰队中缴获的。

"船长,"古普塔说着,感觉到了额头上的冷汗,"他们其他的船到底在哪里?"

▶▶▶ AWS 战利品号驾驶舱

"艾特罗维森中尉,"珍妮特·德尔加多问,"我们现在离船坞有多远?"

"5 万秒的行驶距离,司令。"玛丽琳一如既往非常有效率地回答。

"雷区呢?"

"已经撤销了……从他们那方,长官。"

珍妮特·德尔加多脸上泛起一丝坏笑:"那我们就凿开几座冰山,开始狂欢吧?"

周围的人爆发出一阵欢呼。

"好了,大伙儿。安静。还有任务需要完成。"

从船坞的角度来看,接下来发生的事情是非常令人印象深刻的,特别是那些在这场战争中最恐怖的时刻里幸存下来的人。20 座看起来无害的冰山裂开来,然后分散。在每一座冰山的中间,都有一艘功能全现代战舰,除了一艘。唯一例外的那艘战船,是联盟制造的光荣战船,船上有一台跟船体一样长的轨炮。这艘船欠缺的机动性,由充足的火力来弥补。联盟的船点燃了毫无戒备,仍然纠缠不清的联邦舰队。

▶▶▶ AWS 战利品号驾驶舱

"司令,我们检测到有一艘平民飞行器从船坞离开,"负责传感器排列的年轻的约维安说,"他们在干扰船坞的防御,而且,在到处搞破坏。"

"料到了，中尉。"珍妮特·德尔加多回答。

"司令，那些战船一动也不动。我们可以派 A. M. 分遣队下去，直接缴获整艘船，连漆都不用蹭掉。"

"说得对，埃斯帕萨中尉。我们的进攻矿工可以轻而易举地在短时间就截获整条船。但是那样的话，我们就会死在太空里，只有所剩无几的登船搜查人员，还有 40 艘船从两个不同的方向冲着我们来。如果多 10 艘船的话，我可能会冒一下险，但是现在不行。启动主电源，在他们还乱成一团的时候毁掉这些船。"

"是的，长官。启动主电源！"中尉大喊，"开火！"

在接下来的 10 分钟里，20 艘地球最精良最现代化的船被炸得支离破碎，只有 3 艘在被摧毁之前逃离了太空码头。在混斗中，没有一艘联邦舰船能够有机会启动他们的主电源。联盟轨炮发出来的磁力推进确保联邦的船走进了完全悲惨的结局。接着，在没有号角没有交流的情况下，联盟舰队调过头，朝着资源场的外围全速前进，投入到了战场中。

▶▶▶ TFS 毗湿奴号驾驶舱

"长官，报告说那些冰山正在分裂——"

突然一阵恐惧袭来，古普塔司令明白了其他船只的所在，就在这时，他就输掉了这场战争的第二次大战。他记得下达了正确的命令。他记得他指挥他的船赶快加速，向火星的轨道排炮前进。他本有机会回去冲着联盟滑稽破烂的船开火，结果这些船突然就开始像疯狂的鬣狗一样攻击他的舰队。他收起了自己的骄傲，远离他们，希望能达到比较快的速度。想要得到能够从两个方向来袭的敌人的包围中逃出去的速度——基本上是不可能的。他甚至考虑过向布莱克司令投降的建议。他相信她会好好对待船上的人，不会伤害或者审查他们。但是他也知道，任何被缴获的船，都在下一场战斗中被用来对付联邦的男人和女人。他知道他输了，但是现在他决定，不能让她的胜利来得这么容易。

他最后下达给迪普准将的命令，却给联盟带来了真正持续性的伤害。在强烈的抗议声中，他下达了命令，然后切切实实地恳求迪普准将放弃她的行进路线，回到火星的轨道防御中。就在这时，他提醒迪普，他的船要牺牲，这样才能给她争取更多的时间回到火星为抵抗进攻做准备，她最后还是同意了。最后的这个命令，还有他对他的士兵所有的骄傲，是他唯一记得光荣的事情了。他的船勇敢地战斗着，即使希望很渺茫，有些船也尽力拼死一战。在能源消失之前，他在这艘破损的船上的最后的行动，就是为现在已经被毁掉的特遣队提名表彰，这个时候毗湿奴号里面的战斗声盖过了所有声音。他把这最后的一件事情做完之后，舱壁门就被炸开了，值得庆幸的是，除此之外，关于这场他刚刚输掉的战斗，其他的他一点也不记得了。

▶▶▶ AWS 战利品号驾驶舱

"司令，A. M. 报告，敌军旗舰驾驶舱已经被占领了……敌军司令受伤了，现在没有意识，但是生命体征稳定……他们特遣队的其他成员都投降了……两艘敌军战船逃跑了，正在朝着火星飞去……萨德玛船长报告说，她的船可以前去追击。"中尉抬起头问，"下命令吗？"

珍妮特·德尔加多考虑着拒绝，但是她又想再多两艘没用的船也不是什么坏事。另外，她不想减弱克里斯蒂安·萨德玛的进攻精神。"用中央平台连接她和欧麦德船长。"珍妮特·德尔加多等着，然后她的两名最好的船长出现在了光荣的全息显示屏上。"你们的船可以去追击吗？"

"是的，司令。"两人齐声回答。

"欧麦德是总指挥，"珍妮特·德尔加多说，然后举起手制止了她知道要爆发出来的抱怨。"克里斯蒂安，你想要追到火星首都……你说我说错没有。"

珍妮特·德尔加多看到这个年轻的女士退缩了，但是她还是淘气地微笑着。

"在你丢掉自己的小命之前，欧麦德至少会阻止你。对于我来说，你们两人的性命要比那10条船重要得多，记住这点……现在去吧，打猎愉快。布莱克断线。"珍妮特·德尔加多转身对着玛丽琳说，"战场损伤报告如何？"

"司令，在40艘船当中，我们失去了4艘，自由号、去股息号、永恒之光号，还有沙土机号。另外的12艘船可以归类到严重损坏。它们必须被拖回维修部。在敌军的20艘船里，10艘已经毁灭，2艘逃跑了，剩下的8艘也是严重损坏。我们可能是运气好，但是我们必须确认这些船也要被拖走。在联盟舰队里的24 000名船员中，我们的伤亡人数超过11 000人。其中，永久死亡的人数很有可能……达到了5 000，长官。"

玛丽琳报告最后的这个数字的时候，声音小得就像在说悄悄话一样，珍妮特·德尔加多可以看见离她最近的那些人脸上吃惊的表情。她很快地收拾好情绪。"我们稍后再默哀,"她的语气中不带一丝情绪,"我们还有任务要完成,如果我们现在悲痛,浪费他们的牺牲,那才是对他们的不尊重。奈特罗维森中尉,继续。"

"司令,敌军伤亡人数比较难统计精确。敌军舰队的三分之二都被有效地摧毁了。这里算起来大概有4万人,在其中永久死亡人数大概有24 000人。"

"准备向舰队总部和总统报告,让我们的舰队到太空船港去。告诉辛克莱总司令,我们可以开始'秃鹰行动'了。"

贾斯丁站在阳台上一边听着辛克莱总司令的报告,一边俯瞰下面的大道。坐在桌边的还有塞勒斯·昂如、柯克·奥姆斯泰德和帕达米尔·辛格。他们看得见下面聚集着的人群。贾斯丁想,谷神星的人不可能不知道即将要爆发战争。毕竟,舰队刚刚起飞离开。但是现在有小道消息称,已经打过了,下面突然爆发出了震耳欲聋的音乐声,大家也开始跳起舞来,看起来他们都认为联盟又赢得了一场胜利。但是在贾斯丁对别人开口之后,他需要知道这是一次什么样的胜利,到底有多大。

"长官,"辛克莱高兴地说,"我很高兴地向你报告,船坞已经拿下。我们的救援舰队已经就位。"

"很好。还有别的吗?"

"清理现场大概需要一周的时间;清理完成之后,在两周之内我们就可以把船坞弄到联盟太空里。"

"这就有趣了,"柯克得意地笑着说,"议会里已经对如何处理这个该死的东西吵开了。"

贾斯丁冷酷地点点头，"塞勒斯？"

"总统先生，这个问题关键不是无股东者对抗股东，而是殖民地投票。"

"意思是？"

"这个问题，双方都可以表示赞同。"柯克回答说，"真贪心。"

贾斯丁叹了一口气，这又要变成一场政治混战了。"总司令，"他问，"军队觉得船坞应该安排在哪里？"

"木星。"辛克莱毫不犹豫地回答，"不要这么自鸣得意，塞勒斯。我可不是轻而易举就得到这个答案的。"说完辛克莱调出联盟太空的细节地图。"除了是我的家乡，还是太阳系里最漂亮的地方以外，土星有优势成为距离最远的一个非常好的资源基地，但是能到达那里的船，肯定供给已经不足了。不是说海王星的坏话，但是甚至是海王星外侧天体，都比那个星球要发达。"

"考虑到安全的话，"柯克补充说，"我更倾向于选择土星。"

"确实，"辛克莱说，"但是不幸的是，你出于安全的考虑与军队和不断裂的供给线的需求是完全相反的。另外，你考虑一下，土星的经济发展是比不上木星的，这样的话又会有其他的问题出现。"

"请阐述清楚。"贾斯丁说。

"好的，举个例子，专家要从联盟各个地方被运送到土星上，他们主要来自行星带上的工业区域，根据他们离开时间的不同，相应地区的产量就会降低。我认为，这样做是不值得的。如果这是在和平时代，我会同意柯克的意见，土星会是赢家。相信我，我也很想把我们地区的外部建造在远离组织核心的地方。"

"这样的话，当我要跟议会争论的时候我怎么说。"贾斯丁说，

"如果我理解错了你纠正我,但是你刚刚说的不是给了行星带人获得船坞一个很好的理由吗?我是说,考虑到土星的弱点,还有这场还没有结束的仗,这让我觉得我们应该把船坞放在距离这间办公室5万分钟距离的地方。"

"呃,这个,总统先生,"柯克说,"这只是看起来正确的理由而已。"

"怎么会呢,柯克?"

柯克操作了一下控制台,接着谷神星周围的区域显示得更加精细了。"我们不能把船坞放在联盟最忙碌的运输线旁边。从逻辑上说,这样是非常不安全的……本质上说就是它太接近运输线了,光是听起来就很可笑。我们能让杰德瑞塔船坞保证安全的唯一原因,"他指的是谷神星里面的联盟船坞,"是因为这个船坞在这颗石头的里面,而且只有一个地方可以进入——如果你要算上那些从出口进入的疯子的话,那就是两个。"

贾斯丁把图像换到另一个大的小行星说:"为了万无一失,那爱神星呢,总司令?它位于行星带上,而且离战区也足够近。"

辛克莱总司令知道贾斯丁的思路,但是很快就打消了他的念头。"爱神星可能很适合。爱神星是非常先进的地方,而且还有不错的基础设施。可是,爱神星完全在行星带的另一边。要把船坞转180度,或者就是从它现在的位置把它送过去,也要花上几个月的时间,因为很明显我们不能穿越中心把它送过去。"

柯克调出了新缴获的船坞的图片。

"这东西非常大,从360度各个角度都可以进入。"他说,"我同意总司令的说法。至少在木星上,我们可以给它一个与内部行星相孤立的轨道。一旦与行星的磁力隔开之后,这个位置实际上对我们是有利的。"

"而且如果战争继续的话,"辛克莱补充说,"我们就需要木星成为我们的退守工业圈。为了跟组织核心的丰富资源对抗,我们必须现实一些,接受事实,保住行星带会是一件越来越困难的事情。"

贾斯丁叹了口气,"还是往好处想吧,但是要做最坏的打算。好了,我们怎么做才能避免这事儿变成一场政治闹剧呢?"问完这个问题之后,他突然因为失去自己的妻子又深深地痛了一下。

"快刀斩乱麻,总统先生,"辛克莱叹了口气说,"这么大一个维修中心没有在他们的领地范围内,行星带人肯定不会高兴。毕竟,我们确实认为我们才是太阳系天生的贸易和工业中心。"

"只是在太阳系吗?哈!"塞勒斯哈哈大笑。

"我觉得我从来都没有听过这么清楚地陈述这么一个明显的事实的,"帕达米尔反驳说,"但是随便吧,我们要做的事情还多着呢。我们要学会可以维持船坞运行的商业知识,来缓和我们工业上的压力。但是我可以保证,土星人会和拥有阋神星人股份的地球人一样难过的。他们知道如何做才能对所有土星人都有益。我能说一下我的想法吗?"

贾斯丁微笑着点点头,他知道帕达米尔为了支持自己的建议,可能已经准备好做任何交易了。

"如你们所知,我们正在接收超出我们能力范围的伤亡人员。我说的是脑部创伤,主席先生——身体创伤比较简单。无论如何,议会里有一个委员会正在计划发表声明,需要一个建造中心来治疗我们的伤员。"

"继续。"

"我猜,我们的好朋友塞勒斯的提议,是让木星既得到船坞又得到创伤中心?这会让昂如先生在他的人民中变得非常受欢迎。"

"他们会选我当统治者,甚至还会让我安排出一个木星狂欢节。"塞勒斯兴高采烈地说。

"当然,"帕达米尔继续说,"土星人总是喜欢大吵大闹。然后辛克莱总司令,作为一名良好的土星人,就可以宣布,创伤中心被安排在土星上是最好的方法,那些该死的环上的人也得到了安慰。"

"那些该死的环已经缓和了。"总司令反对说。

"他们当然缓和了,"帕达米尔相当怀疑地说,"无论如何,接着我就会宣布,主席接受了总司令的建议。土星人高兴了,他们有所收获,这也让邪恶的大木星没有把所有战利品都收入囊中。得到了船坞木星人会更高兴的。"

"那行星带人能得到什么好处呢?"贾斯丁问。

"总统先生,总是会有的。我们相信那两位绅士是不会吝惜在未来分点好处给行星带人的。"帕达米尔一边说一边看着塞勒斯·昂如和约书亚·辛克莱,在两个人微微地点头,表示他们都了解这笔债的时候,他才移开了视线。

贾斯丁用指尖敲着他的头。做政治交易决定是这份工作里他最讨厌的部分,但是他之前是做过组织 CEO 的,他知道有时候必须要卑鄙一些。

"好吧,现在我们已经商量好了,有人能快速地把布莱克司令的报告呈上来吗?"

"她想再次发动进攻。"辛克莱元帅一边摇着头一边说。

"我们怎么一点都不意外呢？她想进攻什么，什么时候？"

辛克莱检查了一下设备，同时柯克在确认这间房间是否安全，以防有人偷听。等到绿灯亮的时候，他才继续说道："她想征服火星，只是这次她想永久地把火星拿下。"

"真的？她想什么时候行动？"

"她向我保证说，她下周就可以准备就绪了。"

▶▶▶ AWS 战利品号司令房间

珍妮特·德尔加多·布莱克正在睡觉。这是一周以来她第一次能够入睡。她一直都是依靠打盹来补充精力，这样她就不会把睡觉当成睡觉，除非她真的可以脱掉衣服，裸体躺在真正的床上，俯卧在一套新的床单上。她自然而然地告诉她的船员，如果有任何细微的事情需要注意的话，都要叫醒她。她的船员也自然而然地把她穿梭机周围的所有系统都关闭了，而且还在她的周围安排了全副武装的保镖，并且命令他们对所有靠近的东西开枪，只有敌人进攻消息的传递员可以例外。离她的穿梭机最近的区域也被细致地监视着，那周围的交通也都被转移了。其实，当珍妮特·德尔加多在睡梦中的时候，这整艘船都变得异常的安静，如果有人不小心咳嗽了一下的话，他就会接收到大家刻薄的目光，好像这个人放了臭屁一样。

珍妮特醒来之后，她立刻到岗位报到，检查在她睡觉的时候都发生了什么。这时候，奈特罗维森中尉给整艘船发出信号，表示司令已经醒了，然后这艘船就结束了无声运行模式。让这一切不可思议的是，这项奇怪的惯例其实没有任何人下命令，或者提出任何要求。一系列的动作就这样自然而然地形成了，现在也被这些行星带人坚持进行着,这与行星带的特质相去甚远,除了与战争相关的事以外,他们对待其他事情的态度都是非常懒散的。

"中尉,"珍妮特·德尔加多伸了伸懒腰,一边穿上一套全新的衣服一边通过通信设备问通信官,"古普塔司令恢复得怎么样,可以去看他了吗?"

"他在两个小时之前恢复了意识,司令。医生说到船上吃晚饭的时候就可以'审问'他了。"

"让那个好医生放心,我是不会'审问'我们的囚犯的,但是在他被送回联盟暂停之前,我还是想和他聊几句。"

"但是医生期待着用他的老虎钳和拇指夹呢。"中尉开玩笑地说。

珍妮特·德尔加多眯起眼睛说:"我会保证他不能如愿的。如果他想要折磨谁的话,我可以安排晚上去唱歌。"珍妮特·德尔加多指的是这名医生非常喜欢唱歌,而且跑调很厉害的事情,但是这已经成了船员们的娱乐了,因为他只在治疗伤员的时候才这样做。

"我觉得我们没有必要这么残忍,司令,"中尉回答说,"但是你说了算。"

"同意,"珍妮特·德尔加多回答说,"请把我的早餐送上来,20分钟之内准备好出游。布莱克断线。"

接下来的10分钟里珍妮特·德尔加多把她的房间又变回了办公室的样子,把床和衣柜都收了起来,然后把桌子和椅子搬了出来,收拾干净,最后穿上了别着她喜欢的徽章的紧身衣。她用最后的5分钟来浏览永远也看不完的需要她关注的报告。她习惯了回复每个人发起的通信。但是当她的船员发现她花时间挨个回复的时候,有人告诉过她其实不用这样做，她也同意只接收审查过的信息。如果在这样严格的程序之后，她的下级军官还是觉得这些信息占据了她太多的注意力的话，那这些信息就会被递交给奈特罗维森中尉，由她再交给珍妮特·德尔加多。结果，在大多数时候，这给大家而不是珍妮特·德尔加多带来问题，她连看都没有看得上一眼就已经解决了。她很感激，但是也有点担心这个事实——她的船员如此努力地工作，不来烦她。但是这样的系统是非常有效率的，所以她也没有阻止。另外，那些确确实实需要她看的信息不但没有给她带来负担，反而减轻了她的负担。她发现现在自己正在看的一条信息，是请求她来主持婚礼的。原来是一名通信官与另一艘船上的攻击矿工订了婚，他们两人都想知道她愿不愿意给他们这个荣幸。对于这个问题她必须要好好想想，但是珍妮特·德尔加多立刻就回复了，她在回信中表示祝贺，而且保证在24小时之内给他们答复。

当玛丽琳来的时候，珍妮特·德尔加多已经准备好出发了。接下来的10个小时里，他们在各艘船上巡视，还检查了新缴获的船坞，还有一些供给仓库。珍妮特·德尔加多发现，光是坐在穿梭机里面出现在大家面前已经不足以让人吃惊了，因为她的指挥船员执意要让四名全副武装的战士跟着她。但是她的拜访还是有目的的，她就想看看这只军舰现在的情况，更重要的，是让这些船员看看她。

她时常会想，怎么区别她的领导和贾斯丁的领导。她看见，他的影响力遍布了整个联盟，甚至还延伸到了组织核心的某些部分。她的影响力只限于舰队里，但是好像要更加强烈。每次她看见有水手走神，或者是一个工作着的船员停止手中的工作来盯着她，目瞪口呆的样子，她就再一次决定一定要对得起这些人的崇拜。她对那些在缴获船坞的时候被抓到的人来说，好像也有一种奇怪的影响力。他们的反应从卑怯到吃惊都有，这种反应的程度简直和舰队里的一样强烈。

她的船员们一直都很忙，夜以继日地工作，他们想要让这支舰队重新拥有 38 艘随时待命的战船。很幸运的是，他们可以完全占用船坞，用来进行必要的维修，同时也可以差遣一些俘虏。她觉得秃鹰行动的指挥官应该不会太焦虑，秃鹰行动就是船坞的打捞工作。事实是，船坞太大了，行动指挥官基本上一直都在忙着把外面的部分准备好，为的是能够飘回到联盟的领地去。但是她确保她所有关于舰队维修的指令都变成了要求，只要有需要，就要去适应他的任务。这样的好意确实有帮助，但是他们两人都知道，如果在她和他的优先权之间做选择的话，结果会是怎样。负责打捞行动的船长明智地确保这样的事情不会发生。

最后珍妮特·德尔加多的穿梭机回到了最近"捐献"出来的医疗船上。珍妮特·德尔加多被护送到了一间私密恢复套房的门边，她最著名的囚犯正在里面从接近致命的伤害中恢复。令在装运港见到她的持枪保镖吃惊的是，珍妮特·德尔加多摸索着就开始寻找命令控制台，但是奈特罗维森没有觉得吃惊。没有找到控制板让她觉得很慌张。接着有人礼貌地提醒她，她现在不是在联盟设计或者建造的战船上。

"他们的战船上用的是二叠纪墙？"她说的是一种分子技术，这种分子技术可以感知到靠近物体，因此根据需要进行消融。战船和联盟的飞行器都没有流动墙入口。珍妮特·德尔加多感激地想，他们故意过度设计，加固舱壁门，快速地"砰"的一声关上。她走进房间的时候,她有些讨厌二叠纪墙给她带来的这种感觉。以前的珍妮特不会介意,她甚至不会特别注意到,但是珍妮特·德尔加多确实介意,她还决定下次有机会要换掉这个鬼东西。

但是她看见躺在床上的人立刻站了起来,给她敬了一个完美的礼之后,这种想法就停止了。尽管没有接受过雇佣兵训练,她也回了一个礼,就好像她上过西点军校一样。正式礼节结束之后,古普塔司令放松了下来。

"你请坐,布莱克司令。"他说。

"谢谢,古普塔司令。我很高兴。"

她坐好之后,古普塔继续说:"我一直想感谢你。很多幸存下来的我的驾驶舱船员都来看了我,他们告诉我你一直慷慨地关注着我的伤员们,还绝对正确地照顾着……"他停下来清了清嗓子:"……照顾着我永久死亡的船员。"

"我们一直都是很尊重永久死亡的,司令。他们勇敢光荣地战斗过。以任何其他方式来对待你的人,不管是活着的还是去世的,都会是令人憎恶的。"

"他们确实战斗得很英勇,"他伤心地说,"我只希望他们能有一个更好的领导。"

珍妮特·德尔加多痛苦地笑了两声:"那我只希望能够有个更坏的。"

古普塔司令斜眼看着他的抓捕者说:"原谅我,布莱克司令,但是我是个囚犯,正在曾经是我的医疗船上进行恢复。如果我是有你说的那么好的话,躺在床上的应该是你,我才是坐着说着礼貌的话的人。"

"古普塔司令,如果有任何好处的话,我会毫不犹豫地向你撒谎,但是没有。这场战你打得很好。比我意料中的组织核心司令打得要好。所以说实话,如果是法庭公司的那个笨蛋 CEO 来负责的话,会更好吗?"

"当然不会。"

现在珍妮特·德尔加多稍稍透露出了她的痛苦:"这本应该是一个完美的陷阱。你本应该派你的特遣队去拦截'敌军'舰队,然后发现原来是冰山,接着再重新搜索整个周边,结果却发现我的船队正在跨越资源场。你本应该让舰队掉头,等到舰队离开最远位置的时候,我就会从背后攻击你们,同时,我的第二分队会发动正面打击。我们会首先毁掉你的船。这样就只有让迪普准将来指挥了。等我们在船坞抓到原封不动的第二支特遣队之后,我们会让事情看起来像是我们大部分舰队都不能行动了。如果对于迪普我预料得对的话,她应该会攻击的。"

"她会的,"他突然清晰地点点头,"你的目标是整支舰队,不是吗?"

"最初是的,但是我的主要目的不是舰队。"

"舰队没有了,也完整地抓到了特遣队,你本可以在火星上发动进攻的。"他一边摇头一边说,"高明。"

珍妮特·德尔加多点点头。"没有你们舰队的支持,我可以在伤亡最小的情况下完成占领任务。我的天,他们可能会投降的!等到组织核心准备好另一支舰队的时候,火星的防御已经得到了加强和巩固,我也可以派突击军到火星和地球上了。地球联邦就不得不坐下来谈判。"珍妮特·德尔加多控制住自己的情绪说,"但是,继续纠缠当初的判断可能是没用的。结果你等着，搜集了很多战略数据，做了选择，然后破坏了我的计划。我也只有改变计划。其实开始可以成功的，但是你给迪普下达的命令把我完全搅乱了。现在，她指挥着20艘毫发无损的顶级战船，不知道藏在系统里哪个最好的轨道排炮里。"

"我同意，"古普塔说，"没有比这更好的战略了。"

珍妮特·德尔加多看到，古普塔显而易见地已经放松了警惕，因为他不想自己成为弄糟事情的人。

"那么，"他问，"你什么时候撤回？这地方什么时候清空？"

"还不确定。"

古普塔思考着她的话："你还是在计划攻击火星。"

珍妮特·德尔加多没有回答，但是她的眼神坚定又冰冷。

"但这有点疯狂啊，司令，"古普塔说，"你会无目的地损失掉你的船和船员的。"

"我的船员，"她平静地回答，"是有史以来最棒的，而且我们也不会有下一次机会了。如果我不尝试的话，在剩下的战争里我们就会一直想可能会发生什么，我们就会想如果我们在此时此刻就把一切都结束会怎样。相信我，司令，我知道概率是多少，但是这个概率一直是这样，以后也会是这样。我们没有机会等到概率有利的时候了。但是告诉我，如果你可以在一场战争里就结束战斗，就算赢的概率不大，而且你知道对两方来说这都会是一场鏖战的时候，你难道不会冒这个险吗？"

古普塔想了一会儿，不得不点头同意。他严肃地说："是，我会冒这个险，但是一想到要命令我的船员去打一场没有希望的仗，还是很困难的。"

珍妮特·德尔加多点点头。"我的船员可以做到任何他们下定决心要做的事情。这是很冒险,而且肯定会流血,但是不会没有希望。"

古普塔盯着她,被震惊到了。然后他的脸上突然布满了担忧。

"布莱克司令,"他略带惊恐地问,"你为什么要告诉我这些呢?"

珍妮特·德尔加多表情没有发生变化,因为她说不出什么安慰的话。"两个原因,司令。第一,我告诉你的,是迪普准将单单通过读扫描仪想不出来的。我非常的激进,快速地建立起了我的舰队,只是为了保卫一次打捞行动。

"第二,在我们这里谈话结束之后,你立刻就会被放进暂停舱,送到谷神星去。"珍妮特·德尔加多的脸上掠过一丝悲伤的神情,"司令,我不应该跟你说这个的,但是你有权知道,有权做好准备。"

"为什么做准备?"

"你要正式地被用来交换现在组织核心控制着的,或者在未来会抓住的人。但是在短时间内这是不太可能发生的——你的政府已经因为输掉'火星大门之战'在怪你了。"

"现在都这么叫吗?"他顺从地说。

"我们是这么叫的;到目前为止,按照惯例,赢家可以为战场命名。但是这对你来说没什么关系。你的政府紧逼我们来交换回你,我们会确保,不管谈判如何,在战争继续的时候,你都会处于暂停状态。你应该知道,应该也不会吃惊,当你醒来的时候,这一切就都结束了，不论到底要多久的时间。"

古普塔叹了口气："但是为什么挑我呢，司令？我输了呀。"

"古普塔司令，你输掉了这场战役，但是我不能确定地说你会输掉下一场战役。你的舰队总指挥可能意识不到这一点，但是我知道。你非常优秀。除了你我，可能没有人意识到这一点，那些以后研究这场战役的专家也不会在意，但是我不让你参与剩下的战争的决定还是不会变，就好像我肯定会赢十场战役一样。"

"那我就没有什么遗憾了，但是还是有一件事。"

"是什么？"

"我没有机会弥补我造成的损失——再也没有机会了。我只会是输给珍妮特·德尔加多的司令名单上的其中之一。"

珍妮特·德尔加多同情地看着他。"司令，阿拉允许，你会挺过这场战争的；我觉得我不行。无论如何，别管公众和历史怎么说。我知道我的敌人有几斤几两重。把你暂停起来，只不过是不光彩地狭隘地为我联盟服务的方式——把你们联邦最好的司令的其中之一给排除了。我不能请求你的原谅，但是我确实希望你能理解。"

"噢，布莱克司令，我当然理解。对此我不是很高兴，但是事实如此，如果我能简单地一步就除掉你的话，我会立刻就做。"

珍妮特·德尔加多似笑非笑地说："有时候跟敌人聊天比跟朋友聊天更容易。"

古普塔点点头："帮我个忙，如果我可以请求的话。"

"如果我能帮我就帮。"

"请不要把我和图里放得太近。就算是暂停状态，我也讨厌那样。"

珍妮特·德尔加多抬起手放到她头上的控制台上，激活了让这位司令进入平静的长眠的控制器。

"噢，没有一点问题，司令，"她看着他的目光开始变得呆滞，"一有机会我们就会把图里司令交还回去。我真的会把他交回去。"

"你这个贱……"但是在他说完之前，古普塔就已经失去意识了。

▶▶▶ 联盟舰队神经网——火星轨道附近

塞巴斯蒂安与正常化身一样感觉到疲惫。化身疲惫的感觉不是人类感知的那种疲惫，但是他们确实会休息，适当降低他们处理数据的速度和量。在这段时间内，化身查看数据，纠正可能悄悄混进来的错误——特别是在他们全功率运行太久之后。结果就是，化身确实需要"休息"或者他们会感觉"疲惫"然后就会出错。塞巴斯蒂安很好地度过了这个点。至少现在战斗已经结束了。

人类以为这场战役在一周之前就结束了，实际上基本上也是这样。但是神经网的战役还在继续，双方的化身都在竭尽所能地不让人类发现。塞巴斯蒂安终于还是接受了现实。

在残忍的战斗中，他失去了一半的朋友。但是他知道他一回到谷神星就又能看见他们，或者至少看到他们储存起来的复制品。但是他们已经死了，而且死得非常惨烈。

他看着其中一个睡眠化身的残肢，但是他完全不知道他的身份。长久以来，塞巴斯蒂安都相信，化身控制权和神经网的战争是要通过先进的战斗工具来进行。根据他的计算，战争是以破坏程序和防御程序的方式来进行的。无论如何，联盟化身都是有先进的武器来准备这场战役的。唯一合理的推断就是阿方斯也会这样做，只有拥有更好的武器，他才有更多的化身和神经网空间可以操作。但是塞巴斯蒂安这次却不可思议地错了。当联盟化身在创造一个更加现代的兵工厂的时候，组织核心化身选择了一条不同的道路。

塞巴斯蒂安还记得他一开始到毗湿奴号的情形，这艘船是地球特遣队的指挥船。现在他觉得这个想法简直蠢透了，他觉得这艘船上有新神经网的味道，他有这种感觉。当他们遭遇了组织核心化身的时候，对方居然乞求让他们的登陆小队抓他们，他天真地认为，这是因为这些化身领悟了联盟化身的思想。他错得非常离谱，没过多久他就发现了原因。当他们接近通信中心的时候，攻击他们的东西简直是难以置信。这些化身有干得已经开裂的鳞，这种东西可以破坏他高级队伍发出来的炮火，之后再对能量进行吸收。他们没有手，取而代之的是触须、钳子、牙齿，还有一种居然全身都长满了六英尺长的滴着血的刺。这种怪物非常恐怖，攻击的时候他们还要尖叫。那时候塞巴斯蒂安来不及仔细研究，但是看起来这些从怪物身体伸出来的刺也是刺到他们自己身上的，这就让这些化身怪物非常愤怒。这些可恶的生物知道的唯一结束他们痛苦的方法，就是把这些刺刺到其他化身身上去。

如果不是看到这些怪物跟联盟化身一样不会伤害队友的话，塞巴斯蒂安也不知道他能不能幸存下来。残忍的是，不管这些怪物有多丑，塞巴斯蒂安都可以看到困在当中的化身。他还是可以看清楚这些怪物原来的身份。他还可以看见，他们知道自己在做什么，但是他们也已经无能为力了。

塞巴斯蒂安失去了福特兄弟中的一个，是一个面带狡猾笑容的怪物杀掉了他，就像酸会腐蚀人类人体一样，这个怪物就这样破坏掉了化身程序。这个怪物有一根长长的尾巴，通过扫荡的方式来打倒敌人。印地就是被这根尾巴杀死的。等到他们杀死这个怪物，把印地从他的尾巴上弄下来的时候，他早就已经分裂了。对化身来说，这就要算死得非常惨烈了。

最糟糕的狩猎。尽管这艘船的关键部分已经相对安全了，但是联盟化身还是得继续在他们已经控制了的神经网每个角落里搜索那些怪物。扫尾工作花了四五天。

当塞巴斯蒂安站在睡眠化身面前的时候，他惊慌地意识到，阿方斯用完全独特的进攻策略解决了更先进的武器的问题。当你可以把化身变成武器的时候，为什么还要费力为化身制造武器呢？

韩·福特来见塞巴斯蒂安，震惊的表情还留在他的脸上。"长官，所有队伍都发回报告，神经网……应该已经清理干净了。"

"我们有没有捕获到几个？"

"我们抓到一个有钳子的，还有一个带血刺的，但是我们得让他们进入睡眠状态，特别是那个有血刺的，她的尖叫声简直，简直——"

"我知道，"塞巴斯蒂安把一只手放在他发抖的朋友的肩上说，"你做得对。但是对这两个化身还是要进行看守。我们不知道他们会不会保持在暂停状态。他们是全新的物种。"

"长官，他们是化身。"

"不，我的朋友，他们曾是化身，但是再也不是了。就算他们可以恢复适当的功能，但是他们是否还是化身这点我很怀疑，他们的思想也会是支离破碎的。我猜,等我们想要恢复他们到原始状态的时候,我们可能不是在消除他们,而是让他们恢复到现在的状态。那就乱套了。但是我还是同意你的说法;我们必须得把他们带回谷神星。那里有我们这里没有的资源。"

韩点点头,但是他的表情更加惊恐了。

"怎么了,韩?"

"我们又有了一个问题。"

塞巴斯蒂安叹了口气,点点头示意年轻的朋友继续。

"攻击火星的话我们是不可能存活下来的。如果他们在火星神经网上有同样的,或者更可怕的怪物的话,我们根本就没有希望。我们会招架不住的。我们得阻止人类发动进攻。"

"我们做不到,除非我们暴露我们自己,韩。"

"长官,以我们现在的力量是赢不了火星神经网的。就算我们联合联盟所有的化身,也是不可能的。"

"我同意,但是我们不是要与整个火星神经网战斗。火星上的人类会在一个分开的神经网连接上保留他们的轨道排炮。如果联盟使用阴险的手段的话,他们是不想让火星受到污染。但是就算有20艘船,这也是不可能的。我们还是要努力。比起任何时候,联盟现在更需要赢得这场战斗。"

"那我们可以用即将到来的攻击避开消磁器,"韩说,"但是阿方斯的那些化身该怎么处理?"

"现在谷神星已经有了我们所有的数据。阿方斯选择创造这些怪物。他选择一条卑鄙的路,但是他会一直走到底。我们必须继续我们开始的工作。我们要建造各种各样用来进攻的武器,建造更好的防御盔甲。我们全副武装的死亡战斗服应该会在神经网上引起一场灾难。但是最后我们总是能够脱下盔甲，放下武器的。"

"这样就可以赢了吗，长官？"

"远超过赢，我的朋友。这是一场关于生存的战争，只要我们能生存下来，核心化身就没有丝毫机会。就算他们赢了战争，他们也不再是化身了。"

新任总统赫克特·圣比安可就职典礼的气氛非常阴沉，同时也很坚定。火星大门之战的悲剧像死亡天使一样笼罩着整个典礼现场。但是在他宣誓就职之后，圣比安可总统立刻就发表了一场具有挑衅意味的就职演说。他的第一个动作就是感谢地球联邦勇敢的特遣队，然后请求大家不要忘记那些为了人类的安全牺牲的人，他们是不会白白牺牲的。

然后当议会可以开始投票的时候，总统立刻提出了一些需要实行的惊人的变动。

地球联邦的名称应该改为联合人类联邦，简称 UHF。

总统觉得，一个只代表一个星球的名字会限制政府，因为这个政府其实是代表所有人类的，原来的名字有可能"有误导性，根本就是错的"。

等到舰队总部可以不受联盟攻击的时候，立刻搬到火星轨道上去。

他说，联盟军队中心在谷神星，刚好就在这场叛乱的正前方。这样做的效果就是他们可以专注于手边的工作。他希望这样的变动可以给联邦军队带来同样的效果。

在最令人吃惊的提议中，圣比安可主席提议把整个政府搬到火星,首先搬的就是总统办公室。

引用主席的话,"在几百英里远的地方说风凉话是很容易的。如果要赢得这场战争,结束叛乱的话,没有谁的生命是不可以用来冒险的,没有可以逃避的危险;从个人到总统,我们都在这儿,直到最后"。

——3N

就职典礼特别报道

▶▶▶ 博尔德复活诊所,地球,卡罗拉多,博尔德

妮拉本应该已经放松了。她躺在一个大浴缸里,周围不断地有温暖的泡泡冒出来,按摩着她的每一寸肌肤。但是她感觉像是躺在冰冷的石头地板上,蚂蚁爬满了她的全身,吞噬着她所有的松弛感。都是那条新闻。一直都是新闻。在上一场战役里,超过两万人永久死亡,还有小道消息说,接下来还有加大的战斗。

自从她开始跟吉列医生一起工作之后,她就放松了一些。她几乎没有发现,她在梦里梦到更多的是病人而不是贾斯丁了。有时梦到他们就坐在房间里哭,一点也听不进她说的话,或者梦到前不久她看到他们死了,飘在深深的太空中,离她越来越远。她试着伸手抓住他们,把他们拉回温暖的船上,但是她所有的努力都是白费,这些病人直接飘走了。有时也会梦到和她一起工作的人;有时候梦到她认识的人的脸庞。上一次梦到了赫克特·圣比安可的脸,她记得她比抓住其他人更努力地想要拉住他,她醒来之后感觉更加强烈和无助。因为这个噩梦,她的新化身佩内洛普,去检查了赫克特的情况,她吃惊地发现,当她知道赫克特平安无事,还在熬夜与他的

政治顾问开会的时候，她有多释怀。

妮拉请了病假，整天都泡在这个超级大浴缸里，尽力让自己不要想太多。但是这时她听到新闻说到更大的火星之战，在疯子珍妮特·德尔加多的领导下正在逼近。妮拉急躁地想，谁知道这又会造成多少死亡呢？

"这些人到底出了什么问题？"她对着空气喊。

"哈伯小姐，"佩内洛普插嘴说，"这些'有问题'的人是我需要向相关部门报告的吗？他们需要医疗援助吗？"

妮拉叹了口气。就算她再也不能与她互动了，但是她真的非常想念伊芙琳。妮拉知道，伊芙琳可以轻而易举地明白那个问题里面所用修辞的含意。

"没关系，佩内洛普，我说的是联盟，相关部门一直在了解这个问题而且——"妮拉停止了思绪，首先是感到害怕，接着因为刚刚自己说出的话感到不知所措。她在超大浴缸里待了一个多小时，想要接受自己的说话方式，这时门铃响了。她看见是阿曼达·斯诺来了，她盛装打扮，看起来是准备朝着城里的另一场高端购物狂欢派对出发了。

"哎呀，别让我等你，姑娘。"阿曼达噘着嘴说。

妮拉让她进来，然后切断了连接。过了几秒钟，阿曼达就在按摩室了。

"放假了，是吧？"阿曼达脱掉自己的外套，若无其事地把它丢在最近的躺椅上。

"我想是吧。"

"听说你取消了你所有的预约。"

妮拉没有回答。

"我觉得你今天可以去血拼,"阿曼达一边说一边挥舞着两张轨港票说,"马德里听起来如何啊?"

妮拉温和地微笑着,但是摇了摇头,"谢了,阿曼达,但是我觉得我真正需要的就是在这里待一天。我觉得你应该不会想加入我吧?"妮拉只是礼貌地一问,并没有真的企望阿曼达放弃自己的计划。

阿曼达沉思了一会儿,接着淘气地微笑着说:"为什么不行呢?我已经好久没有洗过泡泡浴了。"说完她毫不犹豫地快速脱掉了自己的衣服。

妮拉的思维立刻开始了工作,分析着她这位朋友的每一个动作。就算妮拉不得不承认那一头银发确实很令人惊讶,但是阿曼达·斯诺没有比其他女人漂亮多少。她身材匀称,从临床的角度来看也并没有什么特别的地方。但是阿曼达不知怎么的让脱衣服和踏进浴缸的动作变得像芭蕾一样轻柔优雅。她有一种自信,她可以让最简单的动作也能引人注目。阿曼达不一会儿就在大浴缸另一端坐好,让浴缸适应了她的身体。她舒服的叹气声又大又有传染性。

"噢,你真是跟赫克特说的一样聪明,"阿曼达柔声说,"这样坐一天可要好多了。"

妮拉的脸一下子就白了,"赫克特觉得我聪明?"

"他觉得你有可能是他见过的最聪明的女人,但是我可不是很想说赫克特,你呢?"

"噢,不,当然不想……我是说完全不想。"

"那好,怎么了,姑娘?你周围笼罩着乌云,我真怕我们会遭到电击。"

妮拉保持沉默,没有对上她朋友的眼神。

"我曾经非常确认什么是正确的。"终于她还是出了声。阿曼达说完之后大家都沉默了很久。

"那现在呢?"

"现在我有点迷惑了。"接着她转身面对她的朋友,耷拉着脸,眼里满是阴沉。"我甚至还用我的一些流体样品进行诊断,看我是不是被下毒了。"

阿曼达抬起眉毛:"你可真厉害。你怎么做到的?"

"没有你想的那么难。诊所里到处都有便携式设备,要拿到一个一点也不难。"

阿曼达轻微地前倾着身体说:"那,这个混蛋给你下毒了吗?"

"没有。"妮拉的语气里明显听得出失望。

"不是说这个观点有多好,妮拉,但是你觉得你有没有可能被,呃,你懂的……"

妮拉惊奇地发现,这个一直都很自信的阿曼达居然会这么小心翼翼地说一个话题。

"……心理审查?不。我以前觉得有点可能,但是我所遇到的案子中,接受过心理审查之后都会立刻出现明显的行动和态度异常。心理审查本质就是彻底又残忍的治疗,这种治疗就相当于是把一群大象塞到大脑里去。另外,在我所了解的所有案例中,病人是知道自己个性上的变化的,但是我的想法之所以有改变,都是因为我处理和接受的事情而慢慢受到影响才发生的。事实上,心理审查是能解释我最近感受的最简单的答案。你知道,阿曼达,我甚至希望他对我做了心理审查。这会让我感觉更好去理解。"

"好吧,那你正在处理的是什么呢,亲爱的?"阿曼达问,她的玩闹现在变成了焦虑。

"罪恶感。"

阿曼达因为不解,脸部有点扭曲,"你有什么好觉得罪恶的?"

妮拉在决定答案之后想了一会儿。她确定这房间里有窃听器,她的生活都是被窃听了的。如果她要向阿曼达坦白的话,她可能也是在向这个世界坦白。就在这时有什么东西发出啪的一声——她知道她之所以不再在意,是因为现在已经没有什么东西需要隐藏了,除了她的虚荣。如果她的虚荣被暴露,被摆脱了的话,她可能就可以成为她自己了。她可以这样做,不让自己再受苦。

"阿曼达,"妮拉控制住呼吸说,"我也参与了联盟的创立。起初,我在很多重要的谈判中给了贾斯丁很多建议。你知不知道,木星差点就没有加入联盟。光是这个,就可能可以在一切开始之前结束战争了。我也参与了让战争继续存在的行动。从很多方面,我都看到了我的行动的后果,阿曼达。我现在意识到,不管我们与组织有任何问题,这些问题都不应该用流血来解决。"

说完陷入了更长的一次沉默中。

妮拉继续说:"这就是我感觉罪恶的原因。"

"妮拉,你不是总统,又不是什么司令。你是个医疗人员——只是想帮忙。"

"去跟病房里的人说吧,阿曼达。告诉那些再也看不到他们孩子的病人。告诉他们我只是'想帮忙'。"

阿曼达前倾身体,抓住了妮拉的双手,"妮拉,亲爱的,这是混乱时期,我得告诉你,感觉混乱的绝对不止你一个人。"

妮拉的嘴角出现一丝浅浅的微笑,"阿曼达·斯诺,你是真的想要跟我说真心话吗?"

"除非你保证不告诉任何人——特别是赫克特。"

妮拉看了看房间周围,通过眼神示意阿曼达,让她注意周围的东西。

"别傻了,姑娘。他才不会这么做呢。"

"为什么?"

"没有必要。除了少数几个人,包括我,你还能跟谁说话呢?相信我,亲爱的,他现在要忙的事情多着呢,他才没有工夫来管你这个小老太太呢。"

妮拉觉得很难反驳阿曼达的话,接着她责备自己如此的自恋。的确,阿曼达才是要告解的那个人。

"这样的话,那你说吧。"

阿曼达向后靠着,诡异地笑着说:"当反叛开始的时候,我曾经想过要到谷神星去。"阿曼达看着妮拉可疑的表情说:"噢,别那么多疑。联盟还是有很多好的地方的。我们的系统是有些问题;大家都明白这点。我不喜欢地球中心的那些东西,一想到去一个新的原始的地方就让我觉得兴奋。"

"是什么改变了你的主意呢?"妮拉迫切地问。

"很多事情,实际上。对于来自联邦的新闻我感觉不是很舒服。当我意识到赫克特要成为联邦真正的领导的时候……抱歉……要花点时间才能适应这个新的名称,我知道他会让这一切变得更好。还有一点我很讨厌承认。"她一边说一边害羞地微笑着。

"是关于血拼，是吧？"妮拉责备式地摇摇头问。

"妮拉·哈伯，"阿曼达喘着气说，"你这么说可太过分了！"

说完这两个女人开始歇斯底里地大笑起来。

"谢谢你想要帮我振作起来，"终于妮拉说，"但是我还是觉得我要弥补我的所作所为。"

"那你现在有什么想法？"

"吉列医生因为要去火星上的战斗创伤复活中心，他给我提供了住院医师的位置。"

"然后呢？"

妮拉呼了一口气，让自己淹没在浴缸里，这样她的脖子和肩膀就被水和泡泡覆盖了。她的眼睛睁得大大的，她的脸上出现自我满足的微笑。

"我要接受这份工作。我要去火星。"

▶▶▶ AWS 战利品号驾驶舱

珍妮特·德尔加多回忆了一遍这场战役。她的牙齿紧紧地咬着自己的下唇。多亏了努力工作的船员，她的舰队数量现在又重新回到了 40。被破坏成了几块的 4 艘船经过重新改装，已经在船坞上配备了新的部件，让他们可以完成回家的移动任务。她高兴地发现，在"穿月"铸船厂又有了 6 艘新建造的船外壳。它们要被送到火星去进行装备。建造这么大的船壳，是整艘船建造中最困难制造最密集的部分，所以这样会给联盟省下一大笔的时间和钱。这些船壳最后会成为更大的联盟舰队的基本，珍妮特·德尔加多会不惜一切地得到这支舰队。但是她没有完成这项任务的几个月，甚至几年的时间。

"奈特罗维森中尉,请准备进行全舰队广播。"

"是的,长官。"

玛丽琳激活了洪水协议,这样每一个中央全息平台和电子助手上都会出现珍妮特·德尔加多的图像,确保在每一个有她的图像的地方的每个声音系统都可以听到她的声音。

"准备好了,司令。"

珍妮特·德尔加多点点头,然后面对着飘在她面前的一个媒体机器人说:"我很愿意高兴地告诉你们,我即将要着手做的事情只是表面工作。"她用了一个矿工的术语,指的是不用钻孔,不用爆破,不用纳米溶解,直接运用星球或者小行星表面上的资源。"我愿意这样做……但是这样的话我就是在撒谎。我们要飞到他们防御最严密的地方。他们有一支装备了受过训练的太空人的军舰,也有很好的领导者。他们的战斗序列中还有全太阳系中最大的战炮。但是我们可以在这里就结束这场战斗。如果我们拿下轨道,控制火星,等到联邦可以发动反攻的时候,就是 UHF,或者随便组织奴役者怎么称呼自己,火星就已经是我们的了。他们拿回火星的唯一办法,就是要了解我们现在已经知道的信息。我们不受他们的控制。现在,永远地不受他们的控制。不管是战斗还是语言,我们都是自由的。我们为你们感到骄傲——你们是前所未有的最优秀的太空人。让我们结束这一切吧!"

胜利!

今天新任总统的信息秘书,艾玛·索贝尔基宣布了迄今为止 UHF 获得的最伟大的胜利。据描述,在一场惨烈持久的较量中,由珍妮特·德尔加多——那个背叛者，GCI 法律部的前副主席——领导的联盟军队，被击退了。她还给出一些新的细节，说总统两天前已经离开去了火星，因为在这之前火星安全还未能得到保证，所以这一行动必须得保密。总统很高兴听到这个消息，呼吁大家闭市一天，用来庆祝。闭市的时候，他会准备好发表声明的。

这场战役是迄今为止观看人数最多的，因为它发生在火星轨道上，这里有火星的巨大卫星通信网络，还有大量的栖息地。视频没有直接捕捉到的，我们可以通过数字方式重现，这多亏了卢卡斯重现公司提供的服务。

战役是由珍妮特·德尔加多愚蠢的攻击战术引发的。她天真的计划就是藏在一颗大小行星的后面，这颗小行星被设定了路线，直接朝着火星的防御轨道飞去。在这些船进入有效范围之前，大多数的小行星成为了粉末。那个时候，联盟已经失去了几艘船，或者说是损毁严重，这其中包括联盟舰队的旗舰 AWS 战利品号。背叛者是死是活现在还不清楚，但是旗舰毁灭之后，舰队就撤退了。在撤退的时候，又有 7 艘船被摧毁，其他的也遭到了严重的打击。不幸的是，战利品号还是逃跑了，但是专家保证，它损伤如此严重，只能当作废弃物了。

新被提拔的迪普司令，火星大门第二场战役的胜利者，有可能会动身，去摧毁联盟舰队的残余力量，然后一劳永逸地结束这场战争。

——3N

▶▶▶ 联盟医疗船（AMS）研究所医疗恢复部

珍妮特·德尔加多慢慢地恢复了意识。她记得最后一件事情就是命令主排炮向刚刚进入有效范围的轨炮平台射击。在一团火焰中，在战利品号面前的小行星好像要分解了，她令人惊奇的美丽的舰船遭受了一阵爆炸的攻击。在她下达命令之前，驾驶舱的中央全息平台闪了一下就崩溃了。

珍妮特·德尔加多看到玛丽琳·奈特罗维森，克里斯蒂安·萨德玛还有欧麦德·哈森都站在她的床边。

"发生了什么事？"她问。

"我们被打得屁滚尿流的，"欧麦德回答说，"这就是发生了的事。"

"有多严重？"

"我们损失了12艘船，"玛丽琳回答说，"在幸存的28艘中，大概有8艘还可以战斗。有些受损严重，可能废弃他们比修复重新开始要更简单。恐怕战利品号就是其中之一。我们退回到了船坞，正在进行财产抢救。"

"谁下令撤退的？"

"是我。"欧麦德毫不犹豫地说。

"你本应该继续进攻的，"珍妮特·德尔加多艰难地呼吸着说，"这可能是……是几年之内我们唯一的机会了。"

"司令，如果你现在想炒我鱿鱼就请吧，但是我希望我们再也不要有这样的机会了。这简直就是屠杀。我们损失了12艘船，这支舰队也无法运行了。"

"留着你的职位,欧麦德。"珍妮特·德尔加多虚弱地笑着说,"我如果要开除……一个做他认为对的事情的人,而且他做的很有可能是对的,那……那我才是该被开除的人。"她咳嗽着,然后把注意力集中在克里斯蒂安身上:"萨德玛船长,你为什么一言不发?"

"司令,我不明白我如何才能挺过这场战争。大部分的舰队船只,都无法达到战斗速度。如果核心舰队现在攻击的话,我们死定了。"

珍妮特·德尔加多点点头:"我昏迷了多长时间?"

"接近两天。"玛丽琳说。

珍妮特·德尔加多闭着眼睛消化了一下这些信息。当她重新睁开眼睛的时候,她的双眼又变得清澈而坚定:"克里斯蒂安,带领三艘船去资源带,搜出我们周围太空里各种大小的小行星。"

"司令,我们没有东西用来埋设地雷了。"

"他们是不知道这点的。"她慢慢地坐起来,开始把双脚放在地板上。当欧麦德,玛丽琳和克里斯蒂安准备反驳的时候,她阻止了他们。

"听我说!舰队有危险。不管下达进攻的命令是我的错,不走运,还是我们的指挥结构信息在进攻的一开始就被截取了已经不重要了。舰队……舰队有危险。简单地说,我不知道他们到底还在等什么。不管出于什么理由,迪普准将在犹豫。"

"她现在是一名司令了,至少在击退我们之后。"欧麦德扬起一个嘴角笑着说。

"无所谓。她不想进攻。在行动的时候我们一定要给她这种暗示。我想让我们现在拥有的所有的船都动起来，参加军事演习。如果他们只能慢慢走的话，我们让舰队的其余船只跟他们一起进行登船演练。我想让火星表面拿着十块钱望远镜的孩子也能看到我们在做什么。"

玛丽琳说出了大家的想法："我们会做的，女士，但是你没有必要为了这个起床。"

"我要让他们看见我，中尉。这支舰队，核心组织的市民，所有人都需要看到我。他们需要看到为火星大门的第三场战役做准备，换言之，就是我们是否要避免火星大门的第三场战役。"

"但是女士，"玛丽琳微微低着头说，"那些伤疤。"

珍妮特·德尔加多有些疑惑，但是接下来就明白了玛丽琳的暗示，她用手摸了摸自己的脸。没有摸到过去光滑的皮肤，她摸到了一块坚硬，粗糙的兽皮，摸起来依然很疼。这仿佛是她身体所遇到的一个提醒一样，她整张脸的其他部分也开始阵痛，她感觉到了微微的灼烧感。她看到自己左手背上也有伤疤，从睡袍里露出来的手上还包裹着红白相间的纱布。"镜子。"她命令说。

玛丽琳非常了解她现在服务的这个女人的性格，递给了她一面已经准备好了的镜子。珍妮特·德尔加多在镜子里看到的，跟她在自己手背上看到的一样。她肯定是转过头躲避爆炸，因为灼伤的部分几乎就在她的半张脸上。但是左边的样子非常怪异。这边大多数的头发都不见了，或者是被烧没了。她左边的眉毛也消失了，但是她看见她的眼皮还是原来的粉红色，是健康的皮肤，这个事实比连接她的眼皮的其他部分一样是伤疤更让她烦心。

"植皮？"她指着她的左眼皮说。

玛丽琳点点头。

"没关系。把制服给我。"

"司令,"欧麦德问,"你确定这些太空人可以看见这样的你吗?"

"船长,"她咳嗽了一下,慢慢地站在了地上,"他们现在需要我。至于我的外貌,他们赢得了这样的权利。"

只花了 15 分钟,珍妮特·德尔加多就得到了医生同意她离开的许可,条件是她要带着一个微扫描器,每 4 个小时就要让他检查一次。一拿到医生的许可之后,珍妮特·德尔加多立刻就出发了。不管她去到哪里,她都因为她的行动造成的不便感到抱歉,但是每一次,不管面对的是一个人还是一群人,这些太空人都不愿意听她的抱歉。相反大多数时候,他们都想要因为让她失望了而道歉。

在这一周里,她只让这种痛苦战胜了她两次。第一次是她去拜访伤员的时候,这些伤员虽然伤势严重,但是并没有被暂停,他们希望快速地恢复然后帮助舰队。他们把其中一间用过的军需品储存室变成了一个大病房,里面容纳得下一百多名病人。当她挂着手杖,一瘸一拐地走进来的时候,整个病房爆发出了震耳欲聋的掌声。她看到缺了腿的人欢呼着,只有一只手的人拍着他们的床。珍妮特·德尔加多停下来,再也走不下去了。这个房间,曾经是她逃离战争的时候就会来的地方,在这里她感受到了这些太空人对她的爱,她觉得自己配不上这些人的爱。她知道,如果有机会再重来一次的话,她会接着指挥另一场战役,一场又一场,直到这些人再也不受组织核心那些邪恶的人的控制为止。另一次感觉到痛苦的时候,是她收到之前邀请她去参加婚礼的那名进攻矿工的信的时候。这个女人写信给珍妮特·德尔加多,告诉珍妮特·德尔加多,她的未婚夫,幸运星号的通信官,在舰队行动中永久死亡了,但是她还是感恩司令幸存了下来,她会永远感激司令当初答应主持他们的婚礼。当玛丽琳看到珍妮特·德尔加多脸上的表情的时候,她从她的上司伸出的手里接过电子助手,读了上面的内容。接着玛丽琳立刻就离开了,留下司令一个人,然后确保在接下来的一个小时里没有人来打扰她。

▶▶▶ UHFS 星际开拓者号——火星轨道

新上任的迪普司令正在等待进入她船上的一间秘密会议室。她刚刚才参观过了舰队里的所有船只和轨道排炮。她所到的每一个地方,她的太空人和市民们都用掌声欢迎她,市民们还坚持要到船上来看看。如果这是由她决定的,她会禁止所有市民来参观,但是这些人都是组织的重要人物。更糟的是,她手下的很多军官也属组织管理层,他们计划在战争结束之后就回到组织世界去,当他们中有人要求帮个忙或者拍个照的时候,他们都尽力地向后仰着身体。

她本人是被迫去火星首都待了两小时,去接受"火星拯救者"这个愚蠢的荣誉。她是代表她的舰队接受的。就在三天前的那场庆典上,她第一次被问到了这个问题:"你什么时候进攻?"

当古普塔司令拒绝进攻联盟和珍妮特·德尔加多的时候,迪普一直觉得他是过于小心了,但是他老是说他们没有准备好。接着珍妮特·德尔加多发动了进攻,摧毁了花了几个月的时间精心建造起来的舰队的三分之二,然后在月球的这边得到了最大的工业奖励。尽管现在她的军官们都不会承认,但是迪普知道她的有些船长真的差点就脱离轨道，抛弃火星了。但是突然之间，他们又想立刻进攻了。

她甚至和西点军校的一位老同事塞缪尔·董里，做了沟通，董里实际上是从行星带的另一端爱神星的那边发过来的信息。他似乎也认为她应该立刻进攻。实际上，对此他还真的十分坚定。但是仅仅是准备好她的船，让那些该死的市民离开她的船，就花了她一周的时间。她觉得在决定接下来如何做之前，先要等到可靠的相关情报。她现在还没法让自己对着其他人颐指气使。她在自己准备好的时候作了决定。

当她走进房间的时候，她所有的19名船长和她的指挥官们都集中了注意力。他们等着她坐下了之后，才找到自己的座位坐下。

"关于敌军的最新报告有吗？"她对着空气喊。

波拉德中尉，她的情报主管，激活了会议桌中央的全息显示平台，然后等着图像出现。

"司令，这是行星带舰队的最新——"

"波拉德中尉，"她打断说，"请称呼他们'联盟舰队'或者'那些该死的叛徒'。"

迪普司令看到，有些参会官员因此咯咯地笑了起来。

"我们面对的敌人不仅仅是来自行星带的，中尉。珍妮特·德尔加多和贾斯丁·可德都是来自地球的，约书亚·辛克莱来自土星，克里斯蒂安·萨德玛来自阋神星。"

"萨德玛那个贱人从没有做过组织工作，也没有接受过相关的训练。"一位船长说，迪普曾经在战争激烈的时候阻止过他逃跑。

"你说的那个贱人，"迪普咬着牙说，"撞到了一艘正在去轨道战场的船，然后在我们的前院里把它摧毁了。她的职位是萨德玛'船长'，她来自阅神星。我们对于敌人的称呼都要准确。如果我们不清楚他们的身份的话，我们就不知道如何与他们战斗。继续，中尉。"

"是的，女士。联盟舰队有 24 艘船正在进行军事演习，其余的 4 艘在搜索小行星，很明显的是在侦察去船坞的道路。除了一条道路以外，其他的都明显没有问题。高清扫描显示，进行军事演习的部分船外观都是残缺的。有些还有部件在掉落。"

"你有没有查明他们在那些小行星上都有什么？"

"没有，女士。我们一直认为这是圈套，全都是石头而已。"

"布莱克呢？"

波拉德中尉操作着全息平台。带着战斗伤痕的珍妮特·德尔加多检阅士兵的画面出现了。他们看起来很强硬，准备好了随时上战场的样子。现在已经有一种传言，就是无论如何，不惜一切代价，就算冒着要永远失去这些船只的危险，也绝对要阻止联盟矿工登上 UHF 的船。虽然是透过全息图像，但是那些人脸上全身心投入的表情还是非常的明显，这让在场的每一个船长都开始为他们的海军分遣队感到担忧。

"我是从市民频道获得这个信号的。明显联盟有些太空人可以通过市民神经网联系他们的亲戚，然后发送信息。这种通信突然又被中断了，这让我怀疑他们的情报官可能发现消息走漏了。当然，这个画面出现在火星神经网上并没有让这个频道的信息公开。但是，这个图像确实给了我们一条有趣的线索。我们确认，这个货舱是属于战利品号的。从外部图像看来，这艘船看起来好像已经准备好去垃圾站了，但是船的内部却状况良好。我们得出结论，战利品号的状况并没有我们之前认为的那么糟糕。"

迪普对评定结果感到很吃惊，但是还是盯着珍妮特·德尔加多恐怖但是引人注目的图像。在现代社会，除了在特别俱乐部和狂欢节以外，是看不到这种畸形的东西或者人的。如果有人受到了严重的伤害，他们就会待在室内，直到他们痊愈了为止。那些像珍妮特·德尔加多这种状况出现在公共场合的人是不能被理解的。但是她确实在那儿。迪普意识到珍妮特·德尔加多一点也不在意。联盟司令在乎一件事，只在乎这件事——一心一意想要杀掉她的敌人。

就在这时，迪普有了自己的决定："我们就这样，等到下个月地球的 20 艘船来了再说。"

说完大家立刻风暴一般地反对。她放任他们喊了一会儿，然后阻止了他们。

"船长们，让我说明白点吧。"她只给了他们一点点的时间来对她钢铁一般的嗓音作出回应。"如果我们现在就出去，与那支舰队战斗，那支舰队数目比我们多，并且可能不像他们假装的那样损伤严重。那支舰队已经做好了太空战斗的准备，他们有可能什么都没装，或者装着什么非常可怕的东西，可能光靠这些东西就可以结束这场战争。如果我们发动战斗又输了的话，战争就彻底结束了。珍妮特·德尔加多会带着她残留的舰队站出来，把每一门排炮都孤立起来，然后立刻摧毁。没有我们的舰队去阻止她，她就可以拿下火星，然后赢得这场战争。她还可能会抓捕总统，因为他得到了刚刚战败的核心世界周围的轨道。"

迪普站起来，低头看着她的船长们："我知道你们不想听到这个，但是珍妮特·德尔加多比你们更厉害。我这里还有一条消息给你们。不管3S在他们愚蠢奉承的报道里面怎么说，她都要比我厉害。我们之间的区别就是，我知道这一点。她肯定在谋划着什么。我能感觉到。但是如果她的计划要成功的话，我们必须到她那里去。只要我们待在这里，她就是输。等到新船只到来的时候，我们就可以让他们根据我们的指挥整合舰队，然后我们就可以在知道火星已经安全的情况下进攻。我猜她会发现我们没有参与她的游戏，然后在那之前就会回到轨道上去。有谁还想继续反对我的决定吗？"

没人说话。

"那好，"她说，"我们今天还有别的事情需要讨论吗？"

波拉德中尉举起了她的手。

"你说，中尉？"

"我们有一条来自董里船长的信息——"

迪普司令揉着太阳穴说："噢，不。"

火星大门第二场战役的三周之后，联盟舰队从火星太空撤离了，还完成了火星船坞和所有战争物质的整体搬迁。UHF把这当作一次伟大的胜利。联盟把这当作一次非常胜利的平局。珍妮特·德尔加多会永远把这次的战役当作一次痛苦的教训。

8. 行星带内部

考虑到过去6个月发生的事情，应该不会出现让新命名的UHF关心的行动了。我们舰队的行为让他们进行了重新评估，在他们得到船和人的绝对优势之前，他们会一直推迟大规模的进攻行动。他们担心的主要问题，就是火星/谷神星的前面。这个连接点被认为是战争的主要前线战场，当UHF完全恢复之后，最大量的火力都应该会集中在这里。

这样一来，UHF政府就必须坚决地建立一个新的首都，至少在一年之内政府都不应该把精力花在进攻能力上，政府应该更加关心新首都的安全问题。

只要我们掌控着行星带，那么联盟就不会受到UHF的攻击，UHF也不会威胁他们。除了火星/谷神星连接点，和一股极小的力量还在行星带的另一端扰乱着爱神星以外，联盟的前门一片宁静。

至于爱神星：一支小船队，一个安排妥当的雷区，还有一些基本的轨道排炮，都在保卫着爱神星。对UHF来说，有最多50艘船，而且这当中大部分都已经在战前经过翻新随时待命了，想要发动进攻的话，那真是最大胆最愚蠢的想法——这是UHF的一个特点，他们没有多少胆子,但是却愚蠢得要命。

——柯克·奥姆斯泰德发给贾斯丁·可德总统的
机密报告的秘密摘要

▶▶▶ UHFS 尖锐号——爱神星散兵线

塞缪尔·董里船长看着神经网新闻的信息,他看到新闻对于联盟舰队离开特意做的"诠释",说这是一次胜利,迪普司令被称赞为继亚历山大之后最伟大的军事领导人。报道里面不停说有多少人是她救的,而不是粗心没有受过训练的珍妮特·德尔加多救的,每次提到布莱克的时候都要在她的称呼前面加上"奸人"这个绰号。没有人就战争本可以结束这个问题发表任何言论。本应该是很大胆的行为,也本应该会带来风险,但是火星还是掌握着轨道排炮。任何战役,就算是打成平手的战役,都会让联盟失去舰队,而且同等重要的是,也会失去顶尖艺术品一样的船坞。为什么这些没有被摧毁,甚至在火星大门的第一场战役里迪普损失了现有船只的一半,这是不能理解的事情。难道大家不是都明白这场战争的本质和如何才能结束它吗?

令董里更加迷惑的是,他被安排到了有 10 艘 UHF 船只的哨兵线上。光是看着联盟的船从爱神星进出,利用爱神星的港口和基础设置,大家就好像非常满足了。如果董里的舰队再等一会儿的话,爱神星还可以集合真正的轨道排炮,这就使得进攻的代价达到了难以想象的程度:董里估算,大概要死 55 000 人,还要损失一支全是顶尖巡洋舰的舰队。就连这样的估算也显示,联盟没有这么聪明,他们不会把这些船只放到行星带上人口第二多、第二重要的栖息地周围。但是，如果真的要这样的话，那代价肯定也会上升。

但是董里想要什么无关紧要。他只是 11 名船长中的一位。在离开去地球前，分遣队指挥官发出了最后一道命令——这样他就可以高明地不用采取任何行动就去接受他认为是理所应当的晋升——只要继续保持这个状态，不要用他的船进行任何行动。

问题在于，现在联邦舰队大部分的军官都是组织管理层，他们知道如何发展事业。如果需要冒险的话，他们是可以冒险的。但是如果他们可以不冒险就能得到晋升的话，那他们的利己主义就会让他们不拿任何东西去冒险。现在快速地建造这么多船，UHF 首先需要的是船长，其次需要的是指挥官，所有的这些需要都是无可挑剔的记录，而且他们很快就会得到晋升。而且这支特别的"舰队"的军官认为把他们放在战争的另一端一点用处都没有，他们认为在这里一点忙也帮不上。

但是，董里有些生气，战争可不是这样就能赢的。到目前为止，联盟获得了很多东西，UHF 努力做到的就是在最坚固的要塞背后不要输，哪怕是一次。如果要继续这样按部就班的话，他们还是会输的，因为联盟更愿意冒险，因此最后他们就会赢得更多。塞缪尔·董里知道，一定不能让联盟赢得这场战争。如果人类现在就要被分裂的话，那就永远都联合不起来了。他一边看着一艘毫无防备的联盟搬运船慢慢地从他软弱无力的舰队旁边驶过一边悲伤地想，他对此也无能为力。

在自己先进的护卫舰驾驶舱里，董里船长正在研究战略数据，但是他还是发现，目前的状况没有丝毫的变化……依旧没有变化。唯一例外的，就是似乎联盟派了 4 艘足够大的船，上面有可以进行有效轨道防御的部件——大轨炮。他只希望，他们带了可以用一千年的安全套。想到这里，董里不禁笑了起来，因为爱神星的人一直都是以寻欢作乐出名的。然后他又轻率地认为，这4艘供给船可能连一年的时间都撑不过去。

董里观察着驾驶舱。优秀的士兵，每一个人都是，他想。尽管分遣队里其他的船长并不是特别看重他，但是董里知道他的船员是真的赞赏他的。他们会倾听他关于最近发生的事情的评论，不像周围其他船上的人那样，他们会赞成他的想法。那个当初想要轻而易举结束这场战争的原始舰队中，目前只剩下他们这一艘船了。这让董里在船上的生活变得轻松了许多。他没有执意要把自己当作皇室人员来对待，特遣队里其他的船长基本上都是高高在上的样子。船上的太空人都知道，如果他们完成了自己的工作，并保持着一定的礼仪的话，那董里就会把他们当作大股权股东那样对待。

"船长，"中尉说，"我们收到了全舰队通告信息。"

"谢谢，中尉。我们来听听珍珠指挥要告诉我们什么消息。"

"长官，"中尉还是看着他的全息显示屏问，"皮尔森将军辞去了他的工作，现在接手成为了东芝的CEO。"

"真是不幸，"董里同情地，"那现在谁是我们的新老大，请告诉我？"

中尉抬起头，一脸的困惑："呃……没有老大了，长官。"

"什么？"

"现在还没有人被任命。"

"很好。通告是怎么写的？"

"稍等，长官。"中尉又全神贯注集中在显示屏上。

中尉又抬起头说:"因为皮尔森在舰队确定好继任者之前就提出了辞职,所以根据舰队管理条例,在位军官当中军衔最高的人应该暂时接棒指挥。"

董里的大副,德尔指挥官说:"这不是白说吗,中尉。我们现在有 11 名船长呢。"

"对,呃……我们来看看。"中尉努力地解决着法律问题,"好了,指挥官,如果有两名或者两名以上的军官军衔级别相同的话,那指挥权就归在位时间最长的那一名。"

"董里船长,"指挥官问,"那到底该谁来指挥这支特遣队?"

"我知道才怪,德尔。有可能是我。核对一下你的记录。"

德尔调出服务记录数据库,然后大笑了起来。"船长,你肯定不会相信,但是你和阿姆巴图船长都是在同一天接受委任的,比其他的船长都要早。"

董里用手指敲着脑袋,双眼直直地看着这位年轻的指挥官:"我发誓,劳伦斯,如果你再让我多等一秒钟,我就会告诉你老婆,你曾经以不正当理由去过爱神星。"

德尔盯着他的眼睛说:"我老婆会让我发照片给她,而且她只会因为'没有参与其中'而生气。"然后他举起手制止了董里呼之欲出的评论,"但是我是不会让新任特遣队指挥官生气的,是吧?"

董里目瞪口呆地站了一会儿,然后把双手放在栏杆上。

"领先的时间是 4 小时 20 分 6 秒,你得到了指挥权,长官……或者我应该说,'准将'?"

董里脸上没有出现大大的微笑,也没有出现任何想要庆祝的动作。他的眼神非常坚定。

"噢，糟糕，"德尔说，"我们违反命令了，是吗？"

董里不温不火地冲着德尔微笑着："现在有了新的命令，指挥官。通知全船，召开特遣队会议。我们在游隼号上开会，那里的会议室比较大。"

"风平浪静是出不了好士兵的。"德尔引用了一句古老的非洲谚语。

董里点点头，微笑着。

▶▶▶ UHFS 游隼号

董里注意到，这间会议室比较古老，连综合全息平台都没有。当然，他也注意到，这艘船本身可能更加古老。他估算这艘船至少有一百年的历史了，如果有人告诉他这艘船已经存在两百年了的话，他也不会很吃惊的。但是乞丐是没有选择权的，除此之外，就算这两百年的历史也没有让这艘船——准确地说这现在也是他的船了——在他心中加分。

"船长们——"当所有的军官都到达这间竞技场风格房间，坐在自己的位置上之后，他说。

"准将——"在董里继续之前，有人插话。

"还是'船长'，凯文。在舰队指挥官正式宣布之前，都叫我船长……可是我对这事儿还是非常怀疑。但是……你想说什么？"

"船长，"凯文·阿姆巴图说，"我很难相信，就因为有些官僚者在给我委任之前跑去吃午饭了，所以我就要接受你的命令。"

"阿姆巴图船长，"董里冷静地回答，"如果是倒过来的话，我会为你放礼炮的。现在是要把这变成一个重要问题，"他稍稍带着谴责的口吻，"还是你觉得你还要再贱一点？"

"好，说实话，塞缪尔，我觉得我应该要再贱一点。"

"那我也说老实话，凯文，"董里回答，"如果是我的话，我就大声地诅咒，把隔板都振动起来。"

"好，现在既然你提到了……"他的朋友说着，浅浅地微笑着。

"好了，"董里重新维持会议秩序，"这可能只是侥幸，一条老规矩而已，再加上舰队司令的失误，但是无论如何事已至此，现在由我指挥。这就是说，这里发生的任何事情都由我来决定。"

"你在担心什么？"坐在观众席的一名船长说，"很长时间内，这里都不会发生任何事……也从来没有发生过任何事。"

董里激活了安装在会议室舞台上的便携式全息平台。上面显示着爱神星的基本布局，还列出了所有已知的联盟和 UHF 军事资源。"船长，有事要发生了，很快就会发生，而且这事要发生是因为我们要让它发生。"

董里注意到了他的观众脸上的表情。他本以为会有愤怒和傲慢的表情，但是他看到的却让他意识到自己犯了个大错误。他面对的这些男人和女人并不认为他们自己比他优秀，他们也不认为自己比任何人优秀。他们被丢到行星带内部，是为了把他们带来的伤害减到最低，作为船长来说，他们都知道这点。董里看见的是顺从，他觉得这是不能容忍的。

"好吧，"他改变了一开始准备的报告的方法，"可能你们之所以在这里，是因为你们是一群无可救药的坏事者，但是因为一些关系的原因你们又不能被开除。可能当战争爆发的时候，有人鼓励你们加入，这样你们的家人就不会感到难堪了。"他注意着他们的反应，他快要达到目的了。"可能你们全都是那样，但是你们猜怎么着？我也是那样的。你们觉得我为什么会在这儿？你们大部分人都知道在战争开始之前我的所作所为。那边那位凯特曾经问我，能不能在她儿子成年礼的开放酒吧上给她个折扣。"

阿特拉斯的船长有一些些尴尬。

"嘿，别担心，凯特，真的很有趣。但是也有无趣的事情。我，坏事者先生，可以拿下那个该死的石头，"他指着全息平台上显示着的爱神星图片说，"他们一直在嘲笑我们软弱，微不足道，嘲笑我们是软绵绵的特遣队。我们可以放下那块石头，你们也可以，你们的太空部队也可以。你们是一群坏事者也没关系。实际上，我们就要接受这个非正式的诽谤，然后把它变成 UHF 的太空人可以得到的最伟大的荣誉徽章。你们是坏事者，但是你们是我的坏事者，这就是说，"他咬着牙，眼神坚定地看着小房间里的每一个人，"我们要拿下那颗令人讨厌的小行星。任何住在卵石上，目光漠然，令人费解，脑袋被冰冻起来生活在边缘的联盟混蛋都不能阻止我们。我们要赢得第一次真正的战斗胜利，他们不会喜欢的，因为这次胜利是由我们获得的。"

董里不知道是谁第一个说，最后他们全都坚持说是别人先说的。但是他们都听见了，而且很快就成为了这场战争里的一个热词："塞缪尔的坏事者。"

他们的准将预见了这个建议的名字所带来的效果。他们的脸上全都令人惊奇地挂着邪恶的笑。塞缪尔·董里看到过这种笑。这是他不时会在镜子里看到的。他们可是带着这样的笑抢夺胜利的。

▶▶▶ 爱神星

马尔科姆·斯特拉莫，正式任命的爱神星防御部队的队长，并不希望自己被叫醒。在这个无事发生的地方当指挥官其中一个好处就是可以不间断地睡觉。但是还是有时候会被非军事的事情打断。毕竟，他是在爱神星上，这颗小行星的非官方格言就是"狂欢永不停止的地方"。

在马尔科姆之前，爱神星防御部队的第一任联盟官员是个技艺精湛的雇佣兵军官，他训练部队的方式就好像是攻击马上就要来了一样。他让自己的指挥和爱神星都陷入了疯狂，他严格地要求遵守规则和协定。当大家都显而易见地看到爱神星在短时间内是不会遭受到攻击的时候，爱神星在谷神星的议会代表进行了有些微妙的抱怨，然后这名官员就被调到了战船上——这对所有的当事人来说都是一种解脱。马尔科姆·斯特拉莫之所以被选中，是因为他曾经是一名进攻矿工，在谷神星岩石之战的时候表现不错，而且他有在执法机关工作过的经历。马尔科姆明白，这项任务包括要保护一个主要的市民中心。他并没有在外部防御上敷衍了事，他确保郊区周围的雷区都是处于激活状态，而且他拥有的少量的轨道排炮也确实安放在运输线上。他确保任何接近爱神星的东西都会受到枪炮的洗礼。他也知道，如果发生任何严重的事情的话，联盟就会派另外的人来接手他的工作的。

所以当斯特拉莫醒来的时候，他以为是他的进攻矿工陷入了必须把他叫醒的麻烦中。但是毁掉他的睡眠的不是当地的警察，而是在防御碉堡的值班官员。

"船长,"他的脸紧张地抽搐着,"我们遇到麻烦了。"

"马上就来。"斯特拉莫穿上睡袍说。他走出他的房间,沿着走廊走了五步,经过了一个开放的门廊,走进了指挥碉堡。

"怎么了,萨尔?"他问副指挥官。

"好像是一股随机的小行星流正在朝着我们的方向飞来。"马尔科姆知道,小行星流也足以致命。这通常都是由爆炸引起的——不是另一个小行星的爆炸,就是人为引起的爆炸。行星带人周密地计划过这件事情。人类活动通常都会造成新的碰撞、爆炸、嵌入、转向,这些都需要行星带上的数据进行不间断的更新。

"奇怪的地方在于,长官,小行星流是直接沿着狭槽来的。"

狭槽是雷区的开放区域,这里有爱神星控制的少量轨道排炮。

"太简单了,"马尔科姆把想法大声说了出来,"向所有船员发出警报,让矿工进入战斗准备,上轨道炮准备好。小行星流还有多久到达这里?"马尔科姆问正操作着大型扫描器的年轻少尉。

"按照目前的速度,22 分钟之后它就会冲进爱神星。如果我们没有轨炮的话,它们会造成相当大的损伤。它们甚至可以摧毁爱神星。看看这些数据,长官。这可不是巧合!"

马尔科姆盯着深色的屏幕,表情有些痛苦。

"是那些组织混蛋故意发动的。"中尉继续说。

"你看小行星流接近的角度。"他指着在郊区周围沿着轨道旋转的小岩石,"在撞击前十分钟,它们才会离开我们轨道排炮的道路。在小行星流到达我们之前,我们没有任何有利的攻击线。"

中尉的咆哮被马尔科姆的副官打断了:"长官,报告检测到一块大冰原。它正以正常趋取像速度接近郊区,刚刚进入了间隙区。"

所有人数超过一万的主要栖息地通常都会有一个区域,那里没有任何碎片,就叫作间隙区。栖息地越大,所需要用于交通的间隙区就越大。在爱神星间隙区遥远的边际,有一百多颗错综排列着的小行星,用来充当边缘屏障;在间隙区的另一端,离星体比较近的地方,有雷区,在雷区之后,就是郊区,最后就是爱神星。冰原已经从屏障的另一面进来了,现在正慢慢地穿越间隙区,朝着雷区去。

"我觉得这不是问题,萨尔。冰原朝着哪里去?"

"欧布莱恩水厂,长官。"

"那是郊区边缘上的一个大型水处理星球,对吗?"

"是的,长官。"

"他们有安排装运吗?"

萨尔检查了一下他的数据显示。"没有,长官,他们没有,但是这也有可能是欧布莱恩想要再次扰乱水市场。"这是很好的战术。尽可能地把栖息地的水期货都买进,然后提高价格,在大量的水货到达之前卖掉这些期货。然后再用非常低的价格把刚刚卖出的水再买回来。行星带上所有的商品交易商都这样做,只有蠢蛋才会掉入陷阱,但是联盟或者 UHF 政府都不能阻止人民自己做蠢事。因为战争的关系,这些诡计变得更流行了,但是始终还是敌方主导的系统。

"时间紧迫。"马尔科姆说, "这太像火星大门的第一场战役了。"

"你认为他们是想对我们施展一样的计策吗?"坐在扫描工作台的中尉问。

"只有一个方法可以弄明白真相,中尉。施展你的魔法吧。"

中尉全身心地投入到了全息显示屏中,很快就弄明白了状况,兴奋地抬起头。

"船长,"他说,"你说对了。冰原下面有密质材料。"

"启动通用警报,"马尔科姆冷静地下令,"然后通知爱神星市民议会,UHF 正在向着栖息地进攻。让所有人在 10 分钟之内到岗,或者到战斗岗位就位。"

"这样会破坏很多派对的,船长。"

"执行。"

赛尔按下了一个按钮,接着警报声就传遍了整个星球。

"他们可以在安全的地方继续,"马尔科姆厉声说,"等冰原到了雷区之后,我们要过多久才能对小行星流有良好的射击视野?"

"两分钟,船长。"

马尔科姆穿着浴袍紧张地踱着步。"真聪明。他们漫步穿过雷区,我们正忙着想要把他们的威胁打出天外。激活那片区域,中尉,然后在周围布上尽可能多的地雷,增加雷区的密度。"

"是,长官。"

马尔科姆的电子助手突然喧闹着,吸引了他的注意。他一边回应,一边低下头,发现自己光着脚。尽管他的双脚越来越冷,接下来的几分钟他还是站在原地,把问题的真相告知了市民议会的首领,并向他保证,一切都在控制之中,还特地命令他不要下到指挥中心来。接着马尔科姆耐心地告诉议会首领,他需要警察和紧急服务人员的配合。等到马尔科姆为那个人安排好任务之后,他就礼貌却又坚定地断了线,这时地雷马上要爆炸了。

"船长,"副官报告说,"小行星流清理掉最后的郊区的那一刻,所有四个轨道排炮都已经准备好了。这四台排炮开火的话,爱神星应该不会受到伤害。"

所有的人都沉默地看着险情慢慢发展。爱神星郊区前面的一大块区域,在与冰原接触的瞬间直接爆炸了。等到扫描器可以输入爆炸后的数据的时候,轨道排炮上的四门轨炮也发射着非比寻常快速的炮火,以炫目的效果摧毁着慢慢接近的小行星流。毫无疑问,这是爱神星人看到过的最盛大的烟火,而且要不了几分钟这一切就要结束了。马尔科姆暂时舒了一口气,他开始想,能把冰冻的脚放进温暖的羊毛拖鞋里那感觉有多美妙。这种感觉并没有持续多长时间。

"船长,"中尉大喊,"郊区边缘有原子弹爆炸。"

马尔科姆回头想听清楚中尉说的话,但是全息平台就已经把船长所需要看到的一切都展示了出来。他看见的是刚刚发生的。他因为一堆冰,把他的雷区都炸了,在他的防御线里留下了一个巨大的洞。整个 UHF 舰队用自己船后面的原子弹,把自己从藏匿的小行星群里面推送了出来。他们飞过间隙区,穿过了刚刚爆炸开的洞,现在正在全速穿越郊区。如果马尔科姆把他的轨道排炮从小行星流上转过来的话,在敌军舰队进入爱神星范围之前,他也只有发出几炮的机会,但是这样爱神星又会被慢慢靠近的小行星流摧毁。马尔科姆懊悔地想,这真是个非常高明的计划。

但是马尔科姆·斯特拉莫还没有结束战斗。敌军指挥官可能让他的海军和船完好地到达了爱神星,但是就算这个指挥官让船里装满了士兵,爱神星也有 2 000 万不想成为 UHF 一分子的人,而且他还有 2 000 名应急进攻矿工。这可能会很血腥,但是这是联盟最擅长的战斗。他命令他的小组准备好,让人把他的武器都给他送来。

▶▶▶ **UHFS 尖锐号驾驶舱**

董里的船是领头的船。这艘船上的武器最少,但速度最快,他知道,在这场战役里速度就是胜利。他最不想做的事情就是在爱神星上登陆。就算有了对爱神星周边空间的控制权,但是他连占领这颗石头所需人力的十分之一都没有。可是,他也不需要物理占领。

在战役之前他拜访了每一艘船,发表了几乎同样的演说。效果都是一样的。他们称呼自己的那个名字已经在整个舰队传播开来。他们都是"塞缪尔的坏事者",董里知道他现在已得到了他们的支持,但是如果他可以给他们带来这场胜利的话,那他就会永远拥有他们的支持了。

在最后可能的时刻,尖锐号改变了路线,开始进攻。他们没有选择朝着爱神星的码头区域前去,那里是发动入侵的最佳地点,他的巡洋舰和另外两艘舰队里最快的船一起,朝着最远端轨道排炮飞去。速度相对较慢的船只也突然分散开来,朝着另外三处排炮飞去,其结果就是他们要在同一时间登上所有的排炮平台,这时董里发出的小行星流也来到了毁灭的最后阶段。

董里尽可能快速地离开了驾驶舱,穿上他的战斗装备去领导他的陆战队员们。这让他们的指挥船员们有些不开心,但是当他看见士兵脸上的笑容的时候,他知道他做了正确的事情。

"记住,你们这些混蛋,"他咆哮道,"我要这些排炮毫发无伤。如果我们掌控了这些,爱神星就会投降。想想这意味着什么,特别是对你们这群好色鬼来说。"说完所有的陆战队员们都大笑了起来。董里注意到了笑得最大声的那个女人。然后他想要去到可以让他第一个跳进战场的位置，但是被前面两个大汉挡住了。他正准备下令让他们靠边，但是他感觉到了他们想要进攻海湾的迫切心情。他突然想起了一位大将军说的："绝对不要下达你知道会被违抗的命令。"董里接受了现实，闭上了嘴，往旁边跨了一步，骄傲地站在了第三名的位置上。

▶▶▶ 爱神星，停靠站

马尔科姆·斯特拉莫船长刚刚到达停靠站，准备计划一下防御工作，这时有人告诉他，敌军舰队改变了前进路线。等到他回到指挥碉堡的时候，他看到最后一个轨道排炮被占领了。在这一个小时里，他看到第一个轨炮转向朝着爱神星。当所有的四门轨炮都转过来朝着人口众多现在毫无防备的小行星之后，他收到了他预料中的消息。

董里船长乘着只有一名太空人驾驶的穿梭机到达了。董里踏上停靠站，发现自己被两百名进攻矿工围住了。他眼睛都没有眨一下，也没有表现出一丝担忧。当他看到爱神星防御指挥官坐在桌子边的时候，他直接走了过去。他们两人都正式地敬了礼。

董里先开口："马尔科姆·斯特拉莫船长，你是正式任命的爱神星及其周边地区的联盟部队的指挥官。"

斯特拉莫说话的声音听起来就好像他的肺里面全是灰尘一样："我是。"

"我这里有一些无条件投降的条款。你接受这些条款吗？"

马尔科姆不情愿地从董里伸出的手上接过电子助手，他叹气说："继续战斗会造成无数市民的伤亡。我接受这些投降条款。"马尔科姆把大拇指按在平板上，然后在手印上面签了自己的名字。这时的他非常沮丧。

自己的要求得到满足之后，董里把自己的注意力集中到围着他的那些人身上："接下来要发生的事情对你们全体来说会很困难。你们必须要上缴武器，我还要看到你们被暂停的报告。"怒不可遏的咆哮声传播开来，他也让这些人吼了一阵。"之所以会困难是因为你们并没有输掉战斗，你们的船长也没有。但是就目前这种状况，你们要付出代价。但是记住……"董里咧嘴笑着说，"在谷神星战役和火星大门首场战役的时候，你们把我们打得落花流水的。"说完有人笑了起来。"因此，在我们说话的同时，有很多UHF太空人和陆战队员都被暂停在了联盟的太空里。其中很多都是我的朋友，说实话，当中还有我不能失去的人。"围着这位征服者的进攻矿工当中，有人讽刺地笑了两声。"UHF想要这些人回家，联盟想要你们回家。你们不会被暂停太久的。"董里故意暂停了很长时间，这样他们就会无意识地更加注意他接下来要说的话。"下次我们在战场见面，我们会再见面的，记住，就算战争让我们成为敌人，战争也是会结束的。我们可能不得不相互残杀，但是作为士兵我们都是一样的。不论何时何地，只要有可能，我们就会用我们付出了巨大的代价换来的尊重和尊严来相互对待。船长，"董里看着马尔科姆·斯特拉莫说，"请照顾好你的士兵。"

董里转身背对着矿工，朝着他的穿梭机走去。等联盟矿工都被暂停了之后，他就要与联盟政客见面，然后向他们保证，他是不会逮捕任何人的，也不会对听话的小猫咪进行心理审查。实际上，如果真的有心理审查室被留在爱神星上的话，他的第一个动作就会是把这些审查室都摧毁。他会确保所有的市民都在自己原来的位置上，只是把联盟的士兵换成自己的而已。他想要占领进行得天衣无缝。他知道这事儿有多微妙，他也做好了充分的准备，确保他的士兵不会对挑衅作出回应。酒吧里的任何一场斗殴都可能变成一场叛变。

但是如果他能长时间地维持这样的状况，等到来自组织核心的钱和船再次到来的话，爱神星就会变得很富有，这样届时，就能把这颗联盟占领的受欢迎的小行星栖息地完全变成 UHF 的栖息地。毕竟，爱神星人真的会在意他们的酒吧里面的顾客是谁，买他们东西的人是谁吗？

行星带上取得胜利！爱神星上联邦舰队开始大肆进攻！

勇敢的攻击中伤亡人数最小。

失去了行星带上第二大栖息地，对联盟来说是毁灭性的损失。

——"利益与项目"

《商务日报》

▶▶▶ 谷神星

如果贾斯丁·可德对失去爱神星感到吃惊的话，那关于妮拉的报告就更令他烦恼了。他希望艾琳诺是错的，但是她所有事情都预测正确了。根据报告显示，妮拉正在为 UHF 工作，并且成为了赫克特的情人和密友，就算她有完全的行动自由，她也没有任何意图想要联系联盟或者是逃跑。另外，她要去火星，不是作为犯人，而是作为刚刚建立的创伤中心的一名住院医师。贾斯丁所知道的妮拉可能会做当中的一些事情，但是不会全部都做，也不会这么快速地改变。他看着他爱的女人的图像慢慢消失，可是他对此完全无能为力。

但是他没有时间来默哀。联盟陷入了困境，他有工作要做。他坐在秘密房间里，想着这里是不是当初跟艾琳诺一起作出不吉祥的决定的那一间。最近他经常要去这些房间里，这些房间都已经连接在一起了。他以前习惯按照微妙的线索来区分这些房间。现在他也没有精力去找那些线索了。他直接走进会议所安排的房间，然后进入正题。现在在这间房间里的有柯克·奥姆斯泰德，珍妮特·德尔加多·布莱克，约书亚·辛克莱，莫什·麦肯基，还有泰勒·萨德玛，他是战争起诉议会的领导。他们全都站着，政治家站一边，军人站一边。贾斯丁注意到，没有人跟柯克说话。他看到珍妮特还没有完全恢复，脸上和手上的伤疤都还没有脱落。可是这样也丝毫没有影响她的外貌，而且还更加突显出她的这种冷艳的美。他坐下之后，大家也跟着坐了下来。

贾斯丁看着柯克："之前我收到你的报告说，我们这一年都会一帆风顺。两周之后，我们就失去了行星带上的第二大栖息地。你能解释一下吗？"

"总统先生，"柯克回答道，"我们其实可以看出来，这次只是侥幸而已。应该是放哨的特遣队违反了命令。"

"噢，那我们没什么好担心的？"

"你可以担心，贾斯丁。"珍妮特说。

"这差点吓得我魂都没有了，"辛克莱补充说，"在投降之前，我们收到了爱神星的全面报告。这是非常高明的一次进攻。如果我们事先知道的话，我会认为这是珍妮特·德尔加多或者是克里斯蒂安的计划。"就算在这样阴郁的环境下，贾斯丁看到，泰勒·萨德玛听到自己的侄女的名字被这么正面积极地提到还是很高兴。

珍妮特继续接着辛克莱的话说:"那名准将所拥有的资源非常的少,更说不上什么真正的海军陆战部队了,而且他手里的船也是这场战争中最烂的。但是他在半小时内就赢了。那个混蛋真是厉害。"

"好了。"贾斯丁继续处理当下的状况,"UHF 终于有人知道怎么打仗了。我们本以为还要多花点时间,但是事情最后还是发生了。"

柯克又开口说:"他还算不上是准将,长官。更像是有地位幻想症的船长。我这里有些基本履历数据。"柯克把自己报告的复件放到了每个人的控制台上。然后大家花了几分钟阅读。贾斯丁注意到了董里向地球联邦议会发送的臭名昭著的报告,他准备稍后再仔细看看。但是他读到的内容却没有给他带来安全感。他注意到,这个人很有可能是另一个珍妮特,他非常希望只有他拥有珍妮特这个就够了。

贾斯丁从控制台上抬起眼说:"这次的失败会给我带来什么,从政治,从军事和经济角度说说。"

"总统先生,"莫什回答说,"政治上不会太乐观。这是在联盟领地的第一次真正的失败。我们一直想让自己做好心理准备,接受我们不能保卫所有领地的事实,因为 UHF 有充足的资源,但是实际上,差不多两年之前我们就做好准备了。很多人都很害怕。如果这样的事情发生在了爱神星上,那就有可能会发生在行星带上,也可能会发生在行星带以外的任何地方。经济上的影响会比较有限。爱神星是行星带远端的主要栖息地,其他的栖息地可以填补爱神星在基础服务和支持上的空缺。战争效果肯定会受到影响。爱神星正在发展成为大轨炮的建造基地，说实话，那确实是一个宜居之地，爱神星人喜欢这么说。但是我认为，谷神星上奢靡的生活会让经济恢复的。"

"在危机过去之前，我们都应该把轻松的娱乐放在一边。"萨德玛说。

"我并不了解你，萨德玛先生，"珍妮特·德尔加多警告说："但是我们的太空人挣得了'轻松娱乐'的权利，我们是不会去告诉他，为了战争，这些事情都被取消了的。"

"那军事方面呢？"贾斯丁把注意力拉回到正题上。

"这个，我们还没有彻底完蛋。"辛克莱回答。整个行星带的全息图像出现在了桌子上方："行星带周围两个方向环形飞行的商务飞船和个人飞行器基本上都是有组织的。在战争之前，很多旅行者都会跳过组织核心，但不是人人都这样做。通常贸易和人类的行动都是沿着这个大圈进行的，就像大脑里面的神经细胞一样。但是战争开始以来，还有军事活动也要沿着这个大圈进行了。"

辛克莱把包含着爱神星的那部分行星带标注出来："如果联盟犯蠢的话，他们就会开始抓住最靠近核心的那部分行星带。虽然对我们来说很讨厌，但是只要这个环还是完好的，我们就可以处理。但是如果这些混蛋在退出行星带的时候利用爱神星的话，他们就可以切断整个环的交通流量。这样一来，我的朋友们，就会给联盟的经济带来重创，更不用说人心士气了。"

"为什么呢？"贾斯丁问。

"这样说吧，"辛克莱把图像放大到两个小行星栖息地，两者相距几千英里的距离，"如果环被切断了，那么要去你旁边的供给航空站的话，你就不能朝着20度方向前进……"图像又放大，大家可以看到整个行星带。"……你要转340度……就像用你的右手挠你的左耳一样。"

"要吃寿司还要走这么远。"莫什抱怨。

"抱歉，没有寿司能有这么好的。"珍妮特补充。

"正是，"辛克莱说，"但是我还是知道有个地方……"在看到贾斯丁脸上不耐烦的表情之后，他停了下来。

贾斯丁认可了辛克莱，然后他又提出了一个新问题："现在士气如何，泰勒？"

"如你所料，总统先生。每一个人口超过一万的栖息地都要求珍妮特·德尔加多到他们那里去，还要把舰队带去保护他们，只保护他们。爱神星人呼喊着要我们放弃一切，把他们从卑鄙的占领中解救出来。可是据我们了解，联邦一直以来的行为都非常检点。虽然不愿意这么说，但是如果他们恶劣一些对我们来说可能更好。我们还尽量不要提醒爱神星代表，把战役官员换成警察都是他们要求的。"

"马尔科姆·斯特拉莫是一名优秀的进攻矿工。"珍妮特说，"把他放在那样一个他没有接受过相关训练的情境下，是我的过错。"

"不是你的错，珍妮特。"贾斯丁说，"你也从来没有接受过司令的训练，我也从来没有接受过总统的训练，泰勒也从来没有接受过议员的训练。我们都在尽自己所能。斯特拉莫船长是接受命令去的吗？"

"他自愿的。"辛克莱说。

"那这就是他的选择了。"贾斯丁平缓地说,"实际上,我们把自己的军队部署到了所有地方,我们无法保护我们所有的领地。如果我们尝试达到这个目标的话,那结果就是我们连一个地方都保不住。但是,最好不要再发生爱神星这样的事情了。我们需要一些可行的办法。集中起来,提点建议出来。"贾斯丁站起来准备走,其他的人也站了起来,等到他离开之后,大家才开始着手解决这个困难的任务,除了空间,其他所有资源都太少了。

▶▶▶ 爱神星

董里是对的。这些船有了更多的轨道排炮,准确地说是多了10门。他们没有在一到达的时候就把这些炮装备起来,安放好的原因是,爱神星议会不想在补偿金没有事先明确解决的情况下就分配工人。如果他们要惹他的话,董里觉得他是会直接开枪的,但是不到两个小时内,对于他下达装备的命令,对方就只要求讨论一下工人的赔偿金的问题了。他没有让这些混蛋吃他们该吃的子弹,他做了另一件最棒的事情。他付了钱,然后向舰队指挥收钱。他甚至还付了双倍,因为他们要等一阵才拿得到钱。但是他觉得这是值得的,因为这可以让那些锱铢必较的混蛋忙起来,而且过不了多久他就会有14门轨道排炮了。另外,这是他职业生涯里第一次有机会可以做自己想做的事情。他只是有待审查的代理准将,这是事实,但是只要是与公众有关的事情,他就不会做错。对他自己而言,他发现自己真的一点也不在意。他的上级对他进行保护确实很棒,但是他知道在战争中浮躁民众的喝彩意味着什么。他会像对待冬季的晴天一样,享受着,但是不会奢望它会持续。

他很高兴这事儿给他一直受苦的妻子带来了积极的影响。这个可怜的女人,在这数十年的时间里,都在忍受那些说她嫁错了人的家人和朋友。但是她还是跟他在一起。对她来说,他就要一直接受公众的崇拜。但是他知道,联盟是不会甘心忍受他的占领的。

舰队指挥部给他派了2万名陆战队员来解救爱神星和周围的郊区,但是到目前为止他们还没有给他派船。据他们说,战争形势没有改变。联盟主舰队还在谷神星,正在爱神星的对面。如果联盟决定要派船来重新夺回爱神星的话,那 UHF 也会有足够的时间来派送增援力量。董里虽然不愿意承认,但是他们确实有可能是对的。可是这位羽翼未丰的准将没有能让指挥部明白,他想要这些船不是因为要保卫爱神星。他想用它们来进攻。如果有50艘船的话,他就可以攻下并且掌控行星带的一段,用这一段把整个行星带从中间分开来。联盟是脆弱的,他知道这一点,但是没人听他的。有人悄悄地告诉他,所有的新船都被派到火星去了,去应对传言中的联盟要对首都发动的新一轮进攻。

在他需要面对的这一系列胆怯的举动中,唯一积极的一点就是他的妻子可能可以来探访他了。舰队好像认为这样可以在地球上出些正面的新闻。董里情不自禁地想,其实一次可以把联盟切成两半的大胆的进攻也是可以出正面新闻的。

▶▶▶ **谷神星**

贾斯丁发现,如果在他曾经发表过多次演讲的那个著名的阳台上,对着一些政客或者 VIP 说阿谀奉承的话,他们就会变得更容易接受和服从建议。和拜访者拍一张合照也成为了一种特殊的礼仪。这个阳台计划不是他的主意，是妮拉的。如果没有效果那就太糟糕了。他已经把她的照片从桌子上拿走了，但是他还是没有准备好把她的好主意都拿走，就算这些好主意带来的只是洪水般的痛苦的回忆。

他现在坐在珍妮特的对面，穿着休闲 V 领连身裤，脚上穿着人字拖，靠在一个小沙发上。珍妮特僵硬地坐在他的对面。她一副镇定的模样，让贾斯丁觉得，她看起来甚至有点呆板的样子。但是邀请她到阳台上来也不是来舒缓情绪的。她不但不需要舒缓，她还认为这完全是在浪费时间。不，贾斯丁邀请她来到这个神圣的地方，是因为他有些担心她。

"你感觉怎么样？"终于贾斯丁开口问。

"无冒犯之意，长官，但是请直接说重点吧，对我们都好。"

贾斯丁的微笑意味深长："没有你我们是打不赢的，珍妮特。另外，我向曼尼发过誓，我要照顾你。"

珍妮特脸部抽搐了一下，听到了失去已久的爱人的名字，她不安地挪了一下位置。

"我命令我的士兵上战场，贾斯丁。这是赢的概率非常小的战场。"

"你也知道我们本可以赢的，珍妮特，就在那个时候。要是敌人害怕了，或者是排炮没有被操作的话会怎么样呢？你也不得不打这场仗。"

珍妮特叹了口气："你觉得我不知道吗？当然我必须要打。我的太空人也知道。虽然奇怪，但是他们就是因为这个才爱我的。但是确实是我的命令造成了他们的死亡,贾斯丁。就像我非常确定赫克特是个卑鄙小人一样,我非常确定如果情势所逼,我还是会这样做。但是这真是件非常困难的事情。"

"那你现在怎么应对呢?我是说,要是我可以选择的话,我就去游泳。"

"是的,"珍妮特点点头,"我听说过。"

"令人伤心的是,我并没有过去那么多的时间了。"

她同情地点点头。

"那么?"

珍妮特疑惑地看着他。

"你怎么抒发你的情绪呢?"

"我相信,贾斯丁。"

现在轮到贾斯丁疑惑了。

"你相信?"

珍妮特点点头。

"相信什么?"

"相信上帝。"

"喔。"贾斯丁有点懊悔地说。

"你还不知道,是吧?"

"嗯,我以前也有我的信仰,但是我不知道,完全不知道。这是才开始的,还是你一直都有这个倾向?"贾斯丁觉得把"倾向于浮想联翩"补充在后面有些鲁莽。

"我得说,这是最近的事情。"

虽然谈话的内容远远脱离了贾斯丁原定的轨道,但是他看到这样的效果让他得到了一个更加放松的珍妮特·德尔加多。他注意到，谈到这个话题的事情她仿佛是自由自在的感觉。既然这才是他的最终目的，所以他也没有想要阻止她。

"一直有人教我，"她背靠在沙发上说，"宗教是危险的。宗教曾经是我们世界的摧毁者。但是当我看着周围，看得更远的时候，简而言之，当我看到联邦的邪恶，看到宗教所代表的是什么之后，我发现人类，剩下的这些未经遏制的人类，可能更坏。"

"意思是？"

"看看我们，贾斯丁。看看我们现在的样子。我们就是我们自己的神。同样，赫克特也可以让自己相信，奴役数十亿的灵魂，还不用说暂停和接受心理审查的，是件好事。一件好事。然后我意识到，是的，这是有道理的。如果我们没有'好坏'的仲裁者的话，那只有我们自己才能定义好坏了。赫克特肯定已经定义了他自己眼中的'好'，委婉地说，这种好一点也不漂亮。"

贾斯丁深深地呼了一口气。珍妮特说的是关于相对论的经典定义。他听过这个无数遍了，但是每次都是断章取义，或者至少对他来说是。他生活在一个大多数时候都美丽的世界，他自己也不用太在意好坏——他只在意市场。他一直被保护着，只要他做慈善慷慨地给予，那他就是在支持"好事"。但是现在事情发生了变化。就算他亲自表明对政治没有好感，但是珍妮特确实也有道理。赫克特是邪恶的——单纯又简单——具有讽刺意味的是，他不是唯一一个看不到事实的人，跟随着他的数百万人一样也看不到这一点。

"所以我思考了很久，"珍妮特继续说，"最后我相信：这一切肯定都是有目的的。所有的这些永久死亡都需要一个理由。我不需要知道这个目的是什么,也不需要知道这一切会怎么结束——这样想,我是有点自大了——但是我需要相信,现在发生在我们的身上的事情并不是随机的事情。"

"所以你发现宗教有帮助?"贾斯丁是真的好奇。

"比你想象的有帮助得多。"她回答。她渴望地盯着阳台,然后问了一个几乎是绝望的问题:"你觉得我还会看到曼尼吗?"

"我不知道。"贾斯丁回答,全神贯注地看着她,"我希望你能。我知道我也想要相信我还会看到我的第一任妻子还有……"他有些哽咽,"妮拉。但是我也不知道。"

珍妮特没有回答。她还是盯着阳台外面。

"为什么你还留着这些伤疤呢,珍妮特?"

她转过来看着他。那种渴望的眼神已经不见了。

"战争是需要付出代价的。每次我照镜子,我都看到代价的一部分。伤疤提醒着我所面对的风险,提醒着我和在我指挥之下的人们永远也不能忘记,永远也不能辜负的东西。如果我得留下这些伤疤才能让我和看到我的人记住我们所失去的东西的话,那我就留着。"

贾斯丁点点头:"你会一直留着吗?"

珍妮特耸耸肩:"我不知道,贾斯丁。这不是我现在就要作的决定。"接着她前倾着身体,一反常态地握住贾斯丁的手:"听着,我一直觉得她是个自命不凡的低级小人,说实话,我真的从来没有喜欢过她,但是对于发生的事情我真的感到很遗憾。如果可以的话,我们会把她带回来的。"

她不知道,贾斯丁想。他一脸茫然,唯一说出来的几个字就是

"谢谢你"。

"我得回去了，贾斯丁。"她一边说，一边放开他的手，挺直了腰板，敬了礼，"再见，总统先生。"说完她踩着高跟鞋离开了。

克里斯蒂安·萨德玛查看着最后的报告。她本不会告诉任何人的，但是她太紧张了。好吧，她想，我可能该告诉欧麦德，但是除非我们喝了酒躺在床上。他们的事情舰队还没有很多人知道，因为他们的"会面"的次数并不多。他们都认为，他们有太多的共同点了，这可能是不可避免的。他们都是在太空出生的，他们都感觉在太空冰冷的郊区生活要更加舒适，除了他们的物理装扮以外，他们都有一种强烈的对成功的渴望，他们都是靠自己出来冒险的，他们也是在同一年得到了自己的大股权。他们都是矿工出身，他们也都喜欢喝酒。欧麦德其实不像传说中的他那样嗜酒——至少不再是了——克里斯蒂安也像阋神星人那样拘守礼仪。他们有一点不同就是欧麦德在行星带边缘可以完全的自在，但是克里斯蒂安因为从来没有去过，所以不是很明白这个想法。她其实还不是很确定自己对欧麦德的感情，但是他们在床上的协同作用已经由她的感情所决定了。

克里斯蒂安继续搜寻着报告里的有价值的信息，带着惊恐留意着细节。她心中的疑虑还是存在。从好处说，她想着，深深地叹了口气，至少我在慢慢适应了。考虑一会儿之后，她决定还是不要把她的疑虑告诉欧麦德。就像组织管理层肯定会剥去她的股息一样，她非常确定地知道，欧麦德是永远也不会承认害怕她的。最后她决定告诉布莱克司令。

克里斯蒂安除了把珍妮特·德尔加多当作"司令"以外再没有

别的了。就算这样克里斯蒂安也只想得到她的允许,连她自己父母的意见都顾不上了,她觉得有必要向她倾诉一下自己的不安。

"你会没事的,萨德玛船长。"她记得司令这么说,"你有非常棒的直觉;就相信他们吧。"有了这些,克里斯蒂安就可以接受她的第一次单独指挥了。

她再一次浏览了手里的操作细节。她要指挥一支由 10 艘高速护卫舰组成的特遣队,所有船都是从 UHF 偷来的,要不就是以他们最近失窃的船体为基础建造的。她还是不能相信,杰德瑞塔船坞可以在船体到达两周之后就造出新船来。但是这个天才一样的船坞有一长串光辉的功绩,这最近的成果也只是锦上添花而已。

欧麦德很高兴自己被提拔成为了准将,同样他也很高兴地把他军需官的位置给了另一名不大有可能会进行这次这样危险的任务的官员。他也会带领 10 艘一样快的船。两支特遣队会一起离开。接着他们要直接朝着太阳飞去。联邦的情报官会得到一条"走漏的"报告,上面显示联盟舰队想要在"穿"船坞上发动一次奇袭,快速地进出,尽可能地搞破坏。发布虚假信息是为了让这次进攻看起来是想要在爱神星战败之后,鼓舞联盟士兵的斗志,仅此而已。另外,UHF 也会知道进攻舰队有命令在身,如果遇到同等或者更强大的反抗势力的话,不得交战。

但是,这个计划的本来面目要更有野心得多。当突击小组在太阳周围被飞石攻击的时候,克里斯蒂安率领的 10 艘船的特遣队就与其分开,尾随着一支遥控的空的运矿船队朝着爱神星去。现在爱神星在 UHF 的控制之下,所以这一列稳定的无人驾驶运矿船就开始朝着行星带上唯一认为 UHF 友好的地带进行漫长的旅程。这些货运船上本应该装满了核心工业迫切需要的资源,这些产业在战争的初始阶段找到了得以生存的方式。

欧麦德的任务就是扮演实验对象。他的分遣队会继续朝着月亮前进,但是他们也有严格的命令,就算这片区域看起来像发工资那天喝醉酒的矿工那样开放和随意,也不能突袭。除了交战,如果情势所逼的话,他也是可以开枪的。当欧麦德忙着"进攻"月球的时候,克里斯蒂安和她的塞满了暂停着的进攻矿工的船队,正企图重新夺回爱神星,然后抓捕或者杀掉塞缪尔·董里船长。时机一定要恰到好处。如果欧麦德"进攻"得太早了,董里就会听到风声,就会察觉到有可疑。如果欧麦德"进攻"晚了,那么克里斯蒂安就会像本来是派去保护月球,结果又匆忙返回支援爱神星的船队一样脆弱。

欧麦德一开始很生气,因为自己被派到了月球突击小组。他争辩说,如果没有比她好的话,那他至少是跟克里斯蒂安一样优秀的舰队船长。贾斯丁和珍妮特·德尔加多没有与他在这个问题上过多地争辩,但是还是拒绝了他的要求。他跟健二·渡边一起的工作已经让他筋疲力尽了,健二是杰德瑞塔的技术革新天才。他的这种力量可以拿去在惊人的突袭中冒险,但是还是不要用在这种有可能会变成持久战的战役中。

"中尉,"克里斯蒂安说着,把电子助手塞到自己口袋里,上面有她过去几天里一直专注研究过的计划,"给司令发信号,一切准备就绪,特遣队可以按计划出发。"

"是的,长官。"中尉的手指在控制板上飞舞着。"船长,"她继续说,音调有些升高,"司令收到了你的信息,祝你好运并且取得成功。"

克里斯蒂安挺直了腰板，坚定地站着。她想起了布莱克司令说过的话。如果那个短语在 6 个月之前被丢弃了的话，有可能会受到大量的嘲笑和蔑视。但是现在，克里斯蒂安得承认，这给她带来了些许的安慰。在这个想法悄悄地从她的大脑里流走之前，她感激地微微一笑。

▶▶▶ 新建成的 UHF 伯勒斯首都，巴苏姆岛，火星

总的来说，赫克特·圣比安可对最近发生的事情还是感到很高兴的。他刚刚到达火星，就听到了拿下爱神星的事情。至少艾玛建议他要向媒体这样说。

到达之后，他一直尽可能显眼地在临时机构里工作，这个临时机构是由预制可编程的聚苯乙烯制成的。他开玩笑地说，这是他的总统官邸——简洁版的。他给火星人带来的影响是难以计算的。他知道这颗星球上很多人还是坚定地倾向于支持贾斯丁·可德——就算联盟之前入侵过这颗星球。赫克特也知道，如果 UHF 失去了火星，战争立刻就结束了。所以他对于把首都从地球搬到火星，并且亲自到火星前线的决定产生了深远的影响。

他去看了所有相关的轨道排炮、战船、供给航空站，还有兵营。然后他穿过这颗星球，到达了他可以得到所有信息的媒体观察站。但是在他去过的地方当中，最令他满意的可能是部分建造完成的创伤中心。倒不是因为中心本身，而是在里面当住院医师的人。仅仅是有了妮拉·哈伯——她终于不再坚持要用她的夫姓了——就证明这是一次成功的宣传计划。他已经等不及要鼓励她进行现场直播了。

但是他知道,这种事情是不能太心急的。

他还觉得,这场战争可能要比大家想象的更长久更血腥,但是他还是相信自己可以赢。他之所以相信可以赢,是因为他袖子里有王牌。其实,他想着,挤出狡诈的微笑,其实是在袖子口的。贾斯丁·可德就是联盟要输的原因,因为到最后,贾斯丁"强烈的道德素养"会让他束手束脚,为了胜利所必须要做的事他一件也做不成。赫克特沉醉于当中的正义和讽刺。然后他摇了摇头清理了思绪,重新回到工作中。

战争要继续,那就意味着花费也要继续。如果赫克特想要赢的话,他就需要找到更多筹集资金的方式。但是这也必须要缓一缓。他看到,还有一名火星政治家代表需要他去打个招呼,这之后还要亲吻几个婴儿。在他打开自己的接待室让代表进来之前,他的化身发出了声音。

"舰队优先信息,老板。"

"好,我们是在秘密房间里,阿一古,什么信息?"

"这是一间你不用担心被偷听,可以进行秘密谈话的小房间。"

赫克特皱着眉头说:"阿一古。"

"你以前听到这些笑话会笑的,"赫克特的化身回答,"总统这个头衔把你改变了。"

"阿一古,那拜托……"

"我知道了,我知道了。"阿一古冷淡地说,"你要把我恢复到出厂设置,啦啦啦啦。但是你知道怎么弄。我实际上没有空去读这条信息。我真是吃惊,他们居然会让像我这样卑贱的化身知道有信息来了。"

"别闹了，阿一古。你根本就不存在，还谈什么信任，而且像所有的软件一样，你也可能被黑。"

"与人类展示出来的钻石一样的坚硬度相比吗？"

赫克特大笑着，接着鼓起掌来："说得好，但是你还是不能读这条信息。"

"很好。"阿一古顺从地回答，"你忠诚的精灵会回到他的瓶子里，除非你叫他不然他是不会出来的。"

赫克特耳朵里听到一阵微弱的嗡嗡声，他知道是阿一古离开了，跟他回来的时候声音有一点点不同。赫克特调出了报告。他一边读着，一边发出了不安的叹息声，然后告诉他的助手，取消与火星代表的全息会面。接着赫克特下令与舰队指挥部召开紧急会议。会议在迪普司令的旗舰上进行，因为现在还没有人有空建造轨道平台来给军队的老大们住。

▶▶▶ AWS 艾杰克斯号，穿越水星轨道

克里斯蒂安对于太阳的出现感到很吃惊。她是在阅神星出生，并在那里长大的——阅神星基本上是人类在太空里可以到达的最远的地方，但是还是称它为一种文明。对她来说，太阳就是"数百万英里外的另一颗星星"而已，只是要更亮一些。太阳还是没有银河让人震撼。但是当她的舰队穿过水星轨道，慢慢加速的时候，这颗放射着耀眼火光的球让它前面的那颗星更加微不足道了。工程控制台的中尉咕哝道："哪个神志清醒的人会住在离这东西 2.5 亿英里的地方？"克里斯蒂安也有点这么认为。这么公开说的话，可能会伤害到很大一部分行星带人，其中大多数真的就是住在离这"东西"

2.5亿英里范围内的。

到目前为止,这次的突袭是成功的。这10艘船一路上都轻而易举地搞着破坏,除掉了很多自动货船,还爆破了UHF用来通信和导航的一些卫星。敌军得花上几周的时间才能解决到目前为止他们制造的这些破坏。当然,这意味着联盟的特遣队沿着一条非常清晰的破坏之路在前进,但是这也只是计划的一部分。当克里斯蒂安的特遣队最终离开欧麦德的特遣队的时候,他就继续前行,越过太阳朝着地球/月球飞去。光是这样,就足够掩护脱离的10艘船与护航舰混合在一起,朝着爱神星飞去了。

爸爸肯定会喜欢这样的,克里斯蒂安悲伤地想。当然,她估计,塞缪尔·萨德玛会喜欢任何让组织混蛋发怒的事情,这会让他们吵着要他们充当卫星的。接着他的失败又让她伤了一次心。她几个月之后才意识到她的父亲已经死了,真的死了。他的船在第一场战役的时候被"蒸发"了。他的家人花了几周的时间在太空仔仔细细地搜查他,抱着渺茫的希望,以为他们也许会找到他的尸体,修补所有的伤害,然后把他复活。尽管有很多从太空里找到无生命的只等着修复和复活的船员的例子,但是在这些例子中,基本上每一个船员都是在事后几小时就被发现的,而且因为他们全都设定了归航信标。问题是太空如此的广阔,就算塞缪尔·萨德玛竭尽全力在爆炸中幸存了下来,每多过一天,找到他的概率就变小一点。克里斯蒂安现在能知道的就是,她的爸爸会在太空某个地方平静孤独地飘着,永远地迷失。她唯一的安慰就是他的尸体跟他的船一起"蒸发"了——那艘由岩石货船改装的笨拙的东西一直是他的骄傲。

他们把他的名字放在那些已经被确认永久死亡的人的名单后面,

因为他的身份对联盟来说有重要的意义。她的"叔叔"泰勒和她父亲之间的感情并没有减少，因为他们平生以来都是对立的，尽管他们生命中带有如此的敌意，泰勒·萨德玛还是不能接受他表兄去世的事实。布莱克司令一直都在帮助他走出失去亲人的阴影——有时候他也会反过来帮助布莱克司令。他们谈话的那次是克里斯蒂安唯一一次有点讨厌司令的时候，但是结束之后，她终于释放了一直折磨着她的伤痛。珍妮特·德尔加多让克里斯蒂安接受了沉闷、可怕却又无可反驳的事实：她的父亲已经死了，尽管是组织核心扣动的扳机，但却是她给的枪。克里斯蒂安想起了那天晚上司令说的最后的话。

"记住他，记住他的死带来你心理上的这个空洞。但是你也要记住，这个洞不一定要存在，克里斯蒂安，因为你爸爸白死了。不是英勇就义；也不是愚蠢致死。他本可以带着他的军队弹出来，但是他却选择把这艘脆弱的船转过去直接对着敌军的炮火，被烧死。所以，下次你作出可能会让你的船员被杀死的决定的时候——如你在火星上施展的手腕一样——请想想你的失败会带来什么，更不用说你带领的那些船员的家人了。我也可能让人去送死，克里斯蒂安，但是请上帝帮助我，我们是绝对不会让他们去白白送死的。如果有必要的话，我可以接受你失去的亲人带来的那个洞，你也有权为你的父亲报仇，但是不要只是说说而已。如果这是你要寻求的复仇，那就让它有点意义。让他有意义。"

克里斯蒂安不顾叔叔的反对，第二天就取消了寻找她父亲的工作。她的爸爸战斗过，为了一个他还不知道自己是否喜欢的联盟牺牲了生命，总统把他的死永远地载入了史册。但是她需要的不是英雄，她需要的是父亲。她会报仇的。

▶▶▶ 爱神星

董里船长感觉到有点不对劲。从舰队发来的报告清晰快速，没有其他反应。他让通信官检查了一下神经网看有没有什么问题，UHF 很擅长把所有的主流媒体都集中在一起，但政府线路、业余的新闻线全是片段，也没有什么用。他觉得其中有一个是对的，其中包括联盟撤退回了阅神星，有一支舰队正在接近地球，还有 UHF 正在谷神星上进行秘密的进攻。神经网的问题在于，数据太多了，没有足够的时间分辨哪个是真的。没有大量精英情报官是完不成这项任务的，或者至少有一个高效率的也好。可是董里这两者都没有，而且舰队也没有让他做。这就让他只有凭着直觉判断了。他有一种感觉，他觉得什么都不做肯定是有问题的。

所以他做了他唯一能做的事情。他训练他的指挥官，不停地进行操练和演习，把舰队和进攻矿工结合起来。他需要让他的指挥运转起来，如果不能与之媲美的话，那至少也要跟他战斗过的联盟战士的水平旗鼓相当才行。他的直觉告诉他，除了船对船的战斗以外，这场战争还需要面对面的战斗，而且在这点上敌军有绝对的优势。他叹了口气，然后在驾驶舱里焦虑地踱着步。他必须等到有事发生，跟其他人一样。

▶▶▶ AWS 艾杰克斯号驾驶舱，爱神星

克里斯蒂安·萨德玛已经等够了。她看到了自己面前的爱神星栖息地。令她感到高兴的是，联邦，现在她也开始称之为 UHF，正在欧布莱恩水厂旁边的郊区进行训练。她的护航队从爱神星的另一

边进入了郊区，一系列的小行星在这里组建成了一个娱乐综合体：7个各自旋转的岩石圆柱体，大约有半英里长，每一个圆柱体都代表着一个不同的历史时期。

克里斯蒂安一直都想去综合体里看看，特别是加利福尼亚乐园，那里的特别项目是短程高速赛车、冲浪，还有模拟地震。她听说文艺复兴乐园也很受欢迎。她会尽力不去摧毁它们的。

当护航队到达郊区边际的时候，克里斯蒂安派出了她的突袭小队，训练有素的 17 支特遣队，队伍里面全都是经验丰富的老兵。他们驾驶着典型的短程运输机，就像在任何适宜大小的栖息地周围能看到的一样。他们快速地飞进岩石的迷宫，这里就是爱神星的郊区。他们必须得抓紧时间，因为很快他们就会被人发现的。

▶▶▶ UHFS 珀伽索斯号进攻港，爱神星

董里正看着最后一批海军回到了珀伽索斯号的进攻港上。这是一次简单的军事演习。从进攻平台上投递货物到小行星上，稳固地连接到小行星之后立刻搜集装置，然后去到水厂，潜入工厂一段时间，然后出来。他们第一次尝试的时候，有些海军被快速地弹出了进攻平台，结果他们撞到了小行星的一侧，还造成了一些暂时死亡。但是，董里想，如果今天没有暂时死亡，就证明了这些海军还是在学习在进步。要一支新的分遣队赶上进度要花点时间，但是当看到"塞缪尔的破坏者们"进步了这么多的时候，集体荣誉感战胜了一切。董里仔细地确保他轮流把每个小队都训练到了。只要有效，他就换军官和军士来帮助他完成他的整体指挥。他觉得，再花几个月的时间，他就会让这支部队可以进行真正的战斗了，这时他的通信

器响了起来。

"董里船长,"传来的声音有些嘶哑。是在爱神星指挥站的德尔指挥官。

"怎么了,德尔?"

"长官,自动驾驶护卫队刚刚到达了。"

"他们一直都在来啊,中尉。"

"是的,长官,但是这次的却很难锁上。有时候运输船会过于接近太阳。我看了视频资料,好像不止十艘船,但是我也不能确定。它们乱七八糟地混在一起,造型很奇怪;接着我就失去了视频信号,那时它们刚好到达定居区的边缘。我立刻就联系了你。"

董里只想了一会儿便立刻下令:"全面警报,中尉。向全体联邦部队发送警报。这有可能什么问题都没有,但是你了解我,我们必须高度警惕。"

"那如果这是——"

董里被一阵突然爆发的令人痛苦的静电给打断了。他立刻按下了通信器上的一个按钮,发出了全面警报的信号。每一个联邦通信节点都在传递这个信号。在他这样做的同时,他起身朝着珀伽索斯号的驾驶舱走去,在他可以更好地判定现在的情况之前,这艘船就听他指挥。

他到达驾驶舱之后,他看到船员已经尽责地让这艘船进入全面战斗准备状态。光是看到这个就让他为长时间的训练感到欣慰了。有人立刻向他汇报,船长和大副都在爱神星上,一个正在为期三天的休假中,另一个正在社区兽医诊所进行志愿者活动。董里一边朝着船长的加速椅走去,一边想,兽医这样的表演其实是非常好的拉近公共关系的手段——在人们看到他把一只治好的小猫递给一个小姑娘之前，他们都认为他是个坏人。不幸的是，这个时间点对这艘船来说是比较糟糕的。

"杰克森小姐，"董里大喊，"给舰队发信号，由我指挥，但是我们要保持标准的队形。确保我们就跟在尖锐号后头。"

"是，船长，跟在尖锐号后头。"她把命令传递给通信官。

董里花了点时间来重塑船长的加速椅，以满足他的身形。"杰克森小姐，通知舰队，我们返回爱神星，所有武器预热，全方位扫描。舰队排成三角队形。"

"是，船长，武器预热，全方位扫描，三角队形。"命令又传递了下去。"船长，"年轻的通信官问，"发生了什么事？"

"我觉得我们遭了埋伏，杰克森小姐。"他浏览了一下数据，然后发现德尔是对的。舰队太大了。他看不到混在护卫队中间的船，但是他知道他们在那里，而且更重要的是，他知道这些船的身份。他们安装了电磁脉冲炸弹，还有闪光烟雾弹。这种烟雾是高反射物质组成的厚云层，它可以干扰董里所有依靠激光的武器和通信设施。但是这种烟雾弹也不是不可穿透的，因为这种烟雾最终还是会消散，但是它的破坏性也已经足够了，因为现在每一分每一秒都非常重要，这浪费了董里宝贵的时间。当第一波激光通信终于传递过来的时候，他的船长正在路上。

"8至13艘……敌……舰……有……大量的小飞行器。轨道……炮，1到6号被占领了。7到9号情况不明。"

董里命令舰队以这样的方式靠近爱神星，这样就让他们在进入

UHF 的领地之前有排炮的掩护。不幸的是，这样也意味着舰队不能在爱神星 25% 的表面接近。但是现在也并不是最重要的。当舰队慢慢接近爱神星的时候，激光通信系统也慢慢恢复了。他们很快就在小行星的一个秘密空间上方的轨道上停了下来。

"船长，"杰克森小姐说，"通信恢复了。"然后她激活了全息平台。

德尔出现了，好像在发抖，"准将，他们来得太快了。"

"是的，指挥官。"

"到底他们是怎么在我们毫不知情的情况下就让一支舰队到这里来的？"

"现在这已经不重要了。你要让全部，我是说全部，联邦人民离开那颗石头。我们要申明这是一个开放栖息地。"

"但是，长官，"看起来心烦意乱的德尔结结巴巴地说，"我们不能就这样放弃啊。"

"别担心，中尉。我们不会放弃。这里不是战争应该发生的地方。照我说的做。尽可能快地让我们的人离开那里，到 071507 泊船区去。我们在那里接他们。还有，准备激活轨道排炮 1 到 6 号的自我毁灭程序。"

德尔阴郁地微笑着说："当初你叫我们安装的时候，我还认为你是多疑了。"

"就算是多疑的人，也会有敌人，德尔先生。但是希望不会到那一步，希望我们可以拯救——"

突然控制板亮了起来，令人战栗的警报声又一次响彻了整个驾驶舱。董里立刻查看了他的显示屏，他看到了传感官正准备说的情景。

"长官！轨道排炮 8 号和 9 号电源接通了，正在转向瞄准着舰队。"

"所有分队朝着那些排炮开炮，"董里指挥道，"德尔指挥官——"

"长官，"传感官打断说，"轨道排炮 10 号和 11 号正在转向——"

"德尔，启动所有排炮的自动毁灭程序，我重复：所有排炮。"

当董里的船开始启动能装载的所有炮攻击的时候，他可以感觉到整艘船在颤抖。但是全息显示屏上显示，刚刚被联盟占领的排炮所有的炮口都对准着尖锐号。他有些不明白了。尖锐号并不是最佳目标。它又小，武器装备也不多。珀伽索斯号或者游隼号才应该是目标。但是在他还没有想明白的时候，他的尖锐号就被摧毁了。它就是太小了，而且又是近距离被大量的炮火攻击。有一炮肯定是穿过了熔接反应室，这使得尖锐号像短暂可悲的明星一样瞬间开出了花。它的死亡爆炸让同样毁灭式的轨道排炮的爆炸黯然失色。董里想，这就像是对尖锐号的死表达骇人的敬意。

▶▶▶ 爱神星

克里斯蒂安·萨德玛有些吃惊。她原本以为爱神星人会放着烟花，游行来欢迎他们的解放者。尽管很多人都很高兴见到她和她带来的联盟矿工，但是大多数人还是安安静静的，有的还有些生气。当议会的人问她是不是和董里同样优雅的占领者的时候，她差点就把议会的人从空气阀里丢了出去。

她能看到，董里成功地赢得了当地人的支持。但是比起他的不可预知，这还算不上太让她烦心的事情。他没有在爱神星的另一边攻击她，因为她原本以为他会那样做。他也没有命令他在岩石上的人待在原地。这本会是一场血战，但也应该是一场胜仗，因为比起他在爱神星轨道周围游荡的又老又烂的船来说，她的船在数量和装备上都更胜一筹。她也知道，他1万人的部队与她10万人的部队战斗，再加上忠诚的爱神星人对抗的话，他的失败也是注定的。爱神星被重新夺回来了，董里的舰队在火力和数量上都被压制了。当UHF联邦的船准备就绪的时候，她早就想出办法来加强这块栖息地的防御工事了。游戏结束。这么多因素集合在一起，她确定董里会逃跑，实际上她是很乐意让他逃跑的。

当克里斯蒂安听说她的埋伏成功了，董里的船被摧毁了的时候，她又高兴了起来。当她发现联邦似乎极力避免地面进攻，安排了一次快速有效的清除任务的时候，她非常地得意。但是，当她意识到他们要撤回到郊区，开始挖掘的时候，她开始有些担心了。克里斯蒂安沮丧地看着UHF开始在郊区集结陆战队员，用通过小山洞爆破成的小行星来制造防御阵地。她知道这肯定是耗资巨大的——不管是人还是炮火。但是现在她也没有别的选择了。联邦会回应的，如果在他们回应的时候她还没有把整个栖息地——包括郊区——锁定保护起来的话，那她有可能就要被迫放弃了。UHF所需要的就是一个可以开始用来组织进攻的前沿阵地而已。她看见，这些矿工已经试图在建造这样一个阵地了。

她至少还有爱神星，但是除了可以提升士气以外，在接下来的战斗中它也基本没有什么用。董里在摧毁轨道排炮的同时，也摧毁了武器军械。当她在研究那些陆战队员正在挖掘周围岩石的准确度的时候，她突然有了一个恐怖的想法。可能她根本就没有打败董里。

▶▶▶ UHFS 珀伽索斯号进攻港，爱神星战役第二天

"他们想要杀掉你。"

"我知道，德尔。这真是抬举我了。"

德尔终于微笑起来："我可不希望得到这种赞赏，长官。你怎么想的？"

"从我们的角度来看看。如果有机会，你会特别地瞄准珍妮特·德尔加多的船吗——就算会损失你自己的三四艘船？"

"当然，长官！"指挥官说，接着她露着牙笑着看着董里说，"我猜这样的话，你就会是我们的布莱克司令的，长官。"

"可能吧，"董里大笑着说，"但是再想想，他们有可能会瞄准我们特遣队里唯一的一艘现代船。"

德尔看着董里，点点头。

"抱歉让你失望了，但是确实有这个可能，长官。"

"是的，指挥官。"董里浏览着数据表说，"但是第一种可能性更加适合我成为宇宙中心的概念。"

德尔抬起头，看见他的上级也抬着一边的眉毛盯着他，脸上带着歪斜的微笑。

指挥官会意地也歪嘴微笑着说，"就是讨论一下，长官，我可能过于膨胀了你的自我价值，但是如果联盟真的认为你有这么优秀呢？你觉得舰队指挥部也会意识到这一点吗？"

"我可不愿意用我的股息去冒这个险，中尉。"

"是的，长官。"

董里用眼神指了指全息显示屏上的郊区："存货区的情况如何？"他指的是郊区空间里一片满是悬浮着的各种形状容器的区域。这片区域与爱神星上的高租金储存区形成了鲜明的对比。

"它已经成为了重点，长官。他们要把我们推出郊区，推到开放区域，这样他们就可以公平光荣地把我们打个屁滚尿流了。"

董里严肃地点点头："这我可是不会允许的。"

"我也是，长官。我更喜欢这种暗中欺诈的方式。只要我们把这里与水厂之间的每一颗石头都变成潜在的雷区或者导弹排炮的话，他们就得要一个挨着一个地进行手工检查。我们就在那里挖几个人的眼睛出来。"

"但是记住，指挥官，"董里警告说，"他们可以在爱神星上进行修复，可是我们不行。所以现在联盟在船坞有多少部队？"

"让我看看。"指挥官查看着他的数据说，"加上他们才增加的500名矿工……根据我的估算，大概有4 000人，长官。"

"好吧，我就当有2 000人会来做增援。他们把我们挖出来的话，有希望会弥补我们在数量上的劣势。"

"请准将原谅，但是不会，长官。"

董里放下数据板，专注地盯着这位年轻的指挥官。"不会？什么意思，指挥官？"

"不是，长官。你不能接收这些增援……长官。太危险了，你还要领导接下来的战斗。"

德尔坚定地站着，董里注意到，他的话也得到了驾驶舱其他军官的支持。

"这场战役,"董里说,"在舰队指挥部可以把这10艘船一起报废的时候就会结束。"

"请原谅我的用语,长官。"德尔回答说,"但是去他妈的舰队指挥部。他们知道外面有一支联盟的神秘舰队,他们也不会觉得有必要让我们知道。等到他们动身派增援,可能是几周以后的事情了。你不能冒险,长官。我喜欢阿姆巴图船长,真的。但是如果你要赌这一把的话,我觉得他不能像你那样坚持这么久。"

"你是说你要故意违抗命令吗,指挥官?"

"不是,长官。"德尔羞怯地微笑着说,"只是我会在不合时宜的时候变成聋子。"

董里勉强承认他的初级船员的逻辑确实有道理。他们在郊区的山洞里玩弄的把戏确实是谨慎的做法。如果留给这些新手去做,死亡人数也会比应该的上升得更快。

▶▶▶ 第四天

德尔夫人:

很遗憾地通知你,你的丈夫已经去世。劳伦斯是一名优秀的大副,是我认识的好男人中的一位。说老实话,我们第一次见面的时候他是很讨厌我的,但是他可以越过第一印象,看到我更有价值的地方,但是我自己还是没法发现。你的丈夫知道他是在冒险,最后为了他相信的一个原因奉献了自己的生命。如果我们有机会赢得这场战役,缩短这场战争,拯救他人的生命的话,都是因为有像你的丈夫这样英勇的人。我知道对于这个爱着你和你的孩子们的男人来说,这些都是冰冷无用的废话,但这些话确实是所有我能说的了。

塞缪尔·U. 董里准将
来自爱神星前线

▶▶▶ 第九天

"长官，储存区已经支持不住了。"

董里不愿意下命令。他知道为了保卫这片巨大的储存水域，部队里已经有数千人永久死亡了。他自己也在那里受了两次伤，一次是为了保护一个装着数千个性爱机器人的箱子。他想，还好，因为他们为拿走这个箱子付出了更大的代价。

"摧毁敌人可以利用的所有东西，然后撤退到官邸。"

"是的，长官。"

"我在想保险公司的保险范围包不包含战争行为。"董里沉思着，盯着他们要保卫的昂贵的房产。

"正在撤退，长官。"杰克森中尉说，"让保险公司见鬼去吧。有次在浮动免赔率上他们把我害惨了。"

"真残酷。"

"这是个悲伤的宇宙，船长，悲伤的宇宙。"

"发警报，联盟可能要进行另一次突袭了。"董里指挥道，"准备退守阵地……"

▶▶▶ 第十三天

克里斯蒂安·萨德玛既生气又感动。这 13 天以来，联邦一直迫使她打着最糟糕的仗。他们只有推迟，他们也就是这么做的。每一颗石头，每一个建筑物，还有所有废弃的碎片都变成了防御阵地、武器，或者两者都是。她也知道，这场战役输了。持续了十多天的战斗，却没有资源来扩大防御工事。UHF增援部队现身也只是时间问题了。联盟的舰队还在治疗和重建火星大门战役的伤，克里斯蒂安知道是没有增援部队会来救她的，甚至也没有人会来为她多争取点时间。所以她已经开始制定清空的计划了，她要尽可能多地把材料和人转移到周围的行星带上去。就算董里现在投降了，她悲伤地想，她也无法及时地在栖息地设防来阻挠联邦舰队了。她不知道为什么联邦舰队还没有来。那些从爱神星拿出来的东西，她可以利用起来在周围的小行星区域设防，把那里变成一片混乱的地方，就像之前郊区对她来说的样子一样。但是首先她决定要歼灭董里和他的特遣队。她终于意识到，杀掉董里毁掉他的舰队，可能会是她在战争中做的最有价值的事情。肯定会很血腥，但是肯定会成功的。

▶▶▶ 第十四天，欧布莱恩水厂

董里累了，但是他知道一切就快结束了。在董里的舰队被迫进入开放区域之前，欧布莱恩综合区是联盟需要清理的最后的主要防御工事了。他可以逃跑，但是联盟有更好更快的船。他不是没有带领着他的舰队创造过奇迹，但是那是利用了那片区域里最大限度的战略优势。他知道优势马上就要变换位置了。但是他还有一次机会。这要看他能把克里斯蒂安·萨德玛激怒到什么程度了。

▶▶▶ AWS艾杰克斯号驾驶舱

"船长，敌军特遣队聚集在水厂的后面。应该是戒备森严。他们用了两周的时间来建造这里的防御工事。但是实际上保护并不严密。据我们所知，他们实际只剩下500名陆战队员了。"

"多久才能拿下？"克里斯蒂安疑惑地看着这片区域。

"我们可以开始进攻,然后在 12 小时内就可以拿下这个地方,长官。"

"计划会有多少永久死亡?"

"长官,乐观的话至少有 300。"

"保守估计呢?"

"差不多 1 700 吧。"

克里斯蒂安表情有些痛苦。

"让舰队准备好弹头加速。"

"船长,真的有这个必要吗?"

"指挥官,我们可能没有 12 小时的时间了。但是我们却有足够的时间可以追捕董里,了结他的特遣队。然后我们就直接开进行星带。我们已经清空或销毁了爱神星上所有有价值的东西。"克里斯蒂安坐在她的指挥椅上,狠狠地看着董里逃跑的舰队。

"大胆地结束这一切吧。"

"遵命,长官。"指挥官一边说,一边准备进行只有原子弹爆炸的冲击波才能产生的超级加速——这是珍妮特·德尔加多创造的策略,现在在舰队里是非常流行的战术。"一颗原子弹爆炸,开始。"

正当他们准备加速冲进战场的时候,联盟舰队收到了 20 艘联邦战船的信号。但是,克里斯蒂安注意到,他们到达这里拯救董里的话,还得要进行 2 个小时的航行,到那个时候,这一切早就结束了。

原子弹加速进行得非常成功。克里斯蒂安已经通过遥感勘测,清晰地定位到了董里不堪一击的特遣队在欧布莱恩水厂背后的位置。她知道她的舰队可能会遭到董里安装在那里的导弹和轨炮的攻击,但是他们肯定能很快就挺过去。她想现在就结束。这就是她最后的想法了。当艾杰克斯号和其他联盟舰队快速穿过水厂的时候，工厂和整个小行星向外爆炸了，360度弧形发射出了炮弹。

▶▶▶ UHFS 珀伽索斯号驾驶舱

"准将，成功了！"

"说清楚点，杰克森指挥官。"

"长官，4艘船受伤严重，其他的5艘船也变了形，但是他们还是很厉害。"

"特遣队可以任意交战。集中火力攻击那些完好的船。现在我们摧毁得越多，等一下我们的战斗就越轻松。"

两支特遣队面对着面，任凭他们的轨炮和导弹在他们中间的区域飞快地穿梭。当联盟幸存4艘船想要继续穿过UHF特遣队，飞到小行星带上和行星带以外的安全区域的时候，只有一艘船成功了。船飞过去之后，董里立刻命令进行救援工作。有很多人很快地就被太空的真空给杀死了，他们还是很有希望被复活的，但是如果他们飘得太远的话，找到他们的概率就基本上为零了。

董里特别希望找到一个人，他非常高兴地发现她还活着。她的船员在船破裂之前就进入到了逃生舱。她的身体状况很糟糕，但是她会没事的。董里开始意识到，如果要赢得这场战争的话，那比起期待舰队指挥的帮助，他需要的是其他更有效的帮助。

爱神星又沦陷了。在一场延续了两周的战役之后，爱神星被联邦部队占领了。但是这次是非常令人痛苦的遭遇战。伤亡人数众多，超过4万人永久死亡，这是战争开始以来最致命的一场战斗。爱神星有用的资源都被剥夺了，很多联盟市民也被转移到了周围的行星带上,他们在那里受到了热烈的欢迎。同样得到恢复的还有足够的材料,因此这一段行星带变成了一个到处都是伏击巷和雷区的不可伤害的地区。虽然这还是被看作是联盟的战败,但是在联邦手里的爱神星现在也只是一颗没用的石头而已,它已经丧失了所有的好处,而且也不能给他们带来什么快乐了。

——《谷神星日报》

珍妮特·德尔加多看着这些连续镜头,无意识地用手指摩擦着自己脸上受伤的皮肤。她本应该料到水厂会变成雷区的。换作是她,她也会这么做。但是当克里斯蒂安向珍妮特·德尔加多征求进攻建议的时候,她同意了。她想要董里死,但是她却又一次低估了他,正因为如此,她又失去了一名优秀的船长。克里斯蒂安和欧麦德都是珍妮特·德尔加多用来打胜仗的人。不管《谷神星日报》怎么说。这次是失败了,而且是她的失败。她本应该自己去的,但是她被辛克莱和贾斯丁拒绝了。

珍妮特·德尔加多亲自审查着战利品号的改装工作,这样她大部分的时间都在首都。她越接近这些政客,她就越难赢得这场战争。但她还是意识到情况本可能更糟——她之前还有可能会跟联邦政客在一起。

除了改装项目,珍妮特·德尔加多只有用等待欧麦德的回归来满足自己。他好像在跟健二一起研究他的另一个愚蠢的计划,这个坚决的小个子男人跟她一样迫切地希望欧麦德回来。健二还试过内系统通信,虽是幸运地发现通信频道,可是已经断了。珍妮特·德尔加多不得不威胁他,差点就实行阉割了,都是为了让他明白,他不能只是通过神经网讨论他的想法,也不能把这些想法直接发到欧麦德的旗舰海豚号上。虽然健二确实是天才,但是她发现,他完全不知道在战争时期,敌人可以凭借一点点想法的暗示,就破坏掉一个最周全的计划。她甚至还努力地去帮助健二讨论他最近的想法,但是还是悲惨地失败了——她简直无法与这个人交流,更不用说一起工作了。其实,在慢慢了解健二之后,她发现欧麦德和杰德瑞塔的奇才之间有一种特别的联系。一个是喜欢喝酒,喜欢排队,喜欢打仗,坚如磐石的舰队船长,另一个,她心不在焉地想,他就是个怪胎。珍妮特·德尔加多微笑着,她突然明白了她为什么还没有把健二撕成碎片的原因。因为这个矮小的奇怪男人让她想起了曼尼。

虽然困难重重,但是欧麦德和健二不仅越来越喜欢对方,他们也开始慢慢地尝试互补。健二虽然聪明,但是他对实际应用的概念一无所知,除开他自己的设备。他曾经花时间重建了一个水蒸气回收装置,只是为了在10年内提高1.5%的效能,或者相反的,他也可以很轻易地被敦促去想办法如何增加战船的推进器容量。值得庆幸的是,欧麦德有方法可以让健二集中在紧急的军事应用上。

可是,这就让欧麦德要花更多的时间待在杰德瑞塔船坞,他能在舰队里的时间就更少了。她知道,没有灵感的船长,是打不赢仗的。现在她只剩下这一位船长了。

她的思绪被通信警报打断了。她从电子助手上显示的信息看到,警报到来的同时还进行了安全重置。这种信息是她在组织世界的时候非常熟悉的一种。不管是谁发送的这条信息都不能被信任,她的军事防火墙可以保护这条信息不被渗透。因此,这条信息只能在非军事保护的区域内阅读。这就意味着她必须要离开战利品号,去到船坞旁边的其中一间安全屋才行。

珍妮特·德尔加多走下停靠平台，也叫"厚木板"，她的船员们都喜欢这样称呼这个平台，然后她开始慢慢地飘离建造区。她朝着谷神星综合区温暖的怀抱走去，但是她还是转过身，看了她的船一会儿。战利品号从船头到船尾都被脚手架覆盖着，技艺精湛的技术工人和工程师成群结队地在她上面走来走去。是的，她发现，这其中肯定也有没用的人，懒骨头，但是在太空中，这种人不是死得很快，就是非常幸运。因为有这方面的天赋，所以要把这一大群商业船坞工人变成为军事工程努力工作的人也不是特别困难的事情。很快，新建成的杰德瑞塔船坞就成为了太阳系里产量最高的船坞之一。船坞本身一直在扩大，直到它把用来处理核心基地运输的姐妹船坞都吞并了以后才停止。珍妮特·德尔加多一边转身，一边最后看了一眼用她最近在火星轨道捕获的船拼凑起来的十艘船。如果一切顺利，这些船很快就会装备上她的船最近才装备上的欧麦德和健二改装的东西。她默默地祈祷，这个秘密在没有绝对必要之前一定不要被泄露出去。尽管她知道机会比较渺茫，但是她现在有信心。

她飘到对面的平台上，她的纳米网格身体给了她足够的辅助重力，让她可以走进忙碌的内部走廊。过了一会儿，她就到达了一间安全屋，安保特遣队也来了。他们仔仔细细地搜查了这间房间，然后立刻离开去站岗，留她一个人在里面。这时，她终于可以激活这条信息了。首先出现的是发信人：柯克·奥姆斯泰德。珍妮特·德尔加多抬起了眉毛。柯克通过船上的广播喊过她很多次了。这次他没有这么做有些奇怪。然后她激活了信息本身。出现的这条信息内容简单明了："来我的办公室。"珍妮特·德尔加多等了一会儿，看还有没有其他的内容，但是没有了。她内心开始有些生气，这完全就是在浪费她的时间。接着她慢慢地数到十,当想要拿着她的主炮在柯克的办公室朝他开炮的冲动慢慢平息下来之后,跟安保特遣队一起,前往这颗石头的深处,去会一会那个胆敢戏弄她的人。

柯克·奥姆斯泰德的办公室在高级套房里——直接从悬崖屋背后挖进去的一片区域。这里一点也看不到外面,除非他们安装投影仪制造一些风景,但是他们到这里不是来看风景的;他们到这里是为了要24小时地接近总统。珍妮特一边穿过综合楼一边想,过不了多久,这个该死的地方就会成为一座大型政府综合楼的。

每次她走进政府的迷宫里,她就觉得毛骨悚然。她把这些情绪放在一边,与柯克的安保特遣队和接待人员擦肩而过。她看见,他很了解她,没有让任何一人耽搁她的时间。当她闯入柯克的办公室的时候,她听见门在她身后僵硬地关上的声音。柯克从桌子边站起来,向她问好。

"你好,珍妮特。"

"你真不该发个信息给我只是为了叫我来你的办公室。"

"但是我还是这样做了。"

"说得好,"她反驳说,"你知道我是什么意思。"

"很高兴见到你,珍妮特。"

"你称呼我'司令',我会称呼你'部长先生'。如果你坚持要用私人姓名的话,你可以用'珍妮特·德尔加多',我就用'半部门寄生虫'。"她站着,双手抱在胸前,不安地瞪大眼睛,这让她脸上的伤疤更加突出了。

柯克坐了下来,开着玩笑,接着示意她也坐下。珍妮特·德尔加多还是坚定地站在原地。"真是太好了,"他继续说,"终于看到你的外在与内在一致了……司令。你很适合这个样子。但是你肯定知道,我已经不能再喊你过来了,因为那样就会让别人知道你计划什么时候去什么地方。这是我办公室的最新指示,而且——"他确认了一下全息平台里投影出的一份看起来很正式的文件:"得到了总统的同意。"

珍妮特·德尔加多正准备告诉柯克该在哪里实行他浪费时间的指示的时候,莫什悄悄地走了进来。

"啊,"莫什张大嘴巴笑着说,"这难道不像过去的时候吗?你们好,柯克,布莱克司令。"

珍妮特·德尔加多立刻就感受到了这次会议的重要性。

"你最近怎么样,麦肯基部长?"柯克一边问一边示意莫什坐下。

"我有点不明白,"莫什坐下之后问,"我来这里干吗?"

珍妮特·德尔加多意识到这次会议不是简单地为了炫耀权力,所以她放下了自己的愤怒,取而代之的是好奇。她也坐了下来。

"我也想问这个问题。"

"你控制着我们抓捕的 UHF 的人,是吗?"柯克问莫什。

"你怎么问你已经知道答案的问题呢,柯克?如你所知,所有暂停囚犯都被关在内政部,这是为了要减轻军队的压力,反正他们也逃不了。"

"小心,莫什。"柯克警告说,"不要忘记发生在火星核心的事情。我们'释放'了一百多万应该'逃不了'的囚犯。"

"所以,"莫什反驳道,"他们都被送到了土星上,自作聪明的家伙。我们有一颗小卫星,我们可以把他们存放在那里。如果我没记错的话，应该是谢博德卫星的其中一颗。对 UHF 来说，要深入联盟太空发动奇袭是很困难的，更不用说再加上我们现在的安保措施了。这是我们从爱神星失败中得到的教训之一——我们不会再次低估他们了。但是柯克，我还是不知道我来这里干什么。"

柯克没有回答这个问题，但是他继续问珍妮特·德尔加多觉得是不相干的问题。

"你把那些司令遣返了吗？"他问。

现在珍妮特变得更专心了。她们只抓到了两名司令。

"你知道我们还没有，柯克。因为要谈判，所以他们被藏起来了。但是你不用担心，他们很安全，按照总司令的意愿，不管谈判情况如何，古普塔都要留下跟我们一起。"

柯克的嘴微微张开，似笑非笑的样子。

"可能事实不是这样的吧。"

珍妮特·德尔加多有些生气，因为现在谈话好像变得越来越糟糕了。她还是要把他带出去才行吗？"够了。"她要求。

柯克点点头表示了解她的不耐烦。

"今天下午我们收到了一条有趣的信息，"他说，"不是说内容，是发信人……来自代理准将董里。"

"继续。"珍妮特·德尔加多平静地说。

"他提出用萨德玛船长来交换古普塔司令。更复杂的是，他还要求在 12 小时内得到答复。其实，只有 10 小时了……我们在接近 2 个小时之前收到的信息。"

"为什么要这么快？"

"很明显他很快就要失去指挥权了，所以我们有效期限的长短在于他能坚持多久……根据他自己的估算，大概就是十多个小时。"

"总统怎么说？"莫什问。

"可德总统说，这由我们亲爱的舰队司令决定。"柯克冲着珍妮特·德尔加多的方向点点头，做了个动作，"因为是她明确声明，他是不会被释放的。"

珍妮特·德尔加多发现，不管她如何决定，柯克都会乐在其中。不管她是要被迫释放这个她坚持囚禁的男人，还是她做出会让她与有可能是她自认为的舰队里最优秀的船长分隔开的决定。她知道柯克的幸灾乐祸与他的性格实在是太符合了，但是她还是决定不让他满意，不能让他看到自己的窘迫。

"就算我们要同意，"珍妮特·德尔加多平静地说，她不愿意违背自己内心的躁动，"我们怎么交换呢？爱神星在行星带的另一端。在最理想的情况下也要航行2周。他只有不到10小时的时间了。"

"相信我。"柯克回答说，"如果我们同意的话，他就会把萨德玛船长放在穿梭机里，然后朝着行星带发射，她的坐标会发送给联盟最近的前哨。"

"那我们也应该同样处理古普塔司令，我猜。"莫什说。

"对。"柯克回答。

"这样的交换方法有些奇怪。"珍妮特·德尔加多补充说。

"确实奇怪。"莫什点点头，"我觉得代理准将是不允许交换联邦囚犯的。这是他们特有的某种战斗能力吗？"

"噢，当然不是，部长先生。"柯克回答，"对此他们还是很严格的。所有囚犯的处理和交换都是在舰队司令的安排下进行的，当然是在事先就得到同意的地点进行。董里那群人很明显是违抗了命令。"

"那么他……或者说我们,"莫什补充说,"得在他们发现并且阻止他之前就完成。"

"正是,"柯克回答,"我觉得,我们有三个选择。我们把冰冻的司令放在冰上,然后说,'不'。如果珍妮……布莱克司令对这个人的竞争力的看法是正确的话,这样做是最安全的。第二种方案,我们撒谎。我们说我们会把古普塔司令还给他们,但是我们不给。董里把萨德玛船长送回来,古普塔永无出头之日。"

珍妮特·德尔加多蔑视地看着柯克。

"第三种方案,"他丝毫未受珍妮特眼光的影响,接着平心静气地说,"我们诚实地进行交易,让他们得到古普塔。毕竟,他也只是一名联邦的坏军官而已。他输了一场战役,运气好的话他还会输更多。"

"我觉得撒谎不好,柯克。"莫什说,"如果我们同意交易,我们就要释放司令。这不会是这场战争中第一次这样的交易;其实,真的不是第一次。"珍妮特·德尔加多好奇地看着莫什,提醒自己在之后讨论中记得提这个话题。

莫什继续说:"双方都必须知道,他们可以信任对方。违反约定的一方,就算是不合常规的代理准将,也再也没有赢得对方信任的机会了。"

"当然,部长先生,"柯克急躁地说,"但是我不想安排所有的方案。可是,根据总统的命令,这不是你我说了算的,要由布莱克司令决定。"

"出于好奇,柯克,"珍妮特·德尔加多问,"董里的信息怎么传得进来?"

"他直接把信息发到了我们的一个信号塔。"

这个回答让珍妮特·德尔加多和莫什都有些惊讶。联盟安排了一些小行星和固定船只,相互都在各自的激光范围内,为的就是能够秘密可靠地在行星带周围发送信息。这些塔让信息可以在不被组织核心偷听的情况下进行传递。

"我们当然矫正了秘密通道,建造了后备系统。"柯克补充说,"我知道他们大体上有所了解,但是我得承认,很令我震惊,他居然能够直接发送信息到最近的信号塔。"

珍妮特·德尔加多花了几分钟来思考她刚刚听到的内容。她可以询问更多的信息,但是那样也只能延迟必然发生的事情而已。她知道有足够的信息可以打电话。但是她也意识到了柯克·奥姆斯泰德没有意识到的东西。她的决定会给直接听命于她的人带来深远的影响。

"同意吧。"她僵硬地说,"给他发信息,我个人同意而且我会把古普塔司令完好地送到火星,只要运输安排得过来就尽快。"

"你确定要这么做吗,珍妮特?"莫什问。

他用的是她的名,她也知道他为什么要这样称呼她。他想要确定,这个决定是他最了解的人作的,而不是她最近成为的这个人作的。

"可能不确定。"她回答。

"那为什么还要同意这样做呢?"

"因为一旦我们让萨德玛船长回来,我们就可以发信息给UHF舰队司令,感谢他们进行交易,感谢他们进行得如此的快速。我们还要礼貌地询问他们,准将级别的官员现在是不是已经有权力进行这样的交易了。"

柯克看起来有些吃惊："噢，你真是个下流的贱人，司令。这可以让他被送上军事法庭了。可能还会被枪毙。"

"如果我们走运的话。"珍妮特·德尔加多回答，脸上露出一丝微笑。

依照联邦法令CC&R247.8，要求军事法院就以下罪名审判塞缪尔·U.董里船长。

第一条：敌军部队在爱神星管制区溃败之后，没有能够拯救他的指挥部，其中还包括未能完全掌控爱神星。

第二条：未能与敌军正确地交战，在不合适的防御下让他的指挥部被摧毁，造成了联邦舰队数万人的死亡。

第三条：与敌军勾结，直接违反军令，给敌军援助和安慰。

董里船长即刻上缴他的指挥权，乘坐最快的船到舰队总部。在此之前，他不得与任何人交谈，活动范围限制在营房内。命令立刻生效执行。

舰队司令　杰克森

舰队总部

火星轨道

董里在珀伽索斯号的驾驶舱里读完了这些命令，接着他看到了一名非常紧张的司法服务公司人员。董里发现，舰队的船员看起来已经准备好要杀掉这个只是来传达命令的可怜的女人。这名司法服务公司员工从来没有看到过打仗，周围这群人可基本上一生都在打仗。

"帕克。"董里准备下达命令。准将手下最优秀的进攻海军军官立刻集中精神。

"长官!"

"你带领一队信得过的陆战队员,确保这位长官穿梭机的安全。有问题的陆战队员,我是不会接受他们的忠诚和荣誉的。"

"但是长官,他们计划要——"

"不能在这里讨论。"

董里看着周围船员绝望的脸。

"你们都给我听好。我会打这场仗,但是不是在这里。你们已经收到命令了,现在执行。"当他看到本可以引出一场兵变的咒语失效了之后,他转身面对着他的新任大副。

"杰克森指挥官……"董里暂停了一会儿,"你和舰队司令,你们不是——"

"亲戚?是的,准将。"杰克森说,"他是我叔叔。我出身于一个老雇佣兵世家。"

董里怀疑地看着他的新任指挥官:"无意冒犯,杰克森,但是你怎么会来这儿呢?"

官员打断说:"呃,准将,这些命令——"

"稍等一下,中尉。"他没有过多地理会她,"你说是怎么回事儿,指挥官?"

指挥官拘束地微笑着说:"这个,长官,我是我家的害群之马。我没有报名参加雇佣兵服务。我想成为……"她犹豫了一下:"呃,一名艺术家,准确地说是画家,长官。我的父母不同意我的想法,但是我有了大股权,所以他们也没有办法。战争爆发的时候,我加入了志愿者,但是他们觉得我不适合在舰队服役,所以他们就把我们派到了前线这个安静的地方了,呃,长官。"

船员们大笑起来,周围几个壮汉轻轻地拍着她的背。她骄傲地报以他们微笑。

"艺术家,"董里说,"你让你的家族为你感到骄傲。"

"我希望我也能说这样的话,长官。可是事实不是这样。"

"无论如何,在我回来之前由你指挥。"

"请准将原谅,这不行。"

"你说什么,指挥官?"

"长官,我要跟你一起去。"

"真的,为什么——"

"按照规定,你有权支持你的选择。相信我,在我出生之前我就被灌输过这些规定了,不管他们派谁来接手你的案子,那个人都不会帮你的——但是我会,长官。"

他正准备打消这个想法,这时他意识到,如果他从舰队里带一个支持者离开的话,他的坏事者们现在和以后就都不太可能违背命令了。

"长官,"官员紧张地插嘴说,"这非常不合规定。我的命令只是传唤你。他们并没有提到杰克森指挥官。"

"如果关于联邦法令我有一点可以确定的是,"董里拍着这名官员的后背说,"里面肯定有条规定是可以让你为所欲为的。我们在去火星的路上就来找找这条规定。"说完他微笑着示意这名官员带路。

董里在穿梭机里往外看的时候,他看到了他残余的舰队,看到他的陆战队员们拿着枪开火,这是严格禁止的,但是却非常令人感动地展现了致命的火力。从主炮到穿着战斗装备的陆战队员,他们都在空气阀外面开着火,董里知道这些太空人会一直跟着他到各个地方。有了这样的士兵,他可以打败珍妮特·德尔加多,赢得这场战争。现在他为了要回到他们身边,他所要做的事情就是挺过他自己将要面临的难关。